키스 온 더 피스트

Kiss on the piste

vol. 2

키스 온 더 피스트 2

ⓒ민혜윤 2018

초판1쇄 인쇄	2018년 8월 16일
초판1쇄 발행	2018년 8월 23일
지은이	민혜윤
펴낸이	박대일
편집	이문영 · 임유리 · 신지연 · 박현주 · 전보라
교정	김필균
마케팅	임유미
디자인	이매진
펴낸곳	파란미디어
출판등록	2004년 9월 14일 제313-2004-00214호
주소	03992 서울시 마포구 동교로23길 14 국제빌딩 6층
전화	02.3141.5589 영업부 070.4616.2012 편집부
팩스	02.3141.5590
전자우편	paranbook@gmail.com
카페	http://cafe.naver.com/paranmedia
페이스북	http://www.facebook.com/paranbook
ISBN	978-89-6371-534-6(04810)
	978-89-6371-532-2(전2권)

키스
온더
피스트

Kiss on the piste

민혜윤 장편소설

vol. 2

파란

차 례

공격 기회를 얻기 위한 준비 동작

제주에서 열린 펜싱 국가 대표 선발전.

전광판에 '최우현'이라는 이름이 뜨자 경기장 안 관중과 언론, 선수들 사이에서 탄성이 흘러나왔다. 미디어 존에는 한국뿐만 아니라 외신 기자들까지, 평소보다 많은 프레스가 몰려와 있었다. 우현이 배정된 피스트를 확인한 카메라 기자들은 촬영하기 좋은 명당을 잡기 위해 부산스럽게 움직였고 관중들은 만들어 온 플래카드를 꺼내며 사브르 여제의 복귀전에 대한 기대감을 드러냈다.

선수 대기실에서 자신에게 배정된 피스트를 확인한 우현은 장비를 점검하며 다시 한 번 마인드 컨트롤을 했다. 고작 국내 선발전인데도, 그랜드 슬램 따위는 껌이라고 기고만장했는데도 긴장됐다.

우현에게 호의적인 시선만 있는 것은 아니었다. 긴 부상으로 시즌을 죄다 말아먹어 버렸을 때, 한 언론은 그녀를 퇴물이라 부르며 펜싱계의 세대교체를 주문했다. 한국 펜싱에 필요한 것은 명품 쇼의 포토월에 서고 광고를 찍는 스포테이너가 아니라 진정한 헝그리 정신의 운동선수라고. 물론 그 기사의 댓글 대부분은 본업도 잘하는데 왜 최우현 흔들기냐며 옹호하는 의견이 많았지만 신경 쓰이는 것은 어쩔 수 없었다. 헝그리 정신이라니, 배고프면 어떻게 경기를 하냐고 재수 없다고 쌍욕을 했지만 우현은 알고 있었다. 결국 스스로의 가치를 증명할 방법은 실력과 성적밖에 없다는 것을.

그런데 하필 또 제주도다.

10년 전, 해준이 불쑥 찾아왔던 그곳.

그 후로 안 좋은 기억만 쌓여 제주를 찾은 적은 없었는데 하필 또 여기다.

'나랑 연애해.'

웜업 룸으로 이동하기 위해 가방을 챙기는데, 문득 해준의 목소리가 뇌리를 스쳤다. 우현은 고개를 세차게 저으며 애써 떨쳐 내려 했다. 지금은 아니다. 지금은, 집중해야 해.

우현은 잠시 의자에 앉아 눈을 감았다.

펜싱은 끊임없이 생각하고 계산해야 한다. 상대와의 거리를, 나의 보폭을, 그 순간 내 포지션을. 고작 국내 대표 팀 선발전에서 이렇게 긴장하는 게 우습기는 하지만 허세 떨다가 망하는 것보다야 차라리 이 적당한 긴장감이 도움 될 것 같았다.

"저……."

그때 누군가가 우현에게 조심스럽게 말을 붙여 왔다.

"네?"

처음 보는 얼굴의, 펜싱 슈트 차림의 남자가 그녀에게 말을 붙였다.

"저 사인 한 장 받아도 될까요? 최우현 선수 팬이에요."

남자, 아니 남자애라고 하는 게 더 정확할 것 같다. 이마의 여드름 자국이 나이를 가늠케 했다. 그가 우현에게 종이를 내밀며 수줍음과 긴장을 담아 꾸벅 인사를 했다. 앳된 얼굴. 많아 봤자 10대 후반으로 보이는 그는 혹시 방해가 됐다면 거절해도 괜찮다며 머리를 긁적였다.

우현은 사인을 하고 그의 이름도 같이 써 줬다. 소중한 것이라도 되는 양 남자애가 우현이 건넨 종이를 조심스럽게 가방에 챙기고 살며시 악수를 청했다.

손은 굉장히 크고 거칠었다.

"저요, 우현 선수 보고 운동 시작했어요."

"아……, 그래요?"

"준결승에서 탈락했는데 누나 경기 보고 싶어서 남아 있는 거예요. 사인 받으면 다음 대회는 잘할 수 있을 거 같아서요. 음, 부적처럼요."

"이게 뭐 부적씩이나 된다고."

"누나 너무 멋있어요."

그러고는 허리를 숙여 우현에게 꾸벅 인사를 했다.

"존경합니다, 누나. 복귀전 기대할게요. 다음에 대표 팀 선배로 만나고 싶습니다."

부끄러운지 남자애는 인사를 하자마자 잽싸게 밖으로 도망가 버렸다.

우현은 그 애가 사라진 곳을 보며 미소를 지었다. 자신에게도 저런 시절이 분명 있었다. 경기에서 왼쪽 팔이 걸레가 되어도 다음 날 새벽같이 체육관으로 달려가던 그런 시절.

아직 코끝에 남자애의 땀 냄새와 파스 냄새가 맴돌았다. 대표 팀 선배라. 그녀는 조용히 입안에서 되뇌었다. 누군가 자신을 보며 꿈을 꾸고 있다는 것은 늘 설레고 가슴이 떨렸다. 우현은 한쪽에 놓아둔 사브르 검을 한번 보고 남자애와 악수한 자신의 손을 내려다보았다. 거친 두 손이 만나던 순간, 10년 전 과거의 자신과 부드러운 포옹을 한 기분이 들었다.

사람들은 펜싱 검이 얇아 타격해도 그다지 아프지 않을 거라고 생각한다. 시현도 그랬다. 수수깡 같은 막대기로 맞는 게 뭐가 그렇게 아파서 엄살을 부리냐고. 순간 열이 받아 우현은 그 막대기로 시현을 두들겨 팬 적이 있었다. 그 후 시현은 멍이나 붓기에 좋다는 크림이 있으면 꼭 하나씩 사 와 우현을 눕혀 놓고 발라 주곤 했다.

그땐 아프지만 검이 무섭지는 않았다.

지금은 좀, 무섭다.

"3조 준비하세요."

스태프의 사인에 우현은 가방을 챙겨 안내에 따라 경기장으로 향했다.

우현은 마스크를 쓰기 전 잠시 멈춰 경기장의 관중석과 미디어 존을 훑어봤다. 아는 얼굴이 보였다. 악의적으로 기사를 휘갈기던 기자부터 그럴 때마다 세계 랭킹 1위 성적으로 그 가치를 증명하고 있는 펜서 최우현에게 무얼 더 바라느냐며 호의를 베풀었던 기자까지.

마스크를 쓰고 피스트에 올랐다.

가벼운 심호흡.

"앙 가르드."

심판의 사인에 우현은 사브르 검을 고쳐 잡았다.

무섭지만 피하진 않을 거다.

잘할 것이다. 나 망하라고 고사 지내던 새끼들 죄다 배 아파 죽어 버리라고.

"알레!"

파괴의 여왕Queen of Destruction.

해준이 미국에서 머물 때, 촬영 일정 때문에 직접 가지는 못하고 중계로 볼 때면 해설자는 우현을 저렇게 표현하곤 했다.

복귀전, 다시 피스트로 돌아온 사브르 여제는 여전히 빠르고 과감하며 거칠었다. 사브르 자체가 펜싱 중 가장 과격한 탓도 있겠지만 우현의 경기 스타일은 그중에서도 파격적이었다.

그녀는 망설이지 않고 거침없이 밀고 들어갔다. 존재만으로도 위압감을 주는 우현이 그렇게 나온다면 상대는 그 템포에 말려 멈칫할 수밖에 없었다. 하지만 기술 자체는 굉장히 깔끔하고 군더더기 없어, 우현의 몸놀림은 마치 춤을 추는 것처럼 느껴지기도 했다. 절대 손발이 따로 노는 법이 없었다. 스텝의 착지와 검 끝이 뻗어 나가는 순간이 늘 절묘하게 일치해 경이로울 지경이었다.

해준은 뜨거운 커피를 마시며 조용히 우현의 경기를 관망했다. 스코어는 8대2. 결승전이 시작한 지 채 2분도 지나지 않았지만 상대 선수는 우현의 기에 눌려 검 끝 한번 제대로 쓰지 못하고 있었다. 우현의 경기 감각이 아직 온전하지 않았던 예선이 오히려 박진감 넘칠 정도였다.

센서를 점검하기 위해 잠시 경기가 지연되자 우현이 마스크를 벗고 물을 마시며 코치와 무언가를 상의했다. 땀도 별로 흘리지 않았고 오히려 경기를 거듭할수록 침착하고 평온해 보였다. 코치 역시 별다른 지적 없이 잘하고 있다며 그녀의 어깨를 몇 번, 툭툭 칠 뿐이었다.

그때, 해준의 휴대폰 알람이 울렸다.

[성한그룹 황수영 회장, 비자금 – 횡령 혐의 수사……. 이재선 후보 사면초가]

기사는 이미 해령을 통해 들은 내용일 것이다.

시선은 피스트 위의 우현에게로 향했지만 해준의 정신은 오늘 새벽, 비행기를 타기 전 들은 해령과의 대화를 반복했다. 모든 것이 생각한 대로 진행이 되고 있음에도 불구하고 마음 한쪽이 영 개운하지 않았다. 중요한 무언가를 놓치고 있는 기분. 외가는 물론이고 우현까지도 철저하게 살폈는데도.

'널 후회하게 만들 거란다.'

기사 사진 속 여자, 수영에게선 세월의 흐름이 느껴지지 않았다. 해준이 제발 엄마를 살려 달라고 빌고 빌었던 그때의 그 얼굴 그대로였다.

해준은 며칠 전, 작업실로 찾아온 황철영과 자신이 가지고 있는 주식을 떠올렸다. 황수영의 성한이 흔들리는 틈을 타 그녀의 이복동생, 황철영이 다시 복귀를 노리고 있다고 들었다. 아직 완벽하게 장악을 하지는 못했으니 여자의 구속 여부에 따라 판도는 크게 바뀔 것이다. 보험처럼 가지고 있던 것이니 황철영을 이용하면 황수영에게 브레이크 정도는 걸 수 있겠지.

도대체 그 부부는 어떤 인생을 살아왔기에 이다지도 적이 많은 걸까.

경기는 싱겁게 끝났다.

완벽한 여왕의 귀환.

미디어 존에서 능숙한 태도로 인터뷰에 응하는 우현을 보며 해준은 희미하게 미소를 지었다.

철저하게 준비를 해 뒀지만 감이 좋지 않았다. 해령은 검찰 수사 중에도 얼마나 많은 압력이 가해졌는지 아냐며 당분간은 우현을 멀리하고 할 수 있다면 잠시 뉴욕에 다녀오는 것은 어떠냐고 권하기도 했다. 만약 여기서 여자의 구속 영장이 기각

된다면, 검찰은 물론이고 다른 대선 후보들도 황수영에게, 그리고 이재선에게 역풍을 맞을 수 있다고.

불가능하다.

10년의 밤을 그리고 찾던 여자다. 그리기만 했다면 참을 수 있었을지도 모른다. 단지 그뿐이라면.

집착이 만들어 낸 허상이어도 상관없었다. 내 마음의 무게와 그녀의 무게가 다를지라도, 우현에겐 자신과의 시간이 단지 순간의 일탈 정도쯤이라고 해도 10년을 그리워하던 그 온기는 해준에겐 구원이었다.

이해를 바라지 않는다. 이건 비정상적인 감정이니까.

그래도 이 정도 꿈은 꾸게 해 줘도 되는 것 아닐까.

이전엔 피스트 위의 그녀밖에 알지 못했다. 어떤 음식을 좋아하는지, 어떤 표정으로 웃는지, 어떤 영화를 즐겨 보는지, 김해준은 최우현에 대해 아는 것이 없었다. 수많은 밤을 지새웠다. 내가 아는 너라면, 이럴 때 어떤 표정을 지을까 상상하며. 스무 살 그 시절의 짧은 기억을 애달프게 쥐어짜 내면서.

인터뷰를 하던 우현의 시선이 잠시 그가 있는 쪽에 머물렀다. 착각일 수도 있겠지만 눈이 마주친 것 같았다. 잠시 고민하는데 우현이 황급히 고개를 돌리며 다시 기자의 질문을 경청했다. 조금 붉어진 우현의 귀 끝을 보며 해준은 조용히 웃었다. 우현은 부끄러울 때면 귀 끝이 붉어졌다. 당황할 때는 볼에 바람을 넣었고 긴장이 될 때면 입술을 깨물거나 뜯었다.

저 반응, 눈이 마주친 게 맞다.

"안 그래도 최우현 찍혔다고 소문이 자자해요."

문득 들려오는 목소리에 해준은 잠시 멈칫했다. 소리가 난 곳을 보니 말쑥한 정장 차림의 남자 무리가 대화를 나누고 있었다.

"성한에서 펜싱 지원을 그렇게 해 주면 지지 선언까진 아니어도 이재선 캠프에 얼굴 한번 내밀만 할 텐데."

"이재선 옆에서 사진 찍히는 게 지지 선언이잖아."

"자긴 정치 모른다고 버틴대요."

"젊은 층에 팬도 많고 이미지도 고루하지 않아서 얼굴 몇 번 들이밀어 주면 도움 될 텐데. 고집하고는."

"쯧, 그게 뭐 힘들다고. 하여튼 요즘 젊은 애들은 은혜를 몰라."

"압력 상당할 텐데 끝까지 버티는 거 보면 최우현 성격 알 만하죠 뭐."

해준은 잠자코 대화를 들으며 다시 우현을 바라보았다.

복귀전이라고 각오가 남달랐는지 우현은 평소보다 머리를 더 단단하게 묶었다. 경기할 때면 그녀는 앞머리를 촘촘하게 땋아 귀 옆으로 고정해 틀어 묶곤 했다. 머리카락이 흘러내리는 것이 답답하기 때문일 것이다.

며칠 전 밤, 우현은 머리 말리는 게 귀찮아 자르고 싶은데 헤어 제품 모델 계약 건 때문에 답답하다고도 했다. 염색도 펌도 에이전트의 허락이 없으면 안 된다며 투덜거리면서도 샤워한 후 항상 공을 들여 말리곤 했다. 가지런히 머리카락을 정리하던 뒷모습을 물끄러미 보다가 그는 저도 모르게 그녀의 허리를 안았다. 어깨에 입을 맞추자 그녀는 고개를 돌려 그를 바라봤다. 이어서 얽히는 시선. 그 새까만 눈동자. 오직 나만 바라보는 그 아찔한 찰나.

지는 걸 싫어하는 성미를 잘 안다. 져 주는 척, 꼬여 내면 결국 그녀는 넘어오고 만다는 것도. 자기가 졌다는 걸 알면서도 결코 인정하고 싶어 하지 않는다. 어린애처럼 우기는 걸 잘하고 '연애하자'는 말엔 얼굴을 붉히며 대답하지 않으면서 함께 공유하는 시간이 늘어나는 것이 결국 연애라는 것을 모른다.

해준은 천천히 자리에서 일어나 경기장을 돌아 나왔다. 한쪽 벽면에 붙어 있는 경기 일정표를 잠시 응시하곤 손목시계를 보며 시간을 계산했다.

언제 납치하면 좋을까.

오늘 밤은 그녀와 함께 있고 싶다.

"성공적인 복귀를 축하합니다. 오랜만에 국내 대회에 출전했는데요, 소감 한 말씀 부탁드립니다."

인터뷰는 평범했다. 소감, 앞으로의 계획과 각오, 기타 등등.

우현은 적당히 농담하고 적당히 웃으며 인터뷰에 응했다. 얼굴을 아는 기자들이 많았다. 방송국, 국내 메이저 언론, 스포츠지, 외신까지. 요청대로 포즈를 취해 사진 몇 장을 찍고 친근하게 말을 걸어오는 기자들과 인사 몇 마디를 주고받았다. 주로 떠보는 질문이 다수였다. 예뻐졌는데 요즘 연애하냐, 그 의사 친구랑 정말 사귀는 거 아니냐, 남자 배우 누가 이상형으로 꼽았는데 휴대폰 번호 교환할 생각 있으면 도와주겠다 같은.

의식하지 않으려 하는데도 계속 해준이 앉아 있는 쪽으로 시선이 갔다. 그가 앉아 있는 뒤쪽의 작은 창으로 햇빛이 쏟아져 얼굴이 잘 보이지 않았지만 본능적으로 알았다. 해부할 것처럼 하나, 둘 자세히 관찰하는 그 아찔한 시선.

우현은 차분하게 인터뷰를 마치고 라커 룸으로 향했다. 펜싱 슈트를 벗자 차가운 에어컨 바람에 땀이 식어 몸에 소름이 돋았다. 기자들이 몰리는 바람에 웜다운 스트레칭을 충분히 하지 못했지만, 긴장이 풀리자 기분 좋은 피로감이 발끝에서부터 올라왔다. 빨리 샤워하고 낮잠을 자고 싶었다. 너무 오랜만에 온몸의 에너지를 쏟아붓고 신경을 곤두세운 탓인지 잠시 머리를 쉬게 해 주고 싶기도 했다. 결국 우현은 라커 룸 한쪽에 놓인 긴 벤치에 앉아 숨을 돌렸다.

서서히 체온이 식어 가고 맥박이 안정을 찾아 갔다. 불투명한 창으로 쏟아지는 여름 햇빛이 나른했다. 고개를 젖혀 스포츠 음료를 마시는데 땀이 목줄기를 타고 흐르는 것이 느껴졌다. 재활 훈련을 하고 연습 경기를 치를 때와는 땀의 밀도가 다른 느낌이랄까. 우현은 그 나른한 여운을 즐겼다. 깊게 심호흡을 하고 경기 내용을 머릿속에서 정리하고 근육의 상태를 떠올렸다. 이 정도면 대표 팀 합류는 안정권, 다음 시즌 세계 선수권 메달도 노릴 만하다.

우현은 음료 한 병을 다 비우고 장비를 정리했다. 그때, 스포츠 백 안쪽에 넣어 둔 휴대폰이 울린다.

[주차장, A3]

해준이었다.

일주일, 아니 2주는 된 것 같다.

쑥덕거리다가도 도윤만 나타나면 의국의 분위기가 미묘해지곤 했다. 따돌림이라기보단…… 은폐, 혹은 침묵.

거슬린다.

케이스 스터디를 위한 자료를 정리하다 말고 도윤은 자신의 미간을 손으로 꾸욱 눌렀다. 감긴 눈꺼풀의 틈으로 불빛이 툭툭 튀었다.

그는 진하게 탄 믹스 커피를 마시며 휴대폰으로 스포츠 뉴스를 확인했다. 여왕의 귀환, 어쩌면 당연했을 금메달, 명불허전, 10분 만에 증명한 올림픽 챔피언의 가치. 굳이 경기 관련된 기사를 확인하지 않아도 될 정도로 우현의 복귀전은 찬사 일색이었다.

'처방은 평범해. 근육 이완제, 진통제, 소염제, 위장 보호제. 근데 칼슘은 왜 들어가 있는지 모르겠네.'

친분이 있는 약사의 말을 떠올리며 도윤은 다시 한 번 휴대폰을 확인했다. 우현에게 메시지가 없었다. 평소 같으면 제일 먼저 시현과 자신에게 메시지를 보내 경기 결과를 보고했을 우현이었다. 아직 연락이 없다고, 시현은 섭섭하다며 괜히 도윤에게 툴툴거렸다.

'언니 양다리 같아.'

시현은 단정했다.

'며칠 전엔 마세라티였어. 레인지로버랑 깨졌나?'

아니, 같은 남자야.

'설마 카톡 지라시 돌아다니는 것처럼……. 언니 막 그러는 건 아니겠지?'

도윤은 며칠 전, 집 앞에서 우연히 본 우현과 한 남자의 모습을 떠올리며 깊은 한숨을 내뱉었다. 이른 새벽, 아니 깊은 밤에 가까운 시간이라 어두웠지만 도윤이 알아보지 못할 정도는 아니었다.

김해준이었다. 우현의 목덜미를 물어뜯어 놓은 것도 그 새끼가 한 짓이겠지.

도윤은 종이컵을 짜증스럽게 휴지통에 던지고는 2층 침대로 올라가 눈을 감았다. 통 집중을 할 수가 없었다. 지금까지처럼 가만히 있지만은 않겠다고 결심했는데 막상 어떻게 해야 할지 하나도 생각나지 않았다. 그저 곁을 지키는 지금 이 상태에 익숙해지고 세뇌당한 것 같아 기분이 좋지 않았다.

해준과 우현의 이름을 포털에 검색하자 여담처럼 기사 몇 개가 떴다. 고등학교 동창이었고 그 인연으로 화보 촬영을 진행하게 되었다고. 김해준의 다분히 의도적인 접근이다.

10년 만인가. 그가 게이라는 소릴 들은 것 같다. 거짓이다. 그날 늦은 퇴근을 하던 도윤이 본 그 광경은, 그 미묘한 분위기와 긴장감은…….

"그 동영상 최우현 맞다니까. 내 손모가지를 건다고."

그때, 의국 문이 열리며 대화 소리가 들렸다.

"근데 운동선수치곤 몸에 근육이 너무 없잖아. 최우현 화보 보니까 군살 하나 없이 잔근육 장난 아니던데."

"가슴 큰 건 비슷하지 않아?"

"동영상은 탄력이 없어. 신음 소리도 더 째지고. 최우현 목소리 낮잖아."

"그거야 모르는 거지, 섹스할 때는 몇 옥타브 더 올라갈 수도 있잖아. 아, 서도윤은 알겠네. 둘이 엔조이라며."

"소꿉친구 아니고?"

"야, 솔직히 남녀 사이에 친구가 어디 있냐."

"서도윤 이애리랑도 분위기 묘하던데."

"그럼 엔조이 맞네. 최우현이랑은 자는 사이고 결혼은 이애리 쪽이랑 하고, 이거 아냐? 이애리 집안 빵빵하다며. 서도윤 전문의 따면 개원하겠네?"

도윤은 천천히 눈을 뜨며 천장을 응시했다.

저런 대화에 언급될 이름이 아닐 텐데.

2층 침대에서 몸을 일으킨 도윤은 그대로 아래로 뛰어내렸다. 테이블 앞에 앉아 있던 1년 차 레지던트가 도윤을 발견하곤 사색이 되었다. 그가 무어라 입을 떼려 하자 도윤은 조용히 하라는 듯 검지를 입술에 가져다 댔다.

"아무튼 그 동영상 내가 보기엔 최우현 맞아. 카톡 지라시만 봐도 걔 걸레로 소문이 자자하잖아."

또 다른 후배는 아직 눈치채지 못하고 창밖을 보며 제멋대로 떠들고 있었다.

"서도윤이 제일 부럽다. 최우현 이애리 둘 다 얼굴 반반한데 맛은 다를 거 같…… 헉!"

그제야 도윤을 발견했는지 후배의 눈이 커졌다. 화들짝 놀라며 황급히 입을 닫고 인상을 구겼다. 순식간에 의국 안 공기가 찬물을 끼얹은 것처럼 가라앉았다. 도윤은 아무런 말 없이 두 사람을 물끄러미 바라봤다. 도무지 말이 되지 않는 내용이라 비현실적이었다. 발바닥으로 피가 빠져나가는 기분이다.

"정택영."

도윤이 휴대폰을 가리키며 손짓을 하자 실컷 입을 놀리던 후배, 택영이 군말 없이 패턴을 풀고 갤러리를 열어 내밀었다.

도윤이 영상을 재생시키자 살이 부딪히는 질척이는 소리가 공간을 울렸다. 엉망진창으로 뒹구는 남자와 여자. 살색이 액정 가득 찼다. 도윤은 자신의 휴대폰으로 영상을 전송하고 택영에게 휴대폰을 건넸다.

"이게 최우현이라고?"

얼핏 보이는 영상 속 여자의 생김새가 우현과 비슷했다.

뒷목이 뻐근해졌다.

"어디서 났어?"

"……저희도 인턴이 주는 거 받았습니다."

그동안 수군거리던 대화의 주제가 이거였겠지.

도윤이 나직하게 욕설을 내뱉자 후배 둘이 입을 꾹 다물고는 고개를 숙였다.

그는 잠시 아무런 말 없이 허공을 응시했다. 어떻게 정리를 해야 할까. 안 그래도 복잡했던 머릿속이 더 엉켜 버렸다.

병원 건물 밖으로 나온 도윤은 인적이 드문 벤치에 앉아 자신의 휴대폰에 다운로드받은 영상을 물끄러미 바라봤다. 재생 버튼 근처에서 도윤의 손가락이 하릴없이 맴돌았다. 후배들 태도가 이상해졌던 게 언제부터였더라. 3일? 아니, 최소 일주일은 된 것 같았다.

아니겠지. 아닐 거야. 그러다 문득, 그날 밤 우현과 김해준이 함께 있던 그 장면이 뇌리에 스쳐 견딜 수가 없어진다. 거친 입맞춤. 익숙해 보이던 우현. 그녀의 옷 안을 헤집던 남자의 손.

정말 이 여자가 우현이 맞다면.

도윤은 볼륨을 가장 낮게 조절하고 영상을 재생시켰다. 화질은 생김새를 구별할 수 있을 정도. 좋은 편은 아니었다. 여자의 얼굴이 비스듬히 잡힌 화면에서 도윤은 잠시 일시 정지 버튼을 눌렀다. 인정하고 싶지 않지만 닮았다. 키도, 헤어스타일도.

앵글 각도가 몰래카메라 같았다. 우산 모양의 조명 등 장비가 보이는 것으로 봐서는 촬영 장소는 스튜디오. 남자는 화면 밖에서 목소리만 들린다. 그마저도 속삭여 잘 들리지 않아 도윤은 살짝, 볼륨을 올려봤다. 판단이 서지 않아 몇 번이고 반복해서 들었다.

중저음. 나직하다. 많아 봤자 30대 중반일 남자의 목소리.

……김해준의 목소리가 어땠더라.

화질이 좋았다면 확실하게 구별이 가능했을 텐데 어둡고 화면이 깨져 명확하지가 않았다.

여자가 눈을 가리자 남자가 카메라를 들어 그녀에게 다가갔다. 옷 안으로 뱀처럼 미끄러져 들어가는 남자의 손이 속옷을 벗기고 애무하는 모든 과정을 카메라가 적나라하게 훑어 댔다. 나직한 여자의 신음 소리. 휴대폰을 들고 있는 그의 손끝이 작게 떨렸다. 우현의 목소리를 떠올리려 애를 썼지만 도통 생각이 나지 않았다. 그러거나 말거나 화면 속에선 동물적인 성행위가 이어졌다. 볼륨을 낮게 조절했음에도 불구하고 여자의 교성이 도윤의 고막을 찔렀다. 우현의 목소리라기엔 조금 높았다. 여자치곤 허스키한 편이니까. 아니…… 비슷한 것도 같다.

아니. 아니야.

그럴 리 없어.

차마 속에서 치받는 화를 참지 못하고 도윤은 손에 들고 있던 휴대폰을 집어 던졌다. 반대편 화단의 구조물에 부딪힌 휴대폰이 요란한 소리를 내며 튕겨져 나와 그의 발 앞에 뒹굴었다.

울컥 올라온 화가 목구멍에서 맴돌아 도윤을 괴롭혔다.

깨진 휴대폰 액정 속에선 아직도 영상이 재생되고 있었다.

절정에 다다른 여자의 비명.

도윤은 깊은 숨을 몰아쉬었다.

비인기 종목임에도 불구하고 국장은 최우현의 복귀 소식을 메인 뉴스의 한 꼭지로 올렸다. 어지간한 배우를 능가하는 화려하고 아름다운 외모. 카메라 앞에서는 전문 모델보다 더 화면 장악력이 좋아 은퇴한다면 연예계에 진출하라는 제안도 많다고 했다. 그 때문에 운동선수인지 CF 스타인지 본업이 뭐냐며 질투 어린 시선도 많지만 그럼에도 불구하고 실력은 완벽해서 모두를 닥치게 만든다고.

거울을 보며 화장을 점검한 애리는 PD의 준비 사인이 들어오자 허리를 세우고 자세를 바로잡았다.

셋, 둘, 하나.

큐.

"여왕의 귀환은 완벽했습니다. 1년 만에 피스트에 복귀한 사브르 여제 최우현 선수가 제주에서 열린 국가 대표 선발전에서 절정의 기량을 과시하며 금메달을 차지했습니다. 제주 종합 체육관에서 한주희 기자의 보도입니다."

메인 카메라의 빨간불이 꺼지고 준비한 화면이 나갔다. 애리는 반대편 모니터에서 이어지는 우현의 경기를 물끄러미 바라봤다. 스포츠에 문외한인 애리지만 우현의 경기를 볼 때면 사람이 바뀌는 것은 아닐까 싶을 정도였다.

이애리가 아는 최우현은 단순하고, 생각 없고, 충동적인 사람이다. 자신과는 완벽하게 정반대. 하지만 피스트 위의 펜서 최우현은 완벽하게 달랐다. 지나치게 차분하고 냉정한 모습에 괴리감이 느껴졌다.

애리는 다시 거울로 시선을 옮겼다. 완벽하게 세팅된 헤어, 꼼꼼한 메이크업과 단정한 흰색 정장 원피스. 고등학생 때부터 대학, 그리고 취업 후 아나운서 생활을 하면서 성적은 물론 외모까지 어디서 뒤쳐진 기억이 없다. 늘 이애리는 화제의 중심이고 선망의 대상이었다.

애리의 시선이 다시 모니터 속, 인터뷰를 하고 있는 우현에게로 옮겨 갔다. 화장기 없는 민낯, 하나로 묶은 머리는 땀 때문에 아무렇게나 흐트러져 있었다. 평소에는 액세서리 하나 하지 않더니 귀걸이를 했다. 그러고 보니 저 브랜드 모델이 됐다고 미용실 잡지에서 본 것 같다.

……도대체 도윤은 저 애의 어떤 모습에 끌리는 걸까.

애리가 봐도 우현은 나쁘지 않다. 아니, 꽤 괜찮은 편이다. 예쁘고 흔하지 않은 분위기였다.

며칠 전, 또 임원을 통해서 소개팅이란 이름의 선이 들어왔다. 성한그룹 황철영 부회장 셋째 아들이 만나고 싶어 한다나. 심심풀이가 아니라고, 결혼을 전제로 진지하게 교제하고 싶다고 했다. 나 이 정도 되는 사람인데…… 서도윤은 오늘도 연락이 없다.

"아침 드시고 가세요. 커피랑 샌드위치인데, 부장님이 쏘는 거래요."

뉴스를 끝마치자 AD가 애리에게 손짓을 하며 말했다. 좀생이가 웬일이래. 애리는 테이블 위의 자료를 챙기며 회의실로 향했다.

애리가 오자 회의실 안엔 기자 출신의 선배 앵커 혼자였다. 그가 샐러드 박스 포장을 열어 그녀에게 내밀었다. 애처가로 소문난 선배는 깔끔한 매너와 배려로 기혼임에도 불구하고 보도국 여자 스태프들 사이에서도 인기가 좋았다.

"소개팅 들어왔다며."

선배가 묻자 애리의 눈이 커졌다.

"동기 친구야. 말 좀 잘해 달라고 사정하더라고."

"아……, 네."

"걔 아침잠 많은데 너 보려고 새벽 5시에 일어난다더라."

선배의 말에 애리는 어색하게 웃으며 커피를 한 모금 마셨다.

"만나는 사람 있는데 거절하기 힘들어서 그러는 거면 내가 적당히 말해 주고. 아무래도…… 쉽게 퇴짜 놓기도 그렇고 덥석 물기도 힘든 배경이니까."

"네, 생각이 많아지네요."

"이렇게 연결되는 줄 알았으면 나한테 다리 놔 달라고 할걸 후회된대. 첫눈에 반해서 무턱대고 국장 통해서 찔렀다고, 너한테 점수 깎일까 봐 걱정되나 봐. 거기다 걔네 집 요즘 시끄럽잖아."

"아……."

오늘 오전 10시, 황수영 회장의 최측근이 비자금 관련하여 검찰에 출두할 예정이었다.

"대외비인데, 편집 회의에서 어차피 언급될 거니까. 오늘 8시 뉴스에 이재선 단독 칠 거야."

그래서 내일 평소보다 한 시간 빨리 출근하라고 했나 보다.

"이재선 어떤 건이요?"

애리의 물음에 그가 살짝 목소리를 낮췄다.

"혼외자 인터뷰. 아마 너도 알걸?"

소문은 많았다. 모델 출신 배우다, 아이돌이다, 기타 등등.

"제가 아는 사람이요?"

누구지. 애리는 갸웃했다. 딱히 떠오르는 얼굴이 없었다.

"김해준. 알지?"

설마…….

"사실 네 소개팅 남이 취재원이야. 걔가 찔러 줬거든. 뭐 걔 아버지 입장에선 이재선 몰락하길 바라니까 다분히 계산된 거겠지만."

그래. 이 선배, 앵커 이전에 기자였다.

애리는 손에 쥐고 있던 종이컵을 테이블에 내려놨다.

"저한테 묻고 싶으신 거 있으시죠?"

이제야 말이 통한다는 듯, 그가 의미심장한 미소를 지었다.

"최우현이랑 고등학교 동창이랬나?"

"네."

"김해준이랑도 동창이고."

"김해준이랑은 말 섞은 적도 없어요. 그냥 그런 애가 있다는 정도만 알았고요. 눈에 띄는 타입이니까요."

애리의 말에 선배가 고개를 끄덕이고는 자신의 휴대폰을 내밀었다.

"어제 최우현 경기장에 김해준이 나타났어. 얼굴 가릴 생각도 안 한 것 같던데, 숨길 생각도 없어 보이고."

경기장 벤치에 앉아 있는 해준의 사진이었다. 거리가 좀 있는 위치에서 망원 렌즈로 당겨 찍은 것 같았다. 애리는 몇 주 전 런칭 파티에서 나란히 앉아 있던 두 사람을 떠올렸다.

……그래, 역시 이런 사이였구나.

"김해준 사진 찍히는 거 아는 눈치였대. 후배 녀석이 따라 붙었는데 놓쳤고, 경기 끝난 최우현은 개인 일정 있다고 사라지고. 아마 같이 있겠지?"

애리는 사진 속, 독특한 패턴의 셔츠와 블랙 진 차림의 해준을 물끄러미 바라봤다. 김해준이 누군지 몰라도 시선이 갈 수밖에 없었다. 훤칠한 키와 보기 드문 패션 센스, 수려한 외모에 사연 있어 보이는 분위기까지 여자라면 한 번쯤 꿈꿔 볼 만한 남자였다.

이재선의 아들이라.

"최우현, 오래 사귄 남자 친구 있다고 하지 않았나? 정형외과 의사라던."

도윤의 이야기였다.

"어릴 적부터 친구예요. 연인은 아닐 거예요."

애리는 조심스럽게 입을 열며 빠르게 계산해 나갔다.

그래서 지금 자신이 어떻게 해야 서도윤을, 최우현을 향한 서도윤의 마음을 단념시킬 수 있을까.

"이 둘 사귀는 사이 맞나 봐요."

애리가 액정을 밀어 사진을 넘겼다. 우현의 경기를 보고 있는 해준의 모습이 담겨 있었다. 표정은 없었지만 먼 거리의 사진임에도 불구하고 느껴졌다. 런칭 파티에서부터 명확했다. 김해준에게 최우현은 여자다.

"뭐 아는 거 있어?"

"개인적으로 브랜드 런칭 파티 갔었거든요. 둘 심상치 않아 보였어요."

"그렇지, 화보도 같이 찍었고."

선배가 혼잣말을 하며 어디론가 문자 메시지를 보냈다.

"성한그룹은 최우현을 어마어마하게 지원했고, 김해준은 그 아들이고⋯⋯. 지금은 생부 뒤통수를 치려고 하고, 최우현 김해준은 연인이고?"

"관계도가 이상하네요. 아, 혹시 이 선배한테 들으셨을 수도 있는데."

"대명 둘째 이야기?"

"네."

애리가 고개를 끄덕이자 그가 고개를 절레절레 저으며 말했다.

"CCTV 확보하려고 보안 요원 꼬시는 중인데 쉽지 않아. 그나저나 그 둘이 사귀는 사이면 김해준 게이라는 건 루머인가 보네. 최소 바이섹슈얼이거나."

"아닐 거예요. 그 둘 고등학생 때도 분위기 심상치 않았거든요. 사실 게이라는 것도 여자관계 없어서 생긴 소문이잖아요."

애리의 말에 선배 역시 고개를 끄덕였다.

정치부 출신인 선배가 접근하기엔 아무래도 한계가 있어 보였다. 이 정도 소스라면 누가 제대로 받아먹을까. 애리는 적당한 얼굴을 떠올려봤다.

"〈한밤의 연예 통신〉 진행한 지 얼마나 됐지?"

"3년이요."

왜 이 이야기를 애리에게 귀띔했는지도 감이 잡혔다. 기자 전직을 생각하고 있다는 속내를 그에게 내비친 적이 있다.

오늘은 월요일, 애리가 메인 MC인 연예 프로그램 방송은 토요일. 두 사람이 아직 제주도에 있다면……. 그녀는 빠르게 타임 라인을 그려 봤다.

김해준과 최우현 열애 단독 보도를 한다면 금요일 오전이 적당하다. 방송 언론 특성상 이쪽에서 선수 치는 건 무리니 역시 언론사에서 먼저 보도하는 것이 나을 것이다. 미공개 자료는 토요일에 우리 쪽으로 넘기라는 조건으로.

"적당한 언론사 알아?"

선배의 물음에 애리는 자신의 휴대폰을 꺼내 연락처 목록을 살폈다.

"파파라치 전문 아시잖아요. 김해준 제주에서 찍힌 사진 좀 저한테 보내 주세요."

애리가 적극적으로 나오자 선배가 피식 웃으며 자신의 휴대폰을 터치했다.

막 대화를 마무리하려는 때에 보도국 스태프들이 회의실 안으로 들어왔다. 애리는 모르는 척 샐러드 박스를 자신의 앞으로 끌어왔다.

김해준, 그리고 최우현.

애리는 화보의 분위기와 맞지 않아 아쉽게 제외했다며 에디터가 인스타그램에 올린 우현의 사진이 떠올랐다. 처음 봤을 땐 분위기가 묘하네, 하고 그냥 넘겼던 것이었다. 손가락을 움직여 스크롤바를 내리자 애리가 찾으려던 사진이 보였다.

사진 속 우현은 졸고 있었다. 머리가 망가질까 봐 비스듬히 고개를 꺾은 불편한 자세였지만 표정만큼은 평온하고 나른해 보였다. 담요를 어깨에 둘러 노출이 과하지 않은 흑백 사진임에도 불구하고 오히려 노출이 심했던 화보보다 더 아슬아슬했다. 새까만 긴 머리카락 틈으로 보이는 흰 목덜미와 곧은 쇄골. 우현이 졸면서 고개를 움직일 때마다 길게 늘어진 귀걸이가 흔들리는 순간. 화보와는 다르게 포토샵으로 지우지 않은 어깨의 멍까지도 야릇하게 보였다.

그래 봤자 첫 만남, 혹은 최소 두 번째 만난 사이였을 텐데.

예술 한다는 남자들의 문란함을 잘 안다. 그 괴팍한 성미를, 충동을, 어린아이 같은 집착을. 쉽게 사랑에 빠지고 어이없게 식어 버리고 마는 족속. 우주를 다 줄 것처럼 달콤한 말과 천부적인 재능으로 유혹하다가도 다음 날 아침이면 변해 버리고 마는 부류.

김해준은 어떨까.

"저 이애리예요. 이른 시간에 죄송합니다. 국장님 지금 통화 가능하신가요? 네, 다름이 아니라⋯⋯. 제안드릴 게 있어서요."

캐노피 선베드에 앉아 페디큐어에 도전하던 우현은 손이 엇

나갈 때마다 리무버로 벅벅 문지르며 인상을 썼다. 시작한 지는 꽤 되었는데 아직 엄지발톱 하나도 성공하지 못했다.

"이리 줘."

도저히 안 되겠는지 옆에 앉아 책을 보던 해준이 우현에게서 매니큐어를 빼앗아 갔다. 발 거칠고 엉망인데. 순간 드는 생각에 우현이 피하려 했지만 해준이 확, 그녀의 발목을 잡아끌었다. 대여섯 개의 매니큐어를 늘어놓고 그녀의 피부색과 가늠하더니 붉은색과 흰색을 골라냈다. 그러곤 순식간에, 매우 깔끔하게 발톱을 채웠다.

"너 되게 잘한다."

우현이 중얼거리며 자신의 발아래에서 몸을 굽히고 있는 해준을 바라보았다. 위에서 내려다보니 안경이 흘러내리고 그의 맨눈이 보였다. 그러고 보니 그림을 잘 그렸지. 촬영 때 즉석에서 선 몇 개로 그린 콘티를 떠올리며 우현은 가만히 고개를 끄덕였다

"간지러워."

그의 손이 복사뼈와 발등을 스칠 때마다 어쩐지 기분이 야릇해졌다. 우현이 몸을 비틀자 해준이 한 손으로 발목을 완전히 감싸 쥐고 후, 가볍게 입김을 불었다. 그의 옅은 호흡이 발가락 사이를 간질인다. 짐짓 아무렇지도 않은 척, 우현은 배 위에 올려 두었던 쿠션만 꽉 움켜쥐었다. 일부러 저러는 건지, 그런다고 뭐 얼마나 빨리 마른다고 해준이 그녀를 힐끗 올려다보고는 또 한번, 이번에는 길게 후우 불었다. 순간 발의 굳은살

이, 슈즈에 까진 발등이 괜히 부끄럽다.

"오른쪽 발목 부은 것 같은데."

해준이 우현의 양 발목을 잡아 나란히 놓고는 번갈아 보며 말했다.

경기하다 살짝 접질리긴 했지만.

"별 차이 없지 않아?"

"부었는데 뭘."

그러고는 벌떡 일어나 풀빌라 안으로 들어가 아이스 팩을 만들어 왔다.

좋네. 상전 대접.

무심할 것 같은데 의외의 면에서 섬세하다.

"매니큐어 많이 발라 봤어?"

오른발에 아이스팩을 올려놓고 해준이 다시 몸을 굽혀 왼쪽 발의 페디큐어를 칠하기 시작했다.

"아니. 처음."

"많이 해 본 것 같은데……."

우현이 말꼬리를 길게 빼자 해준이 움직임을 멈추고 그녀를 바라보았다. 순간 더운 바람이 불며 흰 캐노피 커튼이 넘실거렸다. 바람에선 바다의 냄새가 났다.

"많이 해 봤지?"

그녀의 물음에 대답 없이, 해준은 뜻 모를 미소를 지으며 캐노피 옆에 놓인 주홍빛 조명을 켰다. 그의 미소가 둥그런 곡선을 그리며 그녀에게 닿았다. 서서히 밤이 찾아오고 있었다.

페디큐어를 완성한 해준이 우현의 양발을 모으고는 휴대폰 카메라를 이리저리 들이댔다. 경기 중 발이 밟혀 든 멍, 굳은살 때문에 사포 같은 피부, 그가 '부었다'고 하자마자 거짓말처럼 욱신거리는 발목. 그와 대비되게 해준이 완성한 발톱의 패디큐어는 샵에서 케어를 받은 것처럼 그럴듯했다. 괜히 쑥스러워 빼고 싶은데 이게 뭐라고 공들이며 앵글을 바꾸는 해준을 보니 차마 어쩌지 못하고 발가락 끝에 힘만 들어간다.

후우, 그의 입김이 또 한번 그녀의 발가락 사이를 적셨다. 분명 식히려는 의도일 텐데 어째서인지 체온은 올라가는 느낌이었다. 우현은 발끝으로 슬쩍 해준의 어깨를 건드렸다. 발가락에 힘을 줘 티셔츠를 감고 자신 쪽으로 당기자 그가 순순히 그녀 쪽으로 끌려왔다.

해준의 손이 그녀의 귓불을 매만졌다. 부드러우면서도 미묘한 흥분이 느껴지는 손짓이었다. 남자는 귀걸이를 매만지다가 그것을 빼 협탁 위에 두고는 혀로 귓불을 핥으며 깨물었다. 우현은 말 없이 쿠션에 고개를 묻었고 그의 기다란 손가락은 그녀의 머리카락 사이를 헤집으며 헝클어뜨렸다.

그리고 입술이 닿으려는 순간, 해준의 휴대폰이 울렸다.

그의 미간이 신경질적으로 일그러졌다. 해준은 휴대폰을 확인도 하지 않고 다시 키스하려 했지만 우현은 고개를 슬쩍 피하며 전화를 받아 보라고 눈짓을 했다. 그제야 그가 액정을 확인하고는 가벼운 한숨을 쉬며 조금 떨어진 곳으로 자리를 피했다. 꼭 받아야 하는 전화인가 보다.

우현은 누워 있는 그 상태로 더운 숨을 내뱉었다. 어중간한 흥분이 몸 안을 돌아다니는 기분이 이상하고 또 기묘했다. 그래, 이 열을 식히자. 풀장에 첨벙 몸을 던졌다.

바다가 일몰에 잠겨 갔다. 점점 모호해지는 하늘과 바다의 경계. 그 모호한 경계를 따라 어둠이 퍼지기 시작했다.

인피니티 풀의 끝에 서 있던 우현은 멍하니 하늘을 바라보며 마가리타를 홀짝였다. 하늘이 잉크를 뒤섞은 것 같았다. 붉고 푸르고 검은 이 오묘한 색들. 우현은 한쪽에 놓아 둔 휴대폰을 집어 들고 카메라를 작동시켰다. 하지만 액정으로 보이는 풍경은 눈으로 보이는 것의 반도 구현하지 못했다. 왜일까. 눈으로 보는 저 광경은 금방이라도 빨려 들어갈 것 같았다.

위험하지만 그래서 더 매혹적인.

마치 저 남자처럼.

해준은 무언가 심각한 얼굴로 통화를 하고 있었다. 영상 확인했어. 비용 얼마나 들어도 상관없으니까 웹에 올라온 건 전부 삭제해 줘. 아니야. 에이전트 못 믿어. 한 변호사 통해서 대응 준비해.

뭔 소리인지 모르겠지만 해준이 작업한 데이터라도 유출된 모양이었다.

"이리 줘."

통화가 끝났는지 첨벙, 물소리와 함께 해준이 풀 안으로 들어와 그녀의 손에 있던 휴대폰을 빼앗아 들었다.

"휴대폰으론 잘 안 찍히는 것 같은데."

"네가 못 찍는 거겠지."

해준이 무언가를 조작하더니 무심한 얼굴로 찰칵, 사진을 찍었다. 사진은 생각보다, 아니, 그 이상으로 그럴듯했다.

우현의 대회가 끝나자마자 해준은 불쑥 나타나 그녀를 납치하다시피 끌고 왔다. 제주도의 외지고 외진 곳 어디쯤, 프라이빗 풀빌라 같았다. 풀빌라 안은 조용했고 개미 한 마리 보이지 않았다.

해준이 우현의 등 뒤에서 그녀의 허리를 안으며 부드럽게 몸을 밀착했다. 우현은 그러거나 말거나 다시 휴대폰을 들어 하늘을 찍어 보았다. 이리저리 구도를 바꿔 가며 찍는데 영 별로였다.

"왜 내가 찍는 건 안 예쁘지."

"너 셀카도 못 찍잖아."

우현은 한 연예 매체가 매년 장난삼아 조사하는 '셀카 못 찍는 스타'에 꾸준히 이름을 올리는 중이었다.

"공부도 못하고 셀카도 못 찍고 운동 말고는 잘하는 게 없네, 내가."

우현의 말투가 묘하게 삐딱했다.

"예쁘게 사진 찍힐 줄은 아니까."

해준이 우현의 귓가에 속삭이며 그녀의 비키니 안으로 손을 넣어 가슴을 움켜쥐었다. 목소리는 건조하기 이를 때 없는데 손길은 끈적하다.

우현은 해준이 아프게 손에 힘을 주며 가슴을 애무할 때마다 살짝 미간을 찌푸렸지만 굳이 그를 밀어내지는 않았다. 기다란 손가락이 가슴을 자극했다. 부드럽게 쓸었다가 아프게 꼬집고 장난스럽게 건드린다. 점점 몸에 열이 오르고 호흡이 젖어 들어갔다.

만지는 것만으로 만족하지 못했는지 남자가 마주 보게 그녀의 몸을 돌렸다. 그는 익숙해진 눈으로 여자를 응시하고는 그녀의 몸 위로 더운 숨을 내뱉었다. 자연스럽게 입술이 벌어지고 고개가 뒤로 젖혀졌다. 따뜻해진 물이 그녀의 몸을 휘감았다. 그녀는 본능적으로 손을 뻗어 남자의 어깨를 안았다. 중력을 거스르는 기분. 우현은 뜨거운 숨을 몰아쉬며 이제 점점 어둠이 깔리기 시작한 하늘을 바라봤다.

가장 순수한 블랙이 세상을 집어삼키고 있다.

"물 무서워."

우현이 속삭이자 해준이 그녀의 다리를 잡아 자신의 허리에 감게 했다. 그는 그녀의 허리를 단단히 붙들고 세게 조여 안았다. 맞닿은 피부로 남자의 체온이 고스란히 스며들었다. 서늘한데도 뜨겁다. 살갗이 스칠 때마다 조바심이 난다.

고통과 쾌락, 그 어디쯤.

감각이 경계를 오르락내리락한다.

"나가서 해."

우현이 중얼거리자 해준이 고개를 들어 대답 없이 눈으로 물었다.

"나 물에 빠져 죽을 뻔했다니까."

미끄러져 내려 물에 빠질 뻔하자 우현이 해준의 어깨에 매달려 안겼다.

"싫은데."

"야."

"싫어."

해준이 얄밉게 말하며 다시 우현의 가슴에 얼굴을 묻었다. 살갗을 핥고 깨물다가 깊게 빨아들인다.

"힘 빼. 잡아 줄게."

"내가…… 트라우마가 있다고."

가슴에서 느껴지는 거센 흡입력에 그녀는 젖은 숨을 몰아쉬었다.

"안 어울리게."

"그때 서도윤이…… 안 건져 줬으면 나 죽었다니……. 야, 아파!"

남자가 유두를 물어뜯자 여자가 날 선 비명을 지르며 확 그의 어깨를 밀쳐 버렸다. 물보라가 일며 기포가 여자의 몸을 휘감았다. 그녀는 그대로 남자를 밀어 버리고 바닥에 발을 디디며 손으로 가슴을 감쌌다.

우현은 미간을 찌푸리며 해준을 노려보았다. 그러거나 말거나 해준은 뭐 문제 있냐는 듯 어깨를 으쓱했다.

얄밉다.

"거칠게 하는 거 좋아하잖아?"

말이나 못하면.

해준의 말에 우현은 입을 삐죽거리며 물어뜯긴 왼쪽 가슴을 내려다봤다. 검에 찔린 멍 자국인지, 해준이 남긴 키스 마크인지 모를 것들로 흰 피부가 울긋불긋 난리도 아니었다. 쓰라린 고통에 저절로 미간이 찌푸려졌다.

"너 서도윤이랑 아직도 붙어 다녀?"

그가 손을 뻗어 그녀의 손목을 잡아 자신 쪽으로 당기며 물었다. 얌전히 끌려가지는 않겠다는 듯, 우현은 손목을 비틀어 빼냈다. 마음에 들지 않는지 해준이 고개를 비딱하게 젖히고는 우현을 아래위로 훑어보았다. 가슴 아래로는 물에 잠겨 언뜻 비칠 뿐인데도 여자의 몸은 황홀했다.

자극은 끝이 없었다. 익숙해질 기미도 없이 그를 농락한다.

"도윤이 레지던트라 바빠 죽어. 정형외과."

그 말에 이번엔 해준의 미간이 일그러졌다. 아마 이 여자는 평생 모를 거다. 자신이 머리로만 생각했던 것들, 그리던 것들, 전부 현실로 만들어 버리면 도망가 버릴 거면서.

해준이 마지막으로 시계를 봤을 때가 7시 34분이었다. 체감으론 억겁의 시간이 지났을 것 같은데 그래 봤자 5분에서 10분 사이라는 것도 잘 알고 있다.

뉴스가…… 8시라고 했던가.

이재선과 나란히 있을 김해준이라는 이름 세 글자. 남자의 치부가 세상에 알려지는 순간을 떠올리니 잔인한 기쁨보다는 심장 한쪽이 욱신거리며 갈증이 났다.

그래, 약에 중독되는 것보단 섹스 중독이 낫겠지.

그녀라면.

사격이나 양궁에서는 과녁을 향하는 순간 몸을 움직이지 않기 위해 호흡을 멈춘다. 눈앞의 포인트에 모든 신경을 집중하고 완전하게 주위의 방해를 차단하기 위해 집중한다. 피스트 위에서 포인트를 찌르는 순간의 우현 역시 마찬가지였다. 호흡은 배제되고 오로지 나와 상대방만 존재하는 순간. 모든 공기의 흐름이, 시간이 멈춰 버린다. 시끄러운 응원 소리도, 목이 터져라 외치는 감독의 고함 소리도. 들리는 것은 오로지 우현, 자신의 거친 호흡뿐인 그 순간.

마지막 포인트를 알리는 전자음이 들리던 순간 느꼈던 쾌락. 심장을 옥죄는 고통이 오르가슴이 되는 그런 기분은 피스트 위에서만 느낄 수 있는 줄 알았다. 그를 만나기 전까지는, 도피처는 운동밖에 없었다.

눈앞에서 폭죽이 터지는 것처럼 아찔한 느낌이 우현의 발끝에서 시작되어 머리까지 올라왔다. 뜨거운 무언가가 몸 안을 가득 퍼져 가는 느낌이 들어, 우현은 해준의 어깨를 꽉 움켜쥐었다. 몸 안에 쌓여 있던 자극이 순식간에 타올라 재가 되어 버렸다. 해준 역시 우현과 같은 것을 느꼈는지 숨을 몰아쉬며 그녀의 목덜미에 얼굴을 묻고 몸을 떨었다. 부드러운 자극과 날카로운 여운이 몸을 휘감았다. 몸을 섞을 때의 그는 격렬했지만 난폭하지 않았다.

곧이어 그가 몸을 일으켰다. 깊은 곳까지 꽉 차 있던 해준이 빠져나가자 어쩐지 허전한 느낌이 든다. 남자가 살짝 인상을 쓰며 콘돔을 빼 휴지통에 던졌다. 엎어진 박스에서 쏟아져 나와 있던 콘돔과 해준을 번갈아 보며 우현이 말했다.

"철저해서 내가 다 고마울 지경이네."

무슨 소리를 하냐는 듯 해준이 그녀를 바라보고는 이내 아, 하며 피식 웃었다.

"혼전 임신 트라우마가 있어서."

"전 여친 임신이라도 했었어?"

"아니, 엄마. 미혼모라……. 너도 이제 복귀해야 하고."

해준이 아무렇지도 않게 말하자 우현이 괜한 주제를 꺼냈다고 생각했는지 당황한 얼굴을 했다.

"신경 쓰지 마."

해준이 아무렇지도 않은 얼굴로 말하며 그녀의 이마를 매만졌다.

"어떻게 신경이 안 쓰이냐."

해준이 옆에 눕자 우현이 손을 뻗어 그의 머리를 안아 다독였다. 이제 해준은 유진의 얼굴이 흐릿해졌다. 옷으로 배를 숨기고 미대 실기를 보러 갔었다지.

"고3 때 임신했대. 과외 선생이랑 눈 맞아서."

"조숙하셨네."

"본인 입으로 그러던데, 자기 까졌었다고."

해준이 나른하게 말하며 그녀의 입술에 키스했다.

함께 걷고, 여행도 가고, 쇼핑도 하는 그런 평범한 일상을 우현과 공유하고 싶었다. 아직 그녀는 시선이 부담스러운지 제주도를 둘러보자는 해준의 말에 피곤하니 그냥 숙소 가서 쉬고 싶다고 했지만.

해준이 손을 뻗어 침대 옆 협탁 위에 올려 두었던 카메라를 집어 들었다. 클래식한 디자인의 카메라였다. 빈티지한 느낌의, 꽤 오래된 것 같은. 흔히 보는 카메라와는 다른 느낌이었다.

"피곤해."

우현이 해준이 들이대는 카메라 렌즈를 가리며 베개에 얼굴을 파묻었다.

"응."

"이게 다 너 때문이야."

몇 번, 셔터 소리가 들렸다. 얼굴도 가렸는데 뭘 찍을 게 있긴 한가.

"왼팔에 뭐야?"

해준이 물었다.

"도핑 검사 한다고 피 뽑는데, 오늘따라 이상하게 혈관이 계속 터지네. 한 세 번 찔렀어."

꾸준히 회복 훈련을 하긴 했지만 오랜만의 실전이었다. 개인전에 연달아 단체전까지. 체력을 전부 다 쥐어짰는데 그대로 해준에게 끌려와 이 상태였다.

"그거 비싼 거야?"

우현이 고개를 들고 손바닥으로 얼굴을 가리며 해준에게 물었다.

"적당히?"

달라는 듯 우현이 해준에게 손을 까딱거렸다. 그는 흔쾌히 그것을 그녀에게 건네주었다.

우현이 조심스럽게 카메라를 들여다보고는 해준을 향해 찰칵, 셔터를 눌렀다.

"이거 셀카 모드 돼?"

셀카 모드라니. 우현의 해맑은 질문에 해준은 픽, 미소를 지었다.

"아니, 어차피 너 셀카도 잘 못 찍잖아."

아마 우현은 자신의 손에 들린 카메라의 가치를 모를 것이다. 독일이 낳은 최고의 카메라, 라이카의 신작. 라이카에서 미출시 된 상품을 해준에게 건네며 테스트 촬영 겸 프로모션을 위한 사진전을 의뢰했다.

찍은 게 최우현밖에 없는 게 문제라면 문제다.

해준의 반응에 우현이 입을 삐죽 내밀며 빠르게 휠을 돌렸다. 열심히 이것저것 만져 보는데 마음대로 안 되는지 우현의 귀 끝이 점점 붉어졌다. 성질은 급해서, 인내심에 한계가 오는 모양이었다.

"이거 이상해."

우현이 인상을 쓰자 해준이 몸을 일으켜 침대 헤드에 기대 앉고는 자신의 옆으로 오라는 듯 손짓을 했다. 우현은 잽싸게 해준의 옆에 앉아 카메라를 내밀었다.

"이게 셔터 스피드고, 이게 렌즈 조리개."

"셔터 스피드가 뭔데? 조리개가 이거야? 아, 나 하나도 모르겠어."

우현의 질문에 해준이 짧게 한숨을 내쉬었다. 그래, 모르지. 보통은 모르는 게 당연한데 어떻게 설명을 해야 할지 감이 안 잡혔다.

"나도 디카 써 봤다고. 이 카메라가 이상한 거야."

우현이 그에게로 완전히 등을 기대며 중얼거렸다. 해준은 우현의 허리를 끌어당겨 안고는 그녀의 어깨에 살짝 턱을 괴었다. 서늘한 에어컨 온도 탓일까. 체온이 기분 좋다.

"일반적인 디카랑 좀 다른 거야. 이 사진 본 적 있어?"

해준이 자신의 휴대폰을 켜 포털에 사진 하나를 검색했다. 2차 세계 대전 종식의 상징, 수병과 간호사가 뉴욕 타임스퀘어 앞에서 키스를 하는 사진이었다.

"김해준, 너 메시지 엄청 많이 온 것 같은데."

"급한 거 아니니까 사진부터."

미국 매거진의 사진 기자인 아이젠슈테트가 찍은 이 사진은 '라이카 M'으로 찍은 네 장의 스냅 사진 중 하나이다.

"교양 시간에 봤어."

"학교를 다니긴 했나 봐."

"아직 졸업을 못 하긴 했지. 그래서?"

"이 사진을 찍은 카메라의 디지털 카메라 버전. 디지털 이미지지만 다른 방식은 전부 예전 그대로."

느리고 불편하고 까다롭다. 초점을 잡고 노출을 잡는 것에 능숙한 해준조차도 셔터를 누를 때면 고민하게 만드는 카메라.

"봐. 아까 찍은 거 다 흔들렸어."

해준이 방금 전, 누워 있는 우현을 찍은 사진을 보여 주며 웃었다. 흔들리고 어두워 마치 심령사진 같았다.

"실패할 확률이 높다는 거네."

"그런 셈."

"자주 안 써? 너 이거 쓰는 건 많이 못 본 것 같아."

우현의 질문에 해준은 대답 없이 웃기만 했다.

"손 많이 가서, 공들여야 할 때만."

"너 이거……."

내 사진 찍을 때만 썼잖아.

우현은 그런 이야기를 하려고 했던 것 같다. 해준은 대답 대신 말끝을 흐린 그녀의 입술에 살짝 키스했다.

해준은 문득 고개를 들어 벽에 걸린 시계를 보았다. 저녁 9시 24분. 이재선의 혼외자가 포토그래퍼 김해준이며 친모는 화가 김유진이라는 보도가 나왔을 것이다. 전화는 이미 수신 거부를 해 뒀다. 모바일 메신저 역시 난리가 났겠지.

인터뷰는 제주로 떠나기 전, 방송국 스튜디오에서 진행됐다. 해준과 정치부 기자, 카메라 기자까지 단 셋뿐인 조용한 자리였다. 인터뷰 시작 전까지 이재선은 해준을 설득했다. 평소 같으면 수신 거부를 했을 재선의 전화를 받은 것은 비틀린 심기 때문이었다. 어차피 받아 줄 것도 아니지만 당신도 한번 빌어 보라는 그런 뒤틀린 마음.

다 잡은 권력을 눈앞에서 잃게 생긴 남자는 눈물을 흘렸다.

추악하고 역겹게도.

해준은 조바심이 났다. 알 수 없는 불길함이 엄습했지만 애써 치워 두었다. 우현의 에이전트는 조만간 세무 조사를 받을 것이다. 변호사를 통해서 우현의 계약 해지와 관련된 내용을 준비하게 했다. 또……. 또 무얼 준비해야 하는 걸까.

이재선이 경선에서 낙마하는 쪽이 가장 깔끔하겠지만 만에 하나 대선 후보가 된다면…….

갈기갈기 찢어 놓을 것이다.

성한그룹부터.

300만 원이 아니라 한 500만 원은 부를 걸 그랬다.

풀숲, 나무 아래 웅크리고 앉은 20대 중후반의 여자는 하염없이 풀빌라 입구 쪽을 바라봤다. 이게 무슨 독립운동도 아니고 화장실도 못 가고 벌써 다섯 시간째다. 오늘의 제주 나들이 목적은 김해준과 최우현, 열애의 증거가 될 사진을 찍어 오는 것. 여자는 한 컷에 300만 원을 약속받았다. 연사는 안 되고 얼굴이 확실하게 나오면 값을 더 쳐주겠다니 잘만 찍으면 500만 원까지도 가격을 올릴 수 있지 않을까 싶었다.

정말 확실한 한 방을 원하는지 사장은 그녀에게 법인 카드를 건넸다. 벤츠까지는 렌트 허용이란다. 보통 뻗치기 뛰는 언론사 사진기자들의 차종은 뻔하다. 좀 크면 카니발, 작으면 아반떼나 SM3. 차 때문에 파파라치들이 타깃에게 걸리는 경우도 많다고 하니, 사장이 이렇게 인심을 쓰는 것은 영혼을 갈아서라도 꼭 찍어 오라는 뜻이었다.

예술 사진은 김해준이 잘 찍겠지만 몰래 찍는 건 내가 더 잘하지.

여자는 제주에 오자마자 공항에 있는 렌트카 업체부터 뒤졌다. 분명 충동적으로 왔을 테니 미리 예약을 안 했을 거고, 마세라티와 레인지로버를 몰고 다닐 수준이면 제주에서도 최소 벤츠 아니면 아우디일 것이다. 왜냐면 그 이상의 외제 차는 여기서 렌트할 수 없을 테니까.

다행히 김해준은 눈에 띄는 남자였고 공항 렌트카 업체를 찔러 보고 다닌 지 30분 만에 여자는 그가 어떤 차를 렌트했는지 알아냈다. 아우디 A7 블랙.

얼마 전, 최우현과 정형외과 의사의 열애설 사진도 그녀의 작품이었다. 그건 꽤 쉬웠다. 아는 주차장 직원들한테 최우현 뜨면 연락 달라고 카톡 돌리고 끝. 그런데 이번 건은 무조건 이틀 안에 해치워야 한단다. 퀄리티 좋으면 확실한 보상을 약속하겠다니 정말 급하긴 한 모양이었다.

5만 원권을 몇 장 찔러 주자 김해준의 렌트카 번호까지 털어놓은 업체 직원은 차에 달린 GPS 좀 봐 달라는 그녀의 말에는 난색을 표했다. 쫄보 같으니라고. 얼마 더 찔러주니 서귀포 쪽으론 안 넘어갔다고, 이 근처라고만 할 뿐이었다.

제주 공항과 제주 종합 경기장은 차로 5분 거리. 애월 해안 쪽인가 싶어 이 근처 풀빌라를 다 뒤졌다. 그러고서 찾았다. 아우디 A7 블랙. 이런 노가다는 오랜만이었다.

프라이빗 풀빌라에서 사각지대가 아닌 곳은 풀장으로 가는 단 3미터의 통로뿐이었다.

그때, 안쪽에서 인기척이 들리자 여자는 미리 세팅해 둔 카메라를 꺼내고 뷰파인더에 눈을 가져다 댔다. 누군가가 인피니티 풀 쪽으로 나오는 게 보였다. 긴 머리, 여자치고 꽤 큰 키, 최우현이 맞다. 팔뚝보다 더 큰 망원 렌즈를 이고 지고 제주까지 온 보람이 있었다.

우현은 길게 늘어진 흰색 반팔 티셔츠 하나만 걸친 차림새였다. 티셔츠가 얇아 언뜻 속살이 비쳤다. 브래지어는 입지 않았는지 맨가슴의 굴곡이 꽤 적나라하게 어른거린다. 매끈하게 뻗은 다리로 성큼성큼 실내를 오가는 모습이, 모델이 런웨이를 워킹하는 느낌이었다.

셔터를 누르려던 여자는 잠시 멈춰 짧게 심호흡을 했다. 저 정도는 되어야 게이라고 소문난 김해준 후리나 보지. 처음 김해준, 최우현이라는 조합을 듣고 고개를 갸우뚱했던 그녀지만 이렇게 보니 이해가 되었다. 최우현은, 찍사의 손을 근질거리게 하는 타입이니까.

그때 프레임 안에 한 남자가 들어왔다. 상의는 입지 않은 남자가 우현에게 다가가 그녀를 안고 가볍게 입을 맞추었다. 뒤에서 안고 허리를 쓰다듬는 모습이 누가 봐도 연인이었다. 포옹은 자연스러웠고 키스는 당연해 보였다.

……그래, 이쪽이 진짜다. 그 정형외과 의사는 영 아니었어.

여자는 빠르게 셔터를 눌렀다.

꾸 두블 Coup double

두 선수가 동시에 찔렀을 경우

새벽, 4시를 좀 넘어가는 시간. 수영은 자신의 최측근인 SH 텔레콤 박윤호 사장이 검찰 수사를 받고 방금 귀가했다는 메시지를 받은 후에야 서재를 나왔다. 이변이 없는 한 다음 소환 조사는 황수영, 자신일 것이다.

넓은 침실은 고요하고 서늘했다. 온기 없는 커다란 침대와 정면에 걸린 커다란 유화 캔버스, 정원이 내려다보이는 창가 쪽에 놓인 티 테이블과 1인용 소파. 넓지만 지나치게 심플한 까닭에 늘 텅 비어 보이고 한기가 맴돌았다. 이 방에 그녀의 남편이 들어온 것은 아마 손에 꼽힐 것이다.

피로가 어깨를 짓눌렀지만 수영은 침대에 눕는 대신 소파에 앉아 잠시 눈을 감았다. 지끈한 두통이 그녀의 뒷목을 잡아당긴다. 수조에 갇힌 채 물이 서서히 차오르는 것을 무력하게 바라보며 익사를 기다리고 있는 기분이다.

이를 악물고 발길질을 해 수면에서 한 호흡을 하고 나면 또다시 깊은 심연 속으로 끌려 들어간다. 그러면 또다시 누군가의 숨통을 밟고 올라가 입을 내밀고 간신히 숨을 쉰다. 하지만 이제 지쳤다. 발끝에 힘이 닿지 않아 이대로 저 아래로 끌려 들어갈 일만 남은 듯했다.

일평생을 빼앗기 위해, 빼앗기지 않기 위해 날을 세우고 살아왔다. 결국 다 내려놔야 하는 순간이 올 것이라는 건 직감적으로 느낄 수 있었지만 그 상대가 김해준일 거라곤 생각하지 않았다. 최후의 순간 자신의 숨통을 쥐고 흔든 상대가 그 아이일 거라고는 꿈에도 몰랐다.

……네가 결국, 나를.

수영은 피식 헛웃음을 지으며 특수부 수사 팀의 명단을 떠올렸다. 부장, 차장 검사들이 대거 포진한 가운데 눈에 띄는 이름이 있었다. 김해령 검사. 해준의 호적상 누나다. 평검사 가운데서도 눈에 띄는 인재라 대기업 법무 팀과 여러 로펌에서 빼오려고 안간힘을 쓴다고 했다. 수영 역시 직접 김해령을 지목해 영입을 지시한 적이 있다. 실력도 실력이지만……. 그냥, 해준을 자극하고 싶었다. 김해령이 성한에 올 일은 절대 없다는 걸 안다. 몇 번씩 해준이 자살을 기도할 때마다 김해령이 직접 미국으로 건너가 보살폈다는데 그게 가능할 리가 없다.

성한의 분식 회계와 비자금 조성은 상당히 은밀하게, 철저하게 이루어졌다. 김해령 혼자 이 정도로 파헤쳐 들이댔을 리가 없다. 꽤 오랜 기간, 공들여 지켜본 게 분명하다.

해준, 그 아이가 결국 제 친모의 목숨 값을 받아 내겠다며 수영의 턱 끝에 칼을 들이민다.

결국 해준이 이재선의 혼외자라는 사실은 온 세상에 까발려졌다. 분명 남편은 2주 전, 수영에게 어떻게든 그녀가 검찰 포토 라인에 서는 것만은 막아 주겠다고 약속했다. 그 말을 철석같이 믿은 것은 아니지만 그의 대안은 겨우 정치 보복이라는 변명뿐이었고 이제 황수영의 검찰 소환 조사는 기정사실화되었다. 잘생긴 정치인으로 유명세를 떨치던 재선의 지지율은 그후로 처참하게 곤두박질쳤다. 여고생과의 성관계, 그녀의 의문사, 아들을 강제 출국 금지시켜 한국 땅에 발도 못 붙이게 한 것까지. 그에겐 비정한 아버지라는 비난이 쏟아졌다.

특히 여성 지지율이 바닥을 쳤다고 전해 들었다. 자기 앞가림도 못 하면서 무슨 검찰 수사를 막아 준다고 잘난 체를 한 건지. 이래서 수영의 아버지는 정치인이 하는 말은 믿지 말라고 했었나 보다.

그때, 침실의 문이 열리며 서 실장이 따뜻한 페퍼민트 티를 가지고 들어왔다. 티 테이블에 찻잔을 내려놓은 서 실장이 조심스럽게 입을 열었다.

"최우현 혼자 어젯밤 비행기로 서울에 왔습니다."

서 실장의 보고에 수영은 티를 마시며 고개를 끄덕였다. 페퍼민트 향이 입안 가득 퍼진다.

"해준인?"

"방금 전 서울행 첫 비행기 예매했다고 합니다. 제주에서 6시 출발 예정입니다."

"그 일은?"

"한 원장에게 연락 왔습니다. 투약은 차질 없이 진행됐습니다."

"나머지 잔금 입금해 줘."

"다른 건 역시 문제없이 진행 중입니다. 증권가 통해서 최우현 영상 관련된 이니셜 지라시도 유포되고 있다고 확인했습니다."

서 실장이 덧붙이자 수영은 아무런 말 없이 지끈거리는 미간을 손으로 꾸욱 눌렀다. 수영도 영상을 봤다. 화려한 에르메스 스카프로 눈을 가린 여자와 영상 속엔 얼굴이 등장하지 않는 남자의 난잡한 성관계가 날것 그대로 담겼다. 카메라는 노골적으로 여자의 몸, 은밀한 곳까지 훑어 댔다. 적나라한 신음소리, 뒤엉킨 남자와 여자, 관계 후의 천박하고 상스러운 대화 내용. 누가 봐도 여자 몰래 촬영한, 영락없는 리벤지 포르노다.

이 영상은 지금도 '최우현 동영상'이라는 이름으로 유포되고 있을 것이다.

포털 기사 댓글도 서서히 사브르 여제의 명성에 금을 내기 시작했다. 최고의 실력과 아름다운 미모. 손에 닿을 수 없을 것 같은 스포츠 스타의 은밀한 사생활이 담긴 영상을 본 대중은 더 이상 그녀에게 지금까지와 같은 찬사를 보내지 않았다. 바로 몇 시간 전, 우현의 경기에 대한 모니터링 기사에도 은유적인 성희롱과 조롱, 수영은 알지 못했던 루머의 댓글이 심심치 않게 보였다.

……그래, 원래 인간의 파괴적인 본성은 누군가의 몰락을 즐기는 법이지.

수영은 서늘하게 웃으며 해준을 떠올렸다.

그 어마어마한 결벽증을 가진 남자가 과연, 견딜 수 있을까.

— 이재선 아들인데 왜 김씨야?

"너 기사 끝까지 안 봤지?"

— 응. 너무 길어.

"외삼촌 호적에 올라갔어."

— 아아.

우현은 놀라는 것도 없었다. 귀찮다며 기사도 끝까지 읽지 않고 해준에게 요약해서 설명하라며 전화를 걸어와 당당하게 요구했다. 어메이징한 반응을 기대한 것은 아니지만 아 그래? 하고 마는 미지근한 반응이 오히려 더 우현다웠다.

— 그럼 너 이름 바꿔?

"아니."

— 응, 바꾸지 마. 이해준 별로야. 그리고 나 그 아저씨랑 아줌마 싫어.

"왜?"

— 재수 없어. 생긴 것도 성격 안 좋아 보이잖아.

그렇긴 하지. 수영을 떠올리며 해준은 피식 미소를 지었다.

우현은 정말 호불호가 확실한 성격이다.

해준은 재잘거리며 떠드는 우현에게 적당히 대꾸하며 PC 모니터로 시선을 옮겼다. 포털의 검색어 변화가 웃겼다. 1위 김해준 2위 김유진 3위 이재선 4위 황수영 5위 성한그룹. 다섯 개의 키워드가 5위권 이내에서 정신없이 뒤섞이다가 일순 사라졌다. 성한그룹 홍보 팀은 오늘 하루만 기사 막는 데에 수십 억을 썼을 것이다.

— 어, 시현이 왔어. 전화 끊을게.

"응. 연락해."

전화를 끊고 키워드 '김해준'을 클릭하자 연관 검색어에 '최우현'이 뜬다. 해준은 뜨거운 커피를 한 모금 마시며 그것을 클릭한다. 어젯밤, 우현의 검색어에 '최우현 동영상'이라는 키워드가 생성되었다가 해준이 고용한 업체에 의해 5분 만에 내려갔다.

전문가를 고용해 웹에 업로드된 것, 영상 파일 형태로 메일링된 것 모두 지우고 내렸지만 개인이 백업해 둔 영상은 손쓸 방법이 없다. 영상 수위가 포르노보다 더 적나라해 'C양 섹스 동영상'이라는 제목으로 USB에 저장해 따로 팔겠다는 글도 심심찮게 올라온다며 프로그래머는 완벽하게 유포를 막는 것은 불가능하다는 입장이었다. 차라리 법적 조치를 취하는 쪽을 권하기도 했다.

물론 그 방법이 가장 확실할 수도 있다.

하지만 그렇게 되면, 우현이 알게 되겠지.

클럽에서 누구와 원 나잇을 했다더라, 재벌 3세가 스폰서다 등등. 어마어마한 내용의 지라시가 돌아다니고 있었다. 예전에 우현의 기사마다 쫓아다니면서 악성 댓글을 다는 몇몇과는 법적 분쟁도 갔었다는 뉴스를 본 기억이 있다. 성희롱, 인신공격 등의 메시지와 댓글 때문에 SNS도 결국 계정을 삭제해 버린 게 작년이었다. 덕분에 눈만 뜨면, 시간만 나면 우현의 SNS를 확인하며 훔쳐보던 해준의 낙이 사라지기도 했고.

입버릇처럼 이제 익숙해서 괜찮다고, 신경 쓰지 않는다며 인터뷰에서 종종 언급했지만 우현이 스스로에게 하는 세뇌라는 것을 해준은 안다. 사실이 아닌 거짓에 분명 그녀는 사랑받는 만큼 계속 상처받아 왔을 것이다.

공개적으로 수사를 의뢰하려면 에이전트를 통하는 쪽이 낫겠지만 신뢰가 가지 않았다. 역시 해령을 통해 소개받은 변호사가 가장 확실하겠지. 파헤칠수록 구린내가 난다며 변호사는 에이전트와의 전면전을 염두에 두는 편이 좋을 것 같다고 조언했다. 물론, 이길 자신은 있다고.

해준은 밤새 체크한 영상을 다시 열었다. 창으로 들어오는 빛의 각도, 영상에 표기된 날짜, 여자의 신체 특징, 잠깐 거울에 비친 남자의 체격 기타 등등. 몇 번이고 확인한 것이지만 그래도 마음 한쪽 의구심은 지울 수가 없었다. 촬영 일자는 해준이 한국에 들어오고 일주일 후다. 타임 라인이 맞지 않는다.

그는 테라스로 나가 담배를 물었다. 평소 피우던 것과 맛이 다르다 싶어 담뱃갑을 확인했더니 일전에 우현에게 빼앗은 것이었다. 스트레스받을 때, 1년에 두세 번. 학생 주임에게 걸린 고등학생처럼 변명하던 우현이 떠오른다. 뭐가 그렇게 힘들어서 담배까지 배웠을까. 지난 10년은 나만 지옥인 줄 알았는데.

영상에 대해서 어디서부터 어떻게 설명해야 할지 생각하니 두통이 일었다. 분명 해준의 추측이 맞을 것이다. 하지만 만에 하나를 위해 우현에게 확인해야 할 것이 있었다.

영상 속 여자, 네가 맞는지.

맞다면 짐작 가는 남자가 있는지.

가슴에 불이 인다.

"대명 박정한 짓이라는 말이 있어. 1년 전부터 걔가 최우현한테 껄떡거린다는 소문 많았잖아."

기자의 말에 애리의 미간이 살짝 일그러졌다.

"최우현이 거절했다면서요."

"증권가 지라시 말이라 걸러 들어야 하긴 하는데, 원 나잇은 했는데 박정한은 그 이상을 원했다 이거지."

"그러다가 얼마 전 런칭 쇼 일로 앙심 품고 리벤지 포르노 뿌렸다고요?"

애리가 요약하자 기자가 고개를 끄덕였다. 후배가 선배 이거 봤냐며 들이민 휴대폰 속 영상을 떠올리자 속이 좋지 않았다. 동물적이고 일방적인 섹스였다. 배려라고는 전혀 없는, 자신의 욕구 충족만을 위해 여자에게 무리한 요구를 하는 강압적인 관계. 여자의 신체 세세한 부분까지 전부 촬영하며 상스러운 욕설을 내뱉는 영상이었다. 보고 있자니 같은 여자로서 굴욕감이 느껴질 정도였다. 결국 애리는 끝까지 보지 못하고 꺼 버렸다. 구역질이 치밀어서.

"최우현 아닐 거예요."

애리가 차가운 커피를 한 모금 마시며 말했다.

"나도 아닐 거 같다는 쪽이긴 한데 화질이 그래서, 얼핏 닮
긴 했더라고."

"아닐 거예요. 걘 그런 모욕적인 성관계 안 할 거 같아요."

애리가 단호하게 말하자 기자가 되물었다.

"그 의사는? 걔도 용의선상에 있어."

도윤을 지칭하는 말에 애리의 미간이 살짝 일그러진다. 그
녀가 아무런 말을 하지 않자 그가 덧붙였다.

"그 열애설 났었던 정형외과 의사가 찍은 걸 수도 있잖아.
자기 까고 김해준한테 갔다고."

"그 친구랑 최우현, 걸음마 할 때부터 같이 컸어요. 그럴 사
람도 아니구요."

애리는 차가운 어조로 선을 그었다.

공식적으로 기사만 나지 않았을 뿐이지 포털 사이트에 '최우
현' 검색하면 연관 검색어에 온갖 입에 담기 더러운 말들과 포
스팅이 뜨는데 도대체 왜 에이전트는 가만히 있는 걸까. 안티
가 없던 것은 아니었지만 팬도 많은 우현이었다. 과감한 성격
과 완벽에 가까운 실력, 매력적인 외모까지. 간혹 자신감이 넘
쳐 겸손하지 못하다는 지적도 있었지만 그마저도 스포츠 스타
의 패기라며 지지하는 사람들이 많았다. 지금은 기사도, 그 기
사의 댓글도 장담하지 못할 정도로 엉망이다. 남자와 호텔에

들락거린다, 연습을 빼먹는다, 클럽에서 봤다, 기타 등등. 우현에 대해 잘 알지 못하는 애리지만 지나치게 구체적이고 사실적인 루머들이 도무지 믿기지가 않았다.

"이상해요."

애리가 골똘히 생각하다가 천천히 입을 열자 휴대폰으로 무언가를 확인하던 기자가 그녀를 바라보았다.

"최우현 포털 메인이나 섹션에 반영되지 않은 기사까지 댓글이 5분 안에 달리는 게 많아요."

굳이 최우현의 기사를 검색하고 찾아서 이런 짓을 할 정도면 어지간히 우현이 싫거나, 돈을 받았거나 둘 중 하나다.

"대부분 악플이나 루머고, 출고 시간 생각하면 이건 실시간으로 모니터링하고 댓글 다는 걸로밖에 생각 안 드네요."

애리가 휴대폰으로 30분 전 출고된 우현의 기사 댓글을 기자에게 보여 주었다. 기사는 딱히 특별한 것이 없었다. 무려 세 달 전, 광고 촬영장에서 우현이 스태프에게 찍어 준 기념사진. 이제 와서 최우현 기사에 댓글 많이 달리니 틈새시장 노리려는 전형적인 어뷰징 기사다.

"댓글이 많이 달리면 포털 랭킹 뉴스에 올라가고, 그러면 자연스럽게 메인에 노출이 되고. 기사가 아니라 댓글을 보게 만들고 싶어 하는 거네."

기자의 말에 애리가 고개를 끄덕였다. 댓글은 성상납부터 문란한 사생활, 암시적인 성희롱 등 엉망진창이었다.

"거기다 이 지경인데도 에이전트가 가만히 있다는 게 상식이하예요. 소속 선수 중 최우현이 간판인데."

"김해준이랑 최우현 스캔들 기사 언제 터진다고 했지?"

"조율 중이래요."

"난장판이구만."

기자가 고개를 절레절레 저으며 가 보겠다는 듯 애리에게 손을 흔들었다. 그녀는 가볍게 목례를 하고는 아나운서국 쪽으로 걸음을 옮겼다.

물 아래에서 불거지고 있는 성추문에 해준과의 스캔들까지 터진다면 우현은 여러 가지로 핫 해질 것이다. 거기다 해준이 이재선의 혼외자로 밝혀진 지금, 성한그룹 황수영 회장은 검찰 소환 조사까지 앞두고 있다.

애리는 가벼운 한숨을 내쉬며 지끈거리는 미간을 꾸욱 눌렀다.

도윤이라면 분명 우현을 보호하려고 들겠지. 한결같은 그 모습 때문에 좋아하게 된 것이고 그래서 포기가 안 되는 남자지만 한편으론 탓하고 싶기도 했다.

반하게 한 서도윤, 네 잘못이라고.

포기하려 노력도 해 봤다. 대학에 가서 몇 번쯤 소개팅을 하고 남자 친구를 사귀었다. 딱히 마음이 끌리지는 않았지만 나쁘지도 않았다. 다만, 설레진 않았다. 눈이 높은 건 절대 아니라고 생각했는데 친구는 '서도윤'이라고 하면 눈 높은 것 맞다며 걔랑 다른 남자를 비교하니 결국 그렇게 되는 거라고 애리를 타박했다.

어떡해, 그럼. 문득 한 번씩 생각나는 걸.

공채 시험에 붙었을 때도, 실수를 해서 선배한테 눈물 나도록 혼난 날에도, 처음으로 정오 뉴스 앵커로 카메라 앞에 섰을 때도 그를 떠올렸다. 외로웠던 밤, 누군가가 곁에 있어 줬으면 좋겠다고 생각하며 혼자 오피스텔 창가에 앉아 와인을 마실 땐 결국 경주의 깊은 산속에서 했던 도윤과의 입맞춤이 떠올라 쉽게 잠이 들지 못했다.

키스라기에도 민망한, 입술만 살짝 닿았던 그 순간. 나에게서 어떻게 그런 용기가 나왔을까 싶어서 몇 날 며칠을 부끄러워하며 밤마다 이불을 발로 찼다.

그 생각을 다시 꺼내 두었다가, 자조하며 서랍 깊은 곳에 넣어 두기를 몇 년이나 반복했는지 그는 모를 것이다. 차라리 버리겠다며 술을 많이 마신 날, 침대에 누워 잠을 청하면 또다시 네 생각이 몰려와 얼마나 날 괴롭혔는지도.

애리는 깊은 한숨을 내쉬었다.

아주 조금이라도 곁만 내주었으면, 내가 바라는 건 그뿐인데.

여전히 나는 아닌 걸까.

그녀는 입술을 꽉 깨물며 휴대폰을 열어 도윤에게 사진을 전송했다.

이런 스스로가 너무나 싫었다.

피로감에 뒷목이 뻐근했다. 병원 주차장을 향해 걷던 도윤은 가벼운 현기증에 잠시 멈춰 고개를 뒤로 젖혔다. 오랜만의 오프였다. 예정대로라면 어젯밤 퇴근했어야 하는데 갑자기 교통사고 환자가 밀려오는 바람에 응급 수술이 많았다.

병원 건물 밖으로 나오자 발꿈치를 타고 진득한 지열이 올라왔다. 바닥이 젖어 있는 게 간밤에 소나기라도 내린 모양이었다. 한 걸음씩 내디딜 때마다 발걸음이 무거웠다. 코끝에 닿는 물비린내가 역했다.

도윤은 차에 올라 시동을 걸고 며칠 동안 고민하며 고르고 채웠던 말들을 다시 되뇌었다. 아직도 모르겠다. 어떻게 말을 꺼내는 것이 맞는지. 떠도는 영상에 대해 우현이 이미 알고 있을 가능성에 대해서도 생각해 봤지만 그런 눈치는 아니었다. 그렇다고 외면하는 것은 더더욱 말이 안 되고.

"의대가 아니라 법대에 갈걸."

나직한 목소리로 중얼거리며 도윤은 헛웃음을 지었다.

사이드 브레이크를 풀고 차를 출발시키려는 그때, 휴대폰이 울렸다.

'이애리.'

액정에 뜬 이름에 도윤의 미간이 일그러졌다.

만약 다른 방식으로 애리와 만났다면 이 관계는 달라졌을 것이다. 여자는 누구보다도 그를 원했고, 도윤 역시 여자에게 끌리는 마음을 애써 부정하고 싶지 않았다.

다른 방식으로 만났더라면.

그랬더라면.

진동이 연달아 울리는 것이 사진인 것 같았다. 차를 출발하려던 도윤은 잠시 멈춰 휴대폰을 열었다.

꽤 먼 곳에서 몰래 찍은 것 같은 사진 다섯 장이었다. 캐노피를 드리운 풀베드에 앉아 책을 읽고 있는 남자와 그 남자의 품에 완전히 안겨 잠든 여자의 사진이었다. 나른하고 느슨한 느낌에 도윤의 손끝이 저려 왔다. 두 사람 다 도윤이 알고 있는 얼굴이었다.

[이번 주 보도 예정.]

우현의 긴 팔이 해준의 허리를 감싸 안았다. 해준은 상의를 벗고 있는 차림새로 커다란 쿠션에 기대어 앉아 그녀의 어깨를 안아 다독이며 책에 시선을 두었다. 곱상하게만 생겼다고 생각했는데 다시 보니 아니었다.

젖은 머리카락과 곧게 뻗은 쇄골, 넓은 어깨와 긴 팔. 같은 남자가 봐도 김해준은 자극적이고 위험했다. 운동밖에 몰라서, 시현 때문에 더 조심하고 참기만 해 온 우현에겐 그의 유혹은 쉽게 외면하기 어려웠을 것이다.

꽤, 아니, 상상 이상으로 명석했던 것으로 기억한다. 항상 날을 세우고 공부해 온 도윤과는 다르게 타고나길 그렇게 태어난 부류. 어린 마음에 수능 만점자가 둘이라는 말에 자존심이 상했었다. 갑자기 없어졌을 땐 의문스러웠고 다시 나타났을 땐……. 이런 식으로 만날 줄은 몰랐다. 남자가 다시 우현에게 관심을 보일 것이라곤 꿈에도 생각지 못했다.

김해준이 갑자기 떠난 이유가 지금 한국을 뒤흔들고 있는 이재선의 혼외자 스캔들 때문이라면 다시 돌아온 이유 역시 그

생부의 뒤통수를 치기 위해서일 것이다. 그럴 때마다 우현에게 관심을 보이는 남자. 과연 어디까지 진심일까. 언제부터 이 두 사람은 이런 관계가 된 걸까.

남자가 물어뜯어 놓은 것이 분명한 우현의 목덜미가 떠오른다. 떠도는 영상이 그녀의 모습과 겹쳐져 며칠 동안 도윤은 견딜 수가 없었다. 여자의 몸 안으로 남자가 파고 들어가던 적나라한 광경이, 남자의 손아귀 안에서 일그러지던 여자의 젖가슴이 우현의 모습과 겹쳐져 잔상을 남길 때면 갑자기 귀 끝에서부터 열이 오르고 몸이 뜨거워지는 느낌이 들었다. 어떻게 정리하나 고민하는 한편으론 사춘기 시절에나 하던 더러운 꿈을 꾸고 말았다.

그때, 또다시 휴대폰 진동이 울렸다. 애리가 계속 메시지를 보내는 모양이었다.

애리는 갈수록 노골적으로 우현을 향한 도윤의 마음을 포기시키기 위해 애쓰고 있었다. 네가 아무리 발버둥 쳐도 최우현은 네 여자가 아니라는 것을 세뇌시키려는 듯. 늘 단정하고 도도했으며 우아했던 그녀는 자존심은 다 집어던지고 적나라하게 그에게 매달렸다.

[나 도착. 너 어디쯤이야?]

도윤은 휴대폰 액정을 확인하고는 운전석 쪽 창문을 아주 조금 열었다. 더운 공기가 들어왔지만 에어컨 바람이 영 답답했다.

우현과의 약속 장소는 병원에서 멀지 않은 호텔의 중식당이었다. 도윤은 발레파킹을 맡기고 곧장 식당으로 향하며 다시 한 번 머릿속을 정리했다. 정리할수록 어지러워지는 느낌이었다.

"왔어?"

직원의 안내를 받아 룸 안으로 가자 우현이 밝게 웃으며 도 윤을 맞았다.

"집에서 보지 뭘 또 나오라 그러냐. 오랜만에 오프라 쉬고 싶었을 텐데."

"그냥, 밥 한 끼 하자고."

"네가 쏘는 거야? 나 그럼 탕수육 시켜도 돼?"

"더 비싼 것도 돼."

"오오, 서도윤 웬일?"

우현이 좋아라 메뉴판에 머리를 박았다. 이럴 때 보면 도윤 이 아는 우현이 맞다.

"동파육, 라조기, 유린기……."

우현이 버릇처럼 노래하듯 메뉴판을 읽어 내렸다. 그러면서도 결국 간짜장에 탕수육을 시킬 거라는 걸, 도윤은 잘 알고 있다.

"나 간짜장에 탕수육."

"또?"

"원래 먹던 게 더 맛있어. 네가 쏘는 줄 알았으면 시현이도 데려올걸."

"갠 언제까지 한국에 있어?"

"음, 아마 다음 달? 비행기 티켓 끊은 거 같던데."

"한국 안 들어올 건가?"

"들어오기 싫은 눈치야. 공부도 더 하고 싶어 하는 거 같고."

"네 생각은 안 하고?"

도윤의 말에 우현이 젓가락질을 하다가 잠시 멈칫했다. 그녀는 표정을 숨기지 못하고 볼에 바람을 넣다가 이내 젓가락을 가지런히 내려놓았다.

"아직은 하고 싶은 거 하게 해 주고 싶어."

"우현아."

"부모님 살아 계실 때 시현이 나 때문에 손해 많이 봤어. 내가 능력 되니까……. 운동 억지로 하는 거 아냐. CF 찍는 것도 재미있고 그래. 나 이제 운동해 봤자 몇 년 안 남았어. 더 못해."

몇 번 도윤이 시현의 문제에 대해 이야기할 때마다 우현은 저런 식으로 말을 가로막았다. 말다툼도 했다. 마지막으로 심하게 다퉜을 때, 우현은 우리 집 문제니까 끼어들지 말라며 반발했고 곧이어 사과했다. 다른 사람도 아니고 너에게 할 소린 아니었다면서.

무거운 주제가 나오자 식사 자리가 어색해졌다. 우현의 젓가락질은 느려졌고 도윤은 얼마 먹지도 못하고 계속 차만 마셔 댔다. 최시현에서 이렇게 막혀서야. 이다음은 어쩌려고.

"우현아."

목소리를 가다듬고 도윤이 조심스럽게 말을 꺼냈다. 분위기가 심상치 않은 것을 느꼈는지 차를 따르던 우현의 눈이 조금, 커졌다.

"너 사귀는 사람 있어?"

뜨거운 차를 마시던 우현이 화들짝 놀랐다. 혀를 데였는지 인상을 찌푸리며 어쩔 줄을 몰라 해 도윤은 차가운 물을 따라 그녀에게 내밀었다. 우현은 도윤이 내미는 것을 받아 입안을 식히고는 어색하게 웃으며 말했다.

"아니, 없어."

저걸 지금 거짓말이라고 하는 건가.

"김해준이랑 있는 거 봤어. 집 앞에서."

"아……, 응."

민망한지 우현이 입술을 씰룩였다.

"뭐 그냥 가볍게?"

그 말에 도윤이 희미하게 웃었다.

가볍게, 가볍게라.

"그전에 만나던 사람은?"

도윤이 캐묻자 우현이 대답하기 싫다는 듯 불퉁한 어조로 대꾸했다.

"뭐야, 너. 갑자기 왜 그런 걸 묻고 그래?"

불편한지 나갈 것처럼 옆 의자에 내려 둔 가방을 뒤적거리는 시늉을 한다.

"중요한 문제야. 대답해."

"싫어."

"최우현."

"나 기분 나빠. 갑자기 그게 왜 중요한 거냐고."

답답한 마음에 소리를 지르려던 도윤이 간신히 화를 목 아래

로 삼키며 말을 골랐다. 최대한 상처 입지 않도록. 아무리 서로
에 대해서 잘 알고 있는 사이라고는 하지만 남자와 여자다. 우
현이 느낄 수치심을 모르지 않는다.

"……영상이 있어."

도윤이 간신히 말을 꺼내자 우현의 무슨 뜻이냐는 듯 눈이
커졌다. 도윤은 잠시 깊게 숨을 삼켰다. 몇 번쯤 그가 입술을
달싹이자 우현의 미간에 미세한 금이 갔다.

"성관계…… 동영상. 여자가 너라고 돌아다녀."

순간, 우현의 동공이 떨렸다. 그녀가 입술을 꽉 깨물고는 갈
라지는 목소리로 입을 열었다.

"계속해."

"봤어."

"나 같아?"

"모르겠어."

우현이 손으로 눈을 가렸다. 눈가를 꾹 누르고 입술을 깨무
는 게 눈물을 참는 것 같았다. 우현이 무어라 욕지거리를 내뱉
었다. 누군가 추측이 되는 사람이 있는 듯했다.

"우현아."

가늘게 떨리기 시작한 그녀의 어깨가 점점 크게 움직이기
시작했다. 도윤은 그녀의 옆으로 자리를 옮겼다.

"네 잘못 아니야."

"나 진짜 바보인가 봐."

"네 잘못 아니라고."

도윤이 우현을 안아 등을 다독이며 달랬다.

"창피해."

눈이 붉게 충혈된 우현이 뺨을 훔치며 입술을 씹어 댔다. 불안할 때마다 나오는 버릇이다. 차라리 소리 내어 울었으면 오히려 나았을지도 모른다. 우현은 간신히 울음을 목 아래로 삼키며 고개를 뒤로 젖혀 나오려는 눈물을 막으려 했다.

한참을 울다가 자책하던 우현이 진정이 되었는지 가방에서 티슈를 꺼내 얼굴을 정리하고는 진정하려는 듯 길게 심호흡을 했다. 몇 번, 자신을 뺨을 때리고 심호흡을 반복하던 그녀가 자리에서 일어났다.

"나 만날 사람이 있어."

"우현아."

"괜찮아. 진정됐어."

우현이 자신의 팔을 잡은 도윤의 손을 가볍게 다독이며 침착한 어조로 냉정하게 말했다. 도윤은 저도 모르게 잡고 있던 우현의 손목을 놔주었다.

"고마워. 여기서부턴 내 문제야."

우현은 이를 악물며 룸 밖으로 나갔다.

애석하게도 우현의 뇌리에 떠오르는 얼굴이 하나밖에 없었다.

어디냐고 해준에게 메시지를 보내자 호텔 이름과 룸 넘버가 왔다. 이재선의 혼외자라는 보도 이후 작업실과 집에 기자들이 심심치 않게 찾아와 잠시 거처를 옮겼다고 들은 기억이 났다.

택시에 타 호텔 이름을 댔다. 호텔에서 호텔로 옮겨 다니는 젊은 여자가 이상한지, 아니면 어디서 본 것 같은 낯익은 얼굴이라 그런 것인지 택시 기사가 룸미러로 우현을 힐끗거리는 게 느껴졌다. 다리에서 허리로, 그러다 가슴으로. 차가 막히다 뚫리기를 반복해서인지, 기사의 시선이 역겨워서인지 멀미가 일었다.

거울 속에서 눈이 마주치자 기사가 화들짝 놀라며 시선을 피했다. 우현은 시선을 피하지 않고 기사를 빤히 바라봤다. 평소 같으면 유연하게 넘어갔을 텐데, 도윤에게 들은 말 때문인지 온 신경이 날카로워졌다. 타인의 시선이 자신을 찔러 대는 느낌이 들었다.

아니면 저 기사도, 문제의 그 '성관계 동영상'을 봐서 저럴지도 모르고.

휴대폰을 켜 인터넷 브라우저를 열었다. 포털에 '최우현'을 치자 자동 완성어가 보였다. 바로 상단에 '최우현 동영상'이라도 뜰 줄 알았는데 의외로 없다. 검색을 해도 나오는 것은 우현의 경기 동영상뿐. 도윤이 알 정도면 꽤 퍼졌을 텐데 이상했다.

하지만 그 영상을 볼 자신은 없었다. 스스로 침대에서 남자와 어떻게 뒹굴었는지를 알아서. 미쳤구나 싶을 정도로 그와의 관계에 몰입했다. 위태롭고 불안정한 현실에서 도피할 수 있는 길은 그것밖에 없었으니까. 그와 함께 엉망진창으로 뒹굴고 그의 품 안에서 나약해졌으며 지독하게 탐했다. 그걸 제3자의 시선으로 본다니 견딜 수 없을 것이다.

그래⋯⋯. 입버릇처럼 누드 사진 찍고 싶다고 했었지.

그녀가 저도 모르게 내뱉은 욕설에 택시 기사가 움찔하며 정면을 응시했다.

차가 복잡한 서울역 교차로를 지나 남산 방향으로 좌회전을 하자 정면에 서울 타워가 보였다. 삼거리에서 잠시 신호 대기에 차가 멈추자 우현은 좌석에 기대 흐트러진 머리카락을 정리하고 립스틱을 고쳐 발랐다. 도윤의 앞에서 우는 바람에 눈이 충혈되고 아이라인이 번지긴 했지만 거슬릴 정도는 아니었다.

이윽고 택시가 호텔로 진입했다. 호텔 직원이 문을 열어 주자 우현은 가볍게 목례를 하고 빠른 걸음으로 로비로 들어갔다.

때마침 낯익은 얼굴이 엘리베이터에서 내렸다. 해준이었다. 올 거라고 예상했는지 그가 그녀를 보고는 눈짓을 하며 알은체를 해 왔다. 우현은 그대로 해준의 손목을 잡아채 다시 엘리베이터에 올라탔다.

함께 엘리베이터에 탔던 사람들이 모두 내리고 어느새 해준과 우현, 단둘만 남았다. 우현은 엘리베이터에 비친 해준을 물끄러미 응시하다가 질끈 눈을 감았다. 멀미가 가시지 않았는지 현기증이 일었다. 눈치챘는지 해준이 그녀의 허리를 감아 안으며 자신에게 기대게 했다. 손길이 다정하다. 우현은 맞닿은 자리로 느껴지는 남자의 체온이 기분 좋아 신경질이 났다.

엘리베이터가 멈추자 해준은 익숙하게 그녀를 자신의 룸으로 에스코트했다. 우현의 표정이 좋지 않은 것을 느꼈는지 해준의 얼굴 역시 묘하게 가라앉았다. 두 사람은 카펫이 깔린 복도를 지나 객실 문 앞에 멈춰 섰다. 해준이 카드 키를 가져다 대자 전자음과 함께 방문이 열린다. 그가 앞장서 들어가자 우현은 해준의 어깨를 밀치며 룸 안으로 들어가 문을 거칠게 닫았다.

"……영상, 너야?"

우현의 물음에 해준이 무표정한 얼굴로 가벼운 한숨을 내쉬었다. 다만, 놀라는 기색은 없었다.

"표정 안 바뀌네. 알고 있었구나."

해준은 대답 없이 테이블에 놓여 있던 담배를 입에 물려다가 다시 내려놓았다.

"진정하고 일단 앉아."

"야! 너 같으면 앉을 수 있겠어? 진정이 되겠냐고!"

우현이 발작하듯 소리를 지르며 그의 어깨를 밀쳤다. 몇 번 때리는 대로 맞고 있던 해준이 가벼운 한숨을 내쉬며 그녀의 손목을 잡아 눌렀다.

"너 말곤 없어. 그런 거 찍을 새끼."

"나 아니야."

"너 말곤 없다고!"

잡힌 손목을 빼내기 위해 몸을 뒤틀던 우현이 힘의 반동 때문에 그대로 침대에 쓰러졌다. 흥분 때문에 숨을 몰아쉬던 그녀가 손등으로 자신의 눈을 가렸다.

"우현아."

해준이 우현의 옆에 걸터앉아 끌어안으려 했다. 하지만 우현은 돌아누우며 그의 품에서 빠져나왔다.

"너 아니면 누군데."

우현은 손등으로 눈가를 누르며 입술을 꾹 깨물었다. 다시 눈가가 뜨거워지며 눈물이 났다. 참으려 애썼지만 쉽지 않았다. 도운 앞에서 울 거 다 울었다고 생각했는데 아니었나 보다.

우현은 다시 몸을 일으켜 객실 문 쪽으로 향했다. 우현이 밖으로 나가려는 것이라 생각한 해준이 그녀의 뒤를 따랐다. 하지만 해준의 예상과는 다르게 우현은 문 옆, 객실 옷장을 열어 장우산을 집어 들었다.

"말해."

우현이 사브르 검을 잡은 것처럼 우산을 쥐고 해준에게로 뻗었다. 그녀에게로 다가가려던 해준이 멈칫하며 짧은 한숨을 내쉬었다.

"아니야."

"너밖에 없단 말이야!"

우현이 우산 끝으로 해준의 목을 겨누고는 그대로 빠르게 걸음을 옮겼다. 해준이 그대로 뒷걸음질 치자 우현이 침대로 그를 밀치고는 허리에 올라타 버렸다. 그녀가 우산을 팽개쳐 던지자 요란한 소리와 함께 테이블에 놓여 있던 유리잔이 떨어져 깨졌다. 파편이 요란하게 튀었다. 우현이 몸부림을 치자 베개가 나뒹굴며 침대 옆 스탠드가 고꾸라진다. 둔탁한 소리가 객실 내부를 울린다.

해준은 울고 있는 우현을 끌어당겨 품에 안았다.

"이거 놔!"

그 와중에도 우현은 해준이 손목을 잡으려 할 때마다 빠르게 몸을 피하며 그를 노려보았다.

그렇게 한참 동안 격렬한 몸싸움이 이어졌다. 해준은 우현을 잡아 진정시키려 했고 그녀는 그런 그의 품에서 벗어나려 했다. 그러다 어느 순간 움직임을 멈춘 우현이 숨을 몰아쉬었다. 그녀가 손등으로 눈물을 훔치고는 양손으로 해준의 목을 조르듯 쥐었다.

"너 죽일 거야."

해준은 숨을 몰아쉬었다. 이 손에 숨을 놓는다면 그건 또 괜찮은 죽음일 것도 같다. 그렇게 된다면 적어도 우현은 평생 그를 잊지는 못할 것이다. 몰래 살해당하고 어디 은밀한 곳에 묻어 버린다면 이건 너와 나 사이에 비밀이 생기는 거니까.

현재가 중요하다고, 네가 어떤 남자와 무얼 했건 과거는 상관없다고 여겼는데도 죽일 것처럼 달려드는 그녀가 사랑스럽다.

의심할 남자가 나밖에 없다는 반증이니.

지난 10년 동안 그가 어떤 지옥에서 살았는지 그녀는 모를 것이다. 알지도 못하는 네 남자를 질투하다 잠이 드는 밤이면 꿈속에서 수천 번 그 남자를 칼로 찌르고 목을 조르며 잔인하게 살해했다. 도저히 견딜 수 없어 약을 한 날엔 싫다는 그녀를 방에 가두고 그 몸을 부둥켜안고 밤새도록 탐하며 헐떡이다 그 지독히도 현실적인 환각에 현혹되어 목을 매려 한 적도 있다.

"내가 첫 남자였지, 너."

해준이 자신의 목을 조르듯 쥐고 있는 우현의 손을 자신의 손으로 감싸며 물었다. 순간 그녀의 손에서 힘이 빠졌다.

"……알았어?"

"처음인 거 티 내기 싫어하는 거 같아서. 내 추측이었고, 이유는 모르겠지만."

해준의 말에 우현이 뚝뚝 눈물을 흘렸다. 그가 그녀를 끌어당겨 자신의 품에 안으며 말했다.

"난 그런 거 찍은 적 없어."

영상 속 여자가 진짜 우현이었다면 그걸 본 사람들 눈을 전부 파 버리고 다녔을 것이다.

"너 아니야."

그의 말에 우현은 물끄러미 해준의 눈을 응시했다. 남자의 다갈색의 눈동자가 심연처럼 깊이 가라앉았다. 몸싸움할 때 생긴 것인지 그의 흰 목덜미에 손톱 자국이 났다. 깊이 할퀸 모양인지 피가 맺혔다. 그녀가 손을 가져다 대자 그의 미간이 살짝 일그러졌다. 손가락으로 상처를 쓰다듬자 그의 목덜미의 혈관이 툭, 불거졌다. 그의 체온이 조금 올라간 느낌이 들었다.

우현에겐 해준이 가장 합리적인 의심이었다.

"우현아."

해준이 속삭이며 그녀의 허리를 안아 자신 쪽으로 당겼다.

확신이 있었던 것은 아니다. 80대20 정도. 우현이 맞을지도 모른다는 20퍼센트의 의심 때문에 꽤 큰 액수를 지불해 사람을 사 영상을 지우고 검색을 막았다. 맞다면, 더더욱 모르고 지나가길 바랐다. 신경이 곤두서고 감정이 오락가락해 잠을 제대로 자지 못한 게 벌써 30시간째다. 이 와중에도 영상 속 여자가 우현이 아니라면, 그녀의 첫 남자라면 기쁠 것 같다는 생각을 하고 있는 게 너도 별수 없는 새끼구나 싶어서.

"내가 한국 들어오고 일주일 후에 찍은 영상이야."

도저히 촬영 날까지 기다릴 수가 없던 해준이 변덕을 부려 에디터를 쪼아 우현을 불러냈던 그날이다.

난동에 가깝게 날뛰다가 지쳤는지 우현이 나른한 한숨을 내쉬며 물었다.

"너도 봤어?"

"……응, 확인하려고. 3분 보고 껐어. 너 아니여서."

해준이 휴대폰을 꺼내 영상의 캡처를 우현에게 내밀었다. 관계 도중 뒤에서 찍은 것인지 엎드려 있는 여자의 뒤태가 훤히 담겨 있었다. 화질이 뭉개져서 선명하지 않았지만 남자의 커다란 손이 여자의 매끈한 허리와 탐스러운 엉덩이 더듬는 모습이 담겨 있었다.

"……아니네."

우현이 손바닥으로 휴대폰을 가리키며 심드렁하게 말했다. 우현의 허리에서 엉덩이 골까지 이어지는 수술 자국이 영상 속 여자에게는 없었다. 더군다나 여자는 딱 봐도 마르기만 한, 근력이라곤 전혀 없을 것 같은 몸이다.

"아, 망할. 올해 사주에 망신살이 끼었나."

우현이 웅얼거리며 몸을 동그랗게 말았다. 해준은 그녀의 허리를 안아 자신 쪽으로 끌어당기고는 헝클어진 우현의 머리를 부드럽게 쓰다듬었다.

"네 잘못 아니야."

"알아."

"그런데 왜 울어."

"몰라, 짜증 나."

두 사람의 목소리가 얽혀들었다. 서로를 어루만지며 단둘뿐인 공간에 공기처럼 흩어졌다. 서로의 체온과 서로의 숨결이 느껴질 만큼 아주 가까운 거리. 그가 손을 뻗어 그녀의 볼을 만졌다. 우현은 아무런 말 없이 그를 올려다보다가 해준의 가슴에 머리를 묻었다.

그날 밤 우현은 평소보다 더 잘 잤다.

당사자까지 알게 되었는데 아직도 에이전트는 잠잠했다.

해준은 며칠 전 이메일로 전달받은 우현의 에이전트, 정은영의 프로필을 떠올렸다. 어느 날 갑자기 업계에 나타난 정은영은 막강한 자금력으로 유망주들을 영입했고 대표적인 간판이 펜싱 최우현이다. 물어 오는 CF도 죄다 하이클래스. 컨디션 유지하고 몸 만들어야 할 휴식기에 빡빡한 CF 촬영에 화보, 런칭 쇼 참석까지 돈 벌겠다고 우현을 너무 혹사하는 거 아니냐는 팬들의 불만도 꽤 많다고 들었다. 정은영 때문에 펜싱계의 레전드인 최우현이 평가 절하되는 거라는 SNS나 커뮤니티의 글도 꽤 많이 봤다. 그리고 계약 만료는 올해 11월. 슬슬 재계약 시즌이다 해준은 잠이 든 우현을 다독이며 휴대폰을 꺼내 메시지를 입력했다.

아무래도 정은영부터 털어 봐야 할 것 같았다.

커피가 마치 독배 같았다.

수영은 뜨거운 커피를 한 모금 마시며 자신의 집무실 벽면을 장식하고 있는 김유진의 그림을 바라보았다. 과감한 색 조합과 섬세한 붓 터치, 요절하지 않았다면 아마 지금쯤 여자는 최고의 자리에 올랐을 것이다.

그래……. 이 여자의 넘치는 재능이 비극의 시작이다. 그 사고에서 해준이 살아남은 게 고통의 시작이다.

수영은 서랍 깊숙한 곳에서 약통을 꺼냈다. 흰 플라스틱 통에는 아무런 표기가 되어 있지 않았다. 새빨간 캡슐을 하나, 둘 꺼내 늘어놓다가 한 움큼 집어 식은 커피와 함께 입에 털어 넣어 버렸다.

오전, 법무 팀으로부터 검찰이 수영의 신분을 참고인에서 피의자로 전환했다는 보고가 올라왔다. 그리고 결국 다음 주 그녀는 피의자 신분으로 서초동 서울중앙지검의 포토 라인에 서야 한다. 재계 유일한 여성 총수, 유력 대선 주자의 배우자. 그녀의 검찰 출두 소식은 BBC와 CNN에서도 꽤 심도 깊게 다루고 있다고 한다.

수영도 봤다.

헤드라인이 꽤 인상 깊었다.

얼음 여왕의 몰락The Fall of the Ice Queen.

체스판에 쓰러진 퀸과 수영의 사진을 나란히 배치해 뒀다. 세상이 그녀의 추락을 기다리고 있었던 것처럼 엄청난 태세 전환이다.

법무 팀에선 구속은 피할 수 없을 거라며 회의적이었다. 최대한 형량을 낮추는 방향으로 검찰 수사에 협조하며 수영의 최측근인 김명근 부회장이 주도했다는 쪽으로 밀고 나가자는 의견이 대부분이었다. 김 부회장 역시 이에 동의한 상태라고 덧붙였다. 대신 감옥살이를 하겠다니, 성한에 자신의 인생을 건 김명근다운 선택이었다.

수영은 처음 명근을 봤던 날을 떠올리며 옅게 웃었다. 머리는 좋지만 찢어지게 가난한 고학생. 성한장학재단의 지원을 받고 있다는 수행원의 소개가 이어지고 남자는 수영의 시선을 피하며 얼굴을 붉혔다. 그 순간 스물한 살의 수영은 어린 시절 아버지에게 처음으로 선물 받은 바비 인형을 떠올렸다. 아버지가 이제 내게 살아 있는 인형을 선물해 줬구나, 싶어서 웃음이 났다.

공부밖에 모르는 어수룩한 남자를 꿰어 내는 것쯤은 일도 아니었다. 손목을 잡고 입을 맞추고 포옹을 하고. 그러다 처음 재선에게 거절당한 날, 수영은 술을 먹여 잔뜩 취한 남자를 유혹해 자신의 처음을 그에게 줬다. 딱히 처녀성에 큰 의미를 둔 것은 아니지만 남자가 자신의 몸 안으로 침범한 순간 어쩐지 눈물이 났다

수영은 순진한 명근의 죄책감을 이용해 그의 남은 인생을 옭아맸다. 은인의 딸을 술에 취해 범했다는 죄책감 말이다. 아직도 수영이 도통 이해할 수 없는 것은, 왜 명근은 겨우 섹스 따위로 자신이 그녀를 가졌다고 생각하는 걸까 정도. 정작 먹힌 것은 그가 아니던가.

수영의 아버지가 정해 준 여자와 결혼을 하고, 그 여자와의 신혼 생활 중에도 남자는 그녀가 부르면 언제든 달려왔다. 몸에 손끝 하나 대지 않는 재선 때문에 화가 날 때면 보란 듯이 그를 불러내 밤새 난잡하고 문란하게 뒹굴었다. 그렇게 몇 번의 밤을 반복하다 결국 그녀는 남편이 아닌 다른 남자의 아이를 낳았다.

수영은 재선이 분노하길 바랐지만 그는 끝내 입도 벙긋하지 않았다.

쓴웃음을 지으며 수영은 파파라치 전문 매체에서 공개한 해준과 우현의 사진을 태블릿 PC로 찬찬히 살펴보았다. '단독 포착'이라는 거창한 제목을 달고 나온 기사는 최우현과 김해준의 제주 밀월여행에 대해 담고 있었다.

수영은 우현의 허리를 부드럽게 감싸 안은 해준의 커다란 손을 한참 동안 응시했다. 그러다 문득, 이 손으로는 어떻게 여자를 안을지 궁금해졌다. 섬세하고 예민한 성품이니 유리 다루듯 부드러울까. 아니, 내면이 비틀리고 파괴적인 면도 있으니 거칠고 저돌적일지도 모른다.

다만 수영은 해준의 편안해 보이는 미소가 거슬렸다. 지난

10년 동안 해준의 동향을 보고받을 때마다 보았던 얼굴이 아니었다. 수영은 신경질적이고 예민한, 슬쩍 건드리면 금방이라도 폭발할 것 같은 표정에 익숙했다. 사진 속 김해준은 그녀가 모르는 남자다.

그리하여 그녀는 남자에게 상처 주고 싶었다. 지금 김해준을 할퀼 수 있는 것은 최우현뿐이다.

더럽고 추잡한 루머에 시달리다 결국 약물 파동으로 나락으로 떨어질 그의 여자.

[회장님, 소환 조사 다음 주 화요일 10시 서울중앙지검으로 결정됐습니다.]

법무 팀장의 메시지였다.

의연하게 견딜 수 있다고 생각했는데 순간 피가 차갑게 식어 가는 느낌이 든다.

약기운이 도는지, 덜컥 현실을 직시해서인지 수영은 가벼운 현기증을 느끼며 커다란 의자에 몸을 기대앉았다. 바닥이 파도치듯 일렁였고 천장은 금방이라도 쏟아질 것처럼 빙빙 돌았다. 롤러코스터를 타는 것처럼 몸이 하늘 끝까지 치솟다가 지구 깊은 곳까지 처박혔다 반복한다.

의식을 잃기 전 마지막 순간, 여자는 생각했다.

그가 보고 싶었다.

빠스 아방 Passe avant

뒷발을 앞발 앞에 갖다 놓으면서 상대에게 접근하는 움직임

"최우현 훈련량 어마어마하기로 소문났는데 그 와중에 CF 찍고 행사 다니고 꾸준히 연애도 하고 대단하네."

"전에 그 의사랑은 깨진 건가?"

"환승이겠지. 아무리 엄친아 의사여도 김해준이면 바로 갈 아타야 되는 거 아냐? 사진집 인세만 해도 장난 아닐 텐데. 거기다 죽은 김유진 그림 하나만 팔아도 강남에 아파트가 떨어진 다며. 이재선이 상속 안 해 줘도 김해준 자산 어마어마하다고 소문 자자하잖아."

방송국 카페테리아 맞은편 대각선에 앉은 무리의 말에 애리는 스커트 자락만 만지작거렸다. 목에 걸린 스태프증과 차림새로 보아 예능국 FD들 같았다.

어려울 거라 생각했는데 실력이 꽤 좋다는, 연예인들 사이

에서 악명이 높은 파파라치 전문 사진기자는 이틀 만에 제주에서 해준과 우현의 사진을 찍는 것에 성공했다. 그리고 둘의 열애 보도와 함께 출고된 사진은 다른 의미로 핫 했다.

"누가 보면 이거 웨딩 스냅인 줄 알겠다. 어디 나무에 기어 올라가서 찍은 사진 같은데."

무리의 대화 내용을 들으며 애리는 입술을 꾹 깨물었다.

최우현은 이애리에게 그런 사람이다. 부러움과 동경의 대상인 동시에 상실감을 주는 여자. 살면서 누군가에게 뒤쳐진다는 생각을 해 본 적은 없지만 도윤을 떠올릴 때면 자연스럽게 뒤따라오는 우현 때문에 화가 나다가 초라해진 적이 한두 번이 아니다.

시작은 도윤을 포기시키기 위해 한 짓이었다. 이런 짓을 한다고 그가 자신을 봐 줄 거라는 확신도 없으면서, 치기 어리고 유치한 질투 때문에.

그때, 휴대폰 진동이 울렸고 애리는 화들짝 놀라며 메시지를 확인했다. 도윤이…… 아니다. 에스테틱 홍보 문자였다.

너무 싫다. 이 구차함이, 그럼에도 불구하고 도윤을 바라보고 마는 자신이.

편집 회의를 해 봐야 알겠지만 생방송으로 진행하게 될 연예 정보 프로그램의 메인 뉴스는 단연 우현과 해준의 열애설이 될 것이다. 애리가 극비리에 연결해 준 정보에 작가는 함박웃음을 짓는 동시에 의문스러워하는 눈치였다. 고고한 척, 남 뒷말하기 싫다며 내숭 떨더니 저 여자가 갑자기 왜 저러나 하는 듯 눈을 반짝이는 모습. 아마 우현과 애리 사이의 도윤을 알게 되다면 그날로 지라시가 돌 것이다.

[받은 글] 여자 아나운서 A가 김해준−최우현의 열애설을 제보, 파파라치 보도에 큰 역할. A는 최우현과 예전에 사귀던 정형외과 의사를 꽤 오래 짝사랑. 가로채려 한 듯.

애리는 살갗을 후벼 파는 듯 칼날 같은 햇빛이 쏟아지는 창밖을 보며 자조적인 미소를 지었다.

내 사랑은 왜 아름다울 수 없을까.

"아, 네, 기자님. 아직 최우현 선수랑 연락이 안 닿아서요. 본인한테 확인 중입니다."

정 실장이 능숙한 태도로 전화를 받으며 소파에 반쯤 눕듯 앉아 있는 우현을 힐끗 바라봤다. 어쩔 거냐는 표정이었다. 아마 정 실장이 전화를 끊는 즉시 기사가 나올 것이다. 제목은 안 봐도 보이는 것 같았다.

정 실장은 스포츠 스타들과 찍은 기념사진을 굉장히 정성스럽게 책장에 장식해 두었다. 그중 가장 사이즈가 큰 것은 올림픽 금메달 수상 직후, 우현과 함께 찍은 사진이었다. 앳된 얼굴의 금메달리스트 최우현. 성인이긴 하지만 모르는 것투성이던 시절이다. 그런 우현에게 정 실장은 당시로서는 파격적인 거액을 제시하며 전속 계약을 제안했다. 뭣도 모르고 돈에 홀려 덜컥 사인을 하려다가 그것을 들고 도윤의 부모님을 찾아갔었고.

"사귀는 사이 맞아?"

전화를 끊은 정 실장이 물었다.

"네."

저런 사진이 찍혔는데 아니라고 하기도 구차하다. 우현은 고개를 끄덕이며 정 실장의 다음 질문을 기다렸다.

"얼마나 됐는데?"

"화보 찍은 날부터요."

"김해준이 데려다준다고 할 때부터 수상하다 했어."

"게이여서 괜찮다면서요."

"그런 줄 알았지! 온라인 커뮤니티에 어디서 너희 봤다 목격담 막 올라와. 어디까지 진행된 사이인데? 알아야 방어를 할 거아냐."

"화보 찍은 날."

우현은 잠시 말을 멈추고 정 실장을 빤히 바라봤다. 그녀는 긴장된 얼굴로 우현을 빤히 바라보고 있었다.

"화보 찍은 날 처음 잤고, 런칭 파티 날 또 잤고."

우현이 손가락으로 횟수를 세는 시늉을 하며 이죽거리듯 말하자 정 실장의 표정이 일그러졌다.

"김해준 게이가 아닌 건 확실하네."

"네, 엄청 잘해요."

우현의 말에 정 실장이 그녀를 흘겨봤다.

"뭐, 적당히 시작하는 단계라고 정리하죠."

아예 틀린 말도 아니었다. 순서가 이상하긴 했지만 어쨌든 연애…… 하고 있는 건 맞으니까.

보도 5분 전, 파파라치 매체에서는 정 실장에게 미공개 사진을 보내며 인정만 하면 이 사진은 묻어 주겠다며 인심을 썼다고 한다. 공개하지 않은 사진의 수위는 꽤 미묘했다. 키스를 하거나 남자의 손이 그녀의 셔츠 안으로 파고든 사진들이었다.

우현은 자신을 만질 때 그의 표정이 이렇구나 싶어 새삼스러웠다. 늘 무표정하다고 생각했는데 사진 속 자신의 허리를 안고 있는 남자의 미소가 기분이 좋았다. 한결 가벼워진 입매도, 이제 덜 찡그리게 된 미간도.

제주에서 처음으로 자는 얼굴을 본 것 같다. 넌 잠을 도대체 언제 자는 거냐는 질문에 불면증이 심해서, 라고 답했었던 그는 그날은 조금 달랐다. 전부를 다 쏟아붓듯 탐했고 우현은 살면서 처음으로 체력의 한계를 느꼈으며 해준 역시 마찬가지였는지 짧았지만 죽어 잠들었다. 그러다 가위에 눌리길래 깨웠고…….

"관계도가 이상해졌잖아. 최우현 공식 스폰서가 성한그룹인데 성한그룹 혼외자가 김해준이고 넌 걔랑 사귀고."

정 실장의 목소리에 우현은 퍼뜩 정신을 차리곤 대꾸했다.

"그러게나 말입니다."

이런 사진을 찍혀 놓고 친구라고 둘러댔다간 천년 동안 악플이 쫓아다닐 것이다. 요즘은 남자 사람 친구와 저런 스킨십을 하냐고.

"성한에 밉보이면 어쩌려고."

"그분은 절 좋게 본 적이 없어요."

"아무리 그래도 성한 황수영은 황수영이야. 몸 사려야 해. ……그럴 거면 차라리 대명 박정한이 만나자고 할 때 만나지 그랬어?"

"한 번 대 달라는 새끼랑 연애를 하라구요?"

우현이 날카롭게 대꾸하자 정 실장이 됐다는 듯 짜증스럽게 손을 내젓고는 어디론가 메시지를 보냈다. 돈에 약한 건지, 권력에 약한 건지 정 실장은 성한 쪽 요청이라고 하면 하늘이 두 쪽이 나도 해 줘야 한다며 우현을 몰아세우곤 했다. 지금도 머리 굴리는 소리가 들리는 느낌이었다. 혹시나 해준과의 스캔들 때문에 자신의 위치가 흔들릴까, 성한 쪽의 지원이 끊길까 노심초사해하며 줄타기를 하겠지.

계약 기간은 몇 개월 남지 않았다. 정 실장은 만약 자신에게 방해가 된다고 생각하면, 혹은 우현의 대체자를 찾는다면 재고의 여지없이 버리고도 남을 사람이다.

"기사 나간 거 봤겠지만 그 영상 아니라고 공식 입장 보도 자료 돌렸고 변호사 통해서 경찰에 수사 의뢰했으니까 신경 쓰지 마."

정 실장이 생각났다는 듯 우현에게 말했다.

"다음부턴 대처 좀 제대로, 빨리 해 주세요. 우리 그러려고 계약한 거잖아요."

우현이 웃으며 뼈 있는 말을 하자 정 실장의 입매가 기묘하게 말려 들어갔다.

"응, 미안. 내가 요즘 너무 정신이 없어서 놓쳤어."

돈 문제에 예민하고 소문에 민감한 정 실장이 놓쳤다니 딱히 신뢰가 가는 변명은 아니었다.

'난 네가 다치는 걸 바라지 않아.'

남자의 낮은 목소리가 떠오른다. 가볍다가도 가끔 저렇게 한마디씩 할 때마다 해준은 늘 절박했다. 모든 남자가 다 이런 걸까. 10년의 밤을 날 그리며 살았다는 남자. 그건 도대체 어떤 기분일까. 결코 드러내 놓고 집착하는 법은 없었지만 가끔씩 보이는 날카로운 예민함은 예술을 한다는 사람 특유의 성향인지 아니면…….

'하지만 넌 아직 날 믿지 않지.'

맞아. 안 믿어.

사람을 쉽게 믿었다면 하루아침에 부모님을 잃고 난 그 후의 모든 시간을 버티지 못했을 것이다.

대표 팀에 들어가기까지, 그리고 그 후에도, 가장 자유로울 수 있었던 피스트 위에서조차 경쟁의 연속이었다. 카메라 앞에 서게 된 것 역시 시작은 반 강요였다. 높은 훈련비, 협회의 기대, 그리고 시현까지. 돈우현이라는 꼬리표가 붙었지만 그녀에겐 선택의 여지가 없었다.

촬영을 하다가 파트너 남자 배우와 친근하게 대화를 나누기라도 하면 다음 날 여지없이 소문이 돈다. 피스트 위에서 상대를 이기는 법은 이제 꽤 능숙했지만 그 수많은 악의를 이기는 법은 아직 알지 못한다.

"제발 조용히 넘어가야 될 텐데."

정 실장의 혼잣말에 우현은 자조적으로 웃으며 휴대폰을 응시했다.

조용히, 넘어갈 수 있을까.

저 여자가 저렇게 안달복달하는 것도 결국 우현의 행보가 자신에게 끼칠 영향에 대해 머리를 굴리느라 저렇게 노심초사하는 것일 거다.

우현은 갑자기 해준이 보고 싶어졌다.

해준은 사무실 앞 주차장에서 기다릴까 하다가 우현의 에이전트 사무실에서 한 블록 떨어진 백화점에 들어왔다. 유럽 어디쯤에서 볼 것 같은 로코코 스타일의 화려한 외관을 자랑하는 명품관에 들어가자 보통의 백화점과는 다른 구조가 인상 깊었다. 흰 대리석, 블랙과 브라운, 금장을 절묘하게 뒤섞은 내부 장식을 살펴보던 해준의 시선이 잠시 벽면에 걸린 그림에서 멈추었다.

이런 곳엔 유화가 어울릴 것 같은데 수채화라니. 느낌이 독특했다. 오렌지 톤에 물의 양으로 농담을 조절했고 밑그림조차 없이 직관적으로 그려 나간 도시의 일몰이 담겨 있었다.

비스듬히 액자를 바라보던 해준은 아예 똑바로 몸을 돌려 그 앞에 정면으로 섰다. 보통의 방문객이라면 그냥 지나쳤을지도 모른다. 예술 작품의 가치는, 알아보는 사람에 의해서 결정되는 것이니까.

붓의 터치와 물의 양에 따라 다채롭게 표현된 색은 시각 외에 다른 감각으로는 설명하기 힘들어 보였다. 과감하면서도 섬세한 묘사는 화가가 이 그림을 위해 얼마나 긴 시간 하늘을 바라보며 관찰하고 생각했는지를 보여 주었다. 만약 해준이 미술을 계속해 왔다고 해도 이 그림을 그린 화가를 뛰어 넘을 자신은 없었다.

해준의 시선이 그림을 보호하기 위해 덮은 유리의 한쪽 귀퉁이로 갔다.

故 김유진.

그의 친모가 그린 그림이었다.

몇 주 전 브랜드 담당자와 방문했을 땐 보지 못한 것이다. 백화점 측에서 소장하고 있다가 김유진에 대한 관심이 높아지자 걸어 놓은 듯했다.

이재선이 버린 여자가 요절한 천재 화가 김유진이며 둘 사이의 아들이 포토그래퍼 김해준이라는 것이 밝혀진 후 언론에선 꽤 심심치 않게 그녀의 작품을 재조명했다. 아니, 작품은 결국 핑계다. 유진이 낮술을 마시고 엉망진창으로 그린 스케치를 들고 나와 '이 무렵 이재선이 황수영과의 사이에서 아들을 얻었는데 아무래도 그 영향 때문인지 음울한 자신의 내면을 표현한 것으로 보인다'는 개소리를 해 댔다. 밝은 느낌의 그림으로 보아 재선과의 관계가 회복할 무렵으로 추측된다며 마치 그녀가 사랑에 자신의 모든 것을 불태우고 죽은 것처럼 말한다.

해준은 한참을 그림을 바라보다가 퍼뜩 휴대폰 진동이 울리자 정신을 차렸다. 우현이었다. 에이전트와의 면담이 끝났는지 어디에 있냐고 묻길래 백화점을 이야기해 주고 그는 매장 쪽으로 발걸음을 옮겼다.

생각해 두었던 브랜드의 매장으로 들어가자 매니저가 해준을 보며 놀라는 표정을 짓더니 재빨리 미소를 띠며 응대했다. 지금 출생 때문에 한국에서 가장 핫 한 남자, 바로 세 시간 전엔 파파라치 열애 사진이 공개되는 바람에 아직까지도 실시간 검색어 1위에 올라 있는 남자를 알아봤기 때문일 것이다.

제일 먼저 의류 섹션으로 향했다. 프릴이 목까지 올라온 블라우스와 금사가 섞인 흰 트위드 원피스가 진열되어 있었다. 우현이 스마트폰으로 보고 있던 사진 속 그 옷. 해준이 마음에 들어서 보고 있는 거냐고 물었더니 우현은 그냥 보고 있는 거라며 심드렁하게 휴대폰을 치워 버렸었다.

……안 어울릴 것 같은데.

물론, 입혀 보면 다르겠지만 우현의 이미지와 지금 이 스타일링은 영 매칭이 되지 않았다. 해 보지 않은 걸 하고 싶은 걸까, 여자들은 단아하면서도 우아한 이미지를 동경하기도 하니까. 하지만 굳이 무채색의 이런 스타일을 입고 싶다고 한다면……. 해준은 우현의 피부와 체형을 떠올리며 블랙 원피스를 집어 들어 흰 재킷 위에 얹어 보았다. 안목이 좋다며 매장 매니저가 간단한 설명과 함께 몇 가지를 더 추천해 주었다. 이미 그의 눈에 다 익은 모델들이었다. 몇 개월 전, 해준은 파리에서 직접 이 브랜드의 수석 디자이너와 만나 의견을 교환하고 디렉팅을 조언했다.

"저 원피스가 좋대."

그때, 언제 왔는지 불쑥 우현이 대화에 끼어들었다.

"시현이가 입고 싶다 그래서 본 거야. 자기 올해 소원이라고 생일 선물 빨리 달라던데."

우현까지 나타나자 매장 바깥쪽 직원들이 두 사람을 빠르게 훑어보는 게 느껴졌다.

"넌?"

해준이 묻자 우현이 디스플레이 된 옷을 살펴보며 말했다.

"나야 뭐 운동하는데 이런 옷 필요할까. 시현이야 공부하는 게 그런 쪽이라지만."

사람들 입에 오르내리는 걸 꺼려 함께 어디 가자고 해도 거절하더니 이제 우현은 신경 쓰지 않기로 한 모양이었다. 자연스럽게 해준과 나란히 서서 그가 보고 있던 원피스를 살핀다.

"이거도 예쁘네. 네가 나보다 더 잘 고르겠다. 많이 봐서."

"네 옷 아니면 딱히 골라 줄 정성 없어."

해준이 심드렁하게 대꾸했지만 우현은 시현이 보낸 사진과 옷을 번갈아 보느라 정신이 없었다.

"아, 생일 선물로는 좀 과한 거 같은데……. 이거 36 사이즈 있나요?"

혼잣말을 하다가 결국 사 주기로 한 건지 우현이 매니저에게 물었다.

"네, 확인하고 말씀드리겠습니다. 커피나 티 준비해 드릴까요?"

"아이스 아메리카노 주세요. 넌?"

우현이 해준을 보며 물었다.

"같은 걸로 부탁합니다."

해준이 간결하게 대답하며 우현을 소파 쪽으로 이끌었다.

자리에 앉자 직원이 나란히 커피와 쿠키를 세팅해 주었다. 해준은 배가 고픈지 쿠키를 집어 먹던 우현을 살피며 물었다.

"정 실장은?"

"그냥 그래. 내가 연예인도 아닌데 왜 연애하는 걸로 죄지은 사람처럼 굴어야 하냐고 뻗대면서 개겼거든. 영상 건 대처 늦은 거 실망스럽다니까 바빠서 신경 못 쓴 거라고."

빨대로 커피를 저으며 우현이 말했다. 다른 남자 다 놔두고 왜 하필이면 김해준이냐는 핀잔을 했다는 건, 그럴 거면 대명 박정한을 만나지 그랬냐고 했던 건 비밀로 하기로 했다.

정 실장과 처음 계약하고 7년 남짓이다. 20대 초반, 성인이지만 아무것도 모르는 나이에 계약 항목이나 조건을 살펴 줄 부모님도 없었다. 도윤의 아버지가 에이전트 계약을 도와주긴 했지만 아무래도 한계가 있었다. 아빠나 엄마한테 시시콜콜 이를 수는 있어도 도윤의 부모님께 부탁하기엔 어려운 것들은 혼자 감당해야 했다. 시현이라도 한국에 있었으면 했다. 다른 대표 팀 동료들처럼 가족이 몸 컨디션을 세심하게 살펴 주고 음식을 신경 써 주고 영양제를 봐주는 수준의 케어는 시현에게 기대도 하지 않으니 마음이라도 편하게 곁에 있어 주었으면 했지만 동생은 한국에 들어올 생각도 없는 것 같았다. 그렇다고 도윤에게 기대자니 대학 때는 공부하느라, 레지던트 때는 미친 듯이 바빠서, 그리고 아무리 소꿉친구라지만 이성인 그에게 지켜야 할 선 때문에……. 결국 좀 외로워졌다.

"계약 해지 준비하는 게 나을 거 같은데."

해준이 나직하게 말하자 우현이 눈을 동그랗게 떴다.

"응? 몇 개월 안 남았는데 굳이?"

우현은 모를 것이다. 정 실장은 대대적으로 경찰에 수사 의뢰를 요청하고 명예 훼손 고소를 염두에 둔다는 보도 자료를 돌렸지만 며칠이 지난 지금까지 아무런 액션도 취하지 않고 있었다.

"저희 매장엔 제품이 없어서요, 해외 매장에 있는 거 들어오면 댁으로 배송해 드려도 괜찮을까요?"

"아, 찾으러 올게요. 동생한테 선물할 거라 그걸 더 좋아할 거 같아요. 혹시 이 원피스에 어울릴 만한 가방도 추천해 주실 수 있으세요?"

생일 선물로 과하다더니.

이것저것 살펴보더니 역시 비싼 게 제일 맘에 드네, 하며 카드를 내미는 우현을 보며 해준은 마음에 들지 않는다는 듯 미간을 살짝 찡그렸다.

"다 샀어?"

"응? 응. 아직 저녁 먹긴 좀 이른가?"

"잠깐."

매장을 나서는데 해준이 우현의 손목을 덥석 잡고는 반대편으로 향했다.

얼떨결에 끌려온 우현을 한쪽 소파에 앉히고 해준은 의류 섹션에서 다짜고짜 옷을 골라 댔다. 시스루 재질의 레드 원피스, 독특한 패턴의 블랙 블라우스. 빠르게 옷을 고르던 해준은 한 번씩 그녀를 바라보았다.

스캔하듯 꽂히는 시선이 괜히 민망해 우현은 불에 바람을 넣으며 맞은편에서 반복적으로 나오는 패션쇼 화면으로 시선을 옮겼다.

어마어마한 해상도와 강렬한 색감. 장면이 빠르게 전환되면서 의상의 포인트를 과감하게 클로즈업한 컷과 모델의 런웨이를 번갈아 비추었다. 이어지는 화려하면서도 세련된 그래픽 효과가 혼을 쏙 빼놓는 기분이다. 작게 들려오는 음악에 맞춰 장면이 전환되며 디자이너의 스케치와 이탈리아 장인들이 가죽을 다듬는 컷들이 이어진다.

"영상 마음에 들어?"

퍼뜩 들려오는 해준의 목소리에 우현은 화면에서 시선을 떼며 그를 바라보았다.

"응. 멋있어."

"내가 한 거야. 저번 시즌 컬렉션. 반응 좋다더니 아직도 송출하고 있네."

그러면서 해준은 자신이 골라 둔 의상 쪽으로 눈짓을 했다. 간이 행거엔 원피스부터 재킷, 스커트, 블라우스가 주렁주렁 걸려 있었다. 그 옆에 구두까지 골라 두었다. 아찔하게 똑 떨어지는 킬 힐. 매혹적이다.

"브랜드 작업 할 때마다 이런 거 해 보고 싶었어."

해준이 나른한 어조로 말하자 우현이 눈을 동그랗게 뜨며 그를 바라보았다.

"어떤 거?"

그러자 그가 웃음기 섞인, 목소리로 말했다.

"인형 놀이."

잠깐 짬이 난 틈에 커피를 마시며 뉴스 어플리케이션을 켜자 도윤의 눈에 나란히 배열된 기사가 눈에 들어왔다.

[최우현 '음란 동영상 루머'에 상처받은 사브르 여제]

[김해준·최우현 백화점 데이트 포착⋯⋯. '동영상 루머'도 막지 못한 사랑]

[이재선 후보 측, 혼외자 김해준 관련 묵묵부답⋯⋯. 황수영 회장 검찰 소환 초읽기]

일부러 기사를 나란히 배치한 것인지 눈에 확 들어왔다. 바로 옆 실시간 검색어 현황에는 아직도 1, 2위를 번갈아 가며 최우현과 김해준이 엎치락뒤치락했다.

백화점 데이트 기사를 클릭하자 꽤 먼 곳에서 휴대폰 카메라로 찍은 듯한 우현과 해준의 실루엣의 사진이 보였다. 얼굴이 선명하진 않았지만 누가 봐도 우현이었다.

이제 우현의 일상 소식을 들으려면 그녀와 직접 대화를 할 수 있는 모바일 메신저가 아니라 포털 기사가 더 빠른 느낌이다.

기사를 읽는 둥 마는 둥 하는데 가장 아래 첨부된 사진이 도윤의 신경을 자극했다. 화장품 매장에서 찍힌 사진 같았다. 김해준이 우현의 턱을 감싸 쥐고 립스틱을 발라 주고 있는 모습. 별것 아닌 스킨십임에도 불구하고 살짝 벌어진 우현의 입술 때문인지, 그 입술을 뚫어져라 내려다보며 립스틱을 발라 주는 김해준 때문인지 은밀한 연인의 정사를 훔쳐본 느낌이 들었다.

[확인했어. 영상 나 아니야.]

이게 3일 전 우현이 도윤에게 보낸 마지막 메시지였다.

벤티 사이즈, 스리 샷 아메리카노를 비운 도윤은 가볍게 목을 스트레칭하며 잠시 하늘을 바라보았다. 길게 심호흡을 하자 짙은 열대야의 냄새가 그의 비강을 맴돌았다. 점점 한국이 열대가 되려는 건지 스콜 같은 기습 호우가 내리다가 또 갑자기 타는 것 같은 더위가 이어졌다. 지구 온난화의 변덕이 마치 그의 내면 같아 쓴웃음이 난다.

도윤의 눈꺼풀로 일몰의 오렌지 빛이 스몄다. 밤이 찾아오는 광경은 단조로우면서도 화려했다. 그래…… 우현을 닮았다.

상념을 떨쳐 내기 위해 담배를 꺼내 물어 본다. 하지만 내성인지 니코틴도 그의 심사를 달래 주진 못한다. 순간 도윤의 뇌리에 우현과 그녀의 남자가 떠오른다. 영상에 대해 들었을 때 우현의 표정이, 그녀에게 립스틱을 발라 주는 김해준이 그 위에 겹쳐진다색이 짙게 불어나며 자극의 빈도가 늘어나고 강도가 격렬해졌다. 그래, 이건 질투. 그녀는 그가 아닌 다른 남자를 선택했다.

현실을 인정하는 순간 툭, 무언가가 끊어지는 소리가 들렸다. 선명한 소용돌이가 불길처럼 일었다.

예전부터 우현은 더 다가가려 하면 선을 그어 버리고 숨어 버렸다.

그녀는 디스땅스 조절에 있어선 피스트 위에서나 현실 속에서나 동물적이다 싶을 정도로 천부적이었다. 우현이 경기 중 르뜨레트Retraite(상대로부터 멀어지기 위해 뒤로 물러서는 동작)로 피하는 경우는 굉장히 드물지만 현실에선 달랐다. 특히, 서도윤에게만큼은 매우 달랐다.

원하는 거리에서 기다려 준다면 언젠가는 틈이 보일 거라고 생각했다. 애석하게도 그 틈은 도윤을 위한 것이 아니었나 보다.

그때 누군가가 조용히 그의 곁에 섰다. 시선을 아래로 두고 있던 까닭에 상대방의 구두가 가장 먼저 눈에 들어왔다. 단정하고 깔끔한, 동그란 구두코. 슬링백 뒤로 보이는 뒤꿈치가 부러질 것처럼 가늘었다.

"도윤아."

망설이던 여자가 조심스럽게 그의 이름을 불렀다. 도윤은 똑바로 여자, 애리를 바라보았다. 옅은 갈색의 투명한 눈동자가 미세하게 흔들렸다. 작고 가느다란 손이 긴장한 듯 꽉, 가방을 쥐고 있었다. 애써 침착한 척하지만 그에게 오기까지 수천 번을 고민했을 것이다.

이성적인 여자이니 자신의 행동이 과했다는 것 정도는 잘 알고 있겠지.

도윤은 무심한 눈으로 애리를 바라보며 들고 있던 커피 컵을 휴지통에 툭, 던져 넣었다. 컵에 남아 있던 얼음이 서로 부딪히는 소리, 컵이 휴지통에 떨어지는 소음, 그리고 잠시 후 어색한 침묵이 이어졌다.

"왜? 우현이 뉴스 봤나 확인하러 온 건가?"

입에서 나오는 말이 까칠했다. 도윤은 신경질적으로 말하며 가라앉은 눈으로 가방 손잡이를 꽉 쥐고 있는 여자의 손을 내려다보았다. 어찌나 힘을 주었는지 손가락의 푸른 혈관이 보일 정도였다.

"나는……."

애리가 붉은 입술을 달싹거리다가 옅은 호흡을 내쉬었다. 보도도 나오기 전, 애리가 보낸 우현과 해준의 파파라치 사진을 떠올리며 도윤은 욕지거리를 내뱉었다. 새삼 애리가 현실을 직시시켜 주지 않아도 충분히 알고 있다. 최우현의 선택은 자신이 아니다. 굳이 그녀가 애쓰지 않아도, 알고 있다.

"넌 내가 우스워?"

도윤은 가운 주머니에서 빈 담뱃갑을 꺼내 구기며 물었다. 애리는 입술을 깨물며 고개를 살짝 젖혔다. 어깨가 미세하게 떨리기 시작하는 것을 보니 눈물이 나려는 것을 참으려는 눈치였다.

"아니야, 그런 거. 넌…… 내가 왜 그렇게까지 했을 거 같아?"

결국 여자의 눈에서 눈물이 맺혔다. 동그란 이마를 찡그리며 참으려다 감정이 북받치는지 숨을 몰아쉬며 작은 어깨를 떤다.

"난 자존심 없을 거 같니? 그래, 나 이상해. 나도 알아. 그런데…… 이렇게라도 해야겠는 걸 어떡해."

참는 것을 포기했는지 애리의 눈에서 굵은 눈물이 뺨을 타고 흘러내렸다.

"그때도 내가 아니라 최우현 택했잖아."

애리의 원망 섞인 말에 도윤은 한숨을 쉬며 입을 열었다.

"그때로 돌아간다 해도 난 우현이 곁에 있을 거야."

아직도 가끔씩 도윤은 그때의 꿈을 꾼다. 자신이 우현에게 부모님의 죽음을 전했던 그 순간의 꿈. 우현은 잘못 들은 사람처럼 눈만 깜빡이다 갑자기 정신을 잃었다.

하루아침에 부모님을 잃었다. 가까운 친척도 없이 가족은 동생인 시현뿐. 그 애가 택한 남자가 자신이 아니라고 해도 도윤은 같은 선택을 할 것이다.

애리는 눈물로 젖은 뺨을 손등으로 훔쳤고 도윤은 아무런 말 없이 그녀를 가만히 바라보기만 했다.

더운 바람이 불며 아래로 흘러내린 여자의 머리카락이 흔들렸다. 황혼녘의 붉은빛이 여자를 비스듬히 감쌌다. 도윤의 시선이 그녀의 젖은 뺨을 타고 흘러내려 선이 가느다란 목덜미를 따라 어깨까지 내려왔다. 그녀가 울음을 참으려 애쓰며 몸을 들썩일 때마다 옅은 플라워 패턴의 흰 원피스 자락이 흔들렸다. 하필 여자가 서 있는 방향으로 그림자가 지는 바람에 서서히 몰려오는 어둠이 그녀를 집어삼키는 것만 같다.

그는 미동 없이 그저 바라만 보다가 가늘게 한숨을 내쉬었다. 끊어 버릴 생각이었으면 매정하게 뒤돌아 이곳을 벗어나면 될 일이었다. 지금까지 다른 여자들에게 그래 왔던 것처럼, 그렇게.

진정이 되었는지 애리가 심호흡을 하며 도윤을 바라보았다. 옅은 립스틱을 바른 단정한 입술이 가만히 열리며 하얀 이와 붉은 혀끝이 보였다. 무언가 할 말이 있는 것처럼 여자의 혀가 달싹이다가 입술이 닫히며 사라졌다. 애리는 그저 아주 잠깐 시선을 빗겨 내렸다가 할 말을 다 해 버렸다는 듯 뜻 모를, 쓰디쓴 미소를 지었다. 도윤은 애리의 눈을 보았다. 하지만 말은 없었다.

아주 잠시 시간이 멈춘 것 같은 고요가 이어졌다. 시공간이 툭 잘려 나간 듯, 모든 세상의 흐름이 멈춰 버린 것 같은 순간.

"왜 자꾸 네가 생각나는지 모르겠어."

여자가 말했다.

순간 도윤은 저도 모르게 애리에게 손을 뻗으려다가 가운 자락을 꽉 움켜쥐었다. 그는 간신히 여자에게서 등을 보이고 돌아섰다.

애리가 등 뒤에서 그의 허리를 안았다. 놀란 도윤이 잠시 멈칫하다가 자신의 허리에 감긴 그녀의 손을 감싸 쥐었다. 여자의 손은 부러질 듯 작고 가느다랬으며 긴장으로 인해 차가웠다.

"진지하게 생각하지 마. 가볍게, 그냥, 즐긴다고 생각해, 차라리."

몰려오는 밤의 여운에 세상이 아득하게 엷어지고 정적이 더욱 짙어졌다.

반팔 수술 가운을 입은 탓에 맞닿은 팔의 피부로 여자의 체온이 느껴졌다. 이따금 깊은 밤이면 떠올랐던 따스하고 부드러운 체취도.

"차라리 쉽게 생각하면······."

"미안."

도윤은 애리의 말을 자르며 자신의 허리에 두른 그녀의 팔을 조심스럽게 풀었다. 손등을 부드럽게 쓰다듬으며 놔주자 여자의 감촉이 아쉽게 멀어졌다.

해가 완전히 지고 어둠이 몰려올수록 도윤의 생각은 지난날을 향했다. 우현에게 했던 도둑 키스를, 그 입맞춤을 보며 겨우 그게 다냐고 웃던 애리를, 아찔했던 첫 키스를, 애리가 전학 가고 잊으려 애쓰던 그 수많은 밤을, 우현의 부모님 장례식장에서 상주 노릇을 하고 있는 자신과 그 광경을 보던 애리의 표정을, 그리고 오늘까지 살아오며 우현과 함께했던 그 모든 순간을. 다 따라잡을 순 없는 기억이지만 그 모든 순간을 비집고 언뜻 떠오르는 얼굴은 다른 누구도 아닌 최우현, 그녀이기에.

"미안해."

도윤은 애써 무심함을 가장하며 다정한 눈빛으로 애리를 바라봤다. 이건 어쩌면······ 그래, 연민이다. 방향은 다르지만 서도윤도, 이애리도 어마어마한 짝사랑을 하고 있으니까.

가볍게 만난다면 편하겠지. 그런 연애를 해 보지 않은 것도 아니다. 상대방에게 정을 주려고 노력하다가 어떤 선 앞에서 고민하다가 이게 아니라는 것을 깨달을 무렵 자신의 무심함에 질린 그녀에게 이별을 통보받거나, 하거나.

도윤은 시선을 아래로 내리며 애리의 손을 바라보았다. 잘 다듬어 네일아트를 한 손톱이 손바닥의 살을 파고들 정도로 힘을 주었다.

그녀의 마음이 어떤 것인지 알기 때문에 가볍게, 잠만 자는 사이로도 만날 수 없다면 변명일까.

도윤은 애리의 눈을 똑바로 바라보며 말했다.

"노는 여자 따로 두기엔 내가 촌스러운 사람이라."

어딘가에서 요란한 헬리콥터 소리가 들렸다. 그와 동시에 도윤의 휴대폰 진동이 요란하게 울려댔다. 도윤은 액정을 터치해 전화를 받으며 애리를 비껴 지나갔다.

열대야가 극심한 여름밤이 시작됐다.

에어컨을 펑펑 틀어 대던 건물을 나와 지하 주차장을 걷는데 후텁지근하고 끈적한 공기가 차가워진 팔에 닿자 갑자기 팔에 소름이 돋았다. 우현이 몸을 떨자 옆에서 걷던 해준이 어깨를 당겨 안고 손으로 그녀의 팔을 자연스럽게 문질렀다. 처음엔 놀라고 당황했던 우현이지만 이제 그의 자연스러운 스킨십에 어느 정도 적응이 된 건지 그녀는 잠자코 그의 체온을 느끼며 이끄는 쪽으로 걸음을 옮겼다.

해준이 주렁주렁 들고 온 쇼핑백을 뒷좌석에 챙겨 넣었다. 네 동생 거는 네가 사고 네 것은 내가 사겠다며 해준은 걸쳐서 그럴듯했던 옷과 어울리는 백, 구두를 죄다 쓸어 담았다. 정말 인형 놀이였다. 입어 봐, 구두는 이거, 아니 가방 그거 말고 체인백으로.

슥, 한번 보고 가져다주는 아이템이 너무 다 잘 어울려서 명품 브랜드 디렉터들이 가장 선호하는 포토그래퍼가 김해준이라는 기사가 아예 허풍은 아니구나 싶기도 했다. 이걸 다 받아도 되나 싶다가, 매번 바뀌던 슈퍼 카를 떠올리며 이 정도로는 해준의 가계에 지장은 없을 것 같아 셔츠 몇 벌을 선물하는 것으로 대신했다.

그래…… 최시현은 언니 잘 둬서 이거 사 줘 저거 사 줘 잘만 하잖아. 못 버는 것도 아니고 쇼핑 좀 하면 어때.

지금 입고 있는 것 역시 해준이 고른 것이다. 구입한 다른 원피스는 라인이 깊이 빠져 섹시한 느낌인 것에 반해 이 옷은 허리선이 높고 긴 리본과 프릴 장식이 덧대어져 발랄한 느낌을 주었다. 밋밋하지 않은 은은한 도트 패턴이 마음에 든다. 해준이 들이민 글래디에이터 샌들까지. 화보 촬영 할 때나 입을 만한 옷을 걸치고 있으니 괜히 기분이 들떴다.

조수석에 앉아 벨트를 하려고 하는데 운전석의 해준이 핸들에 머리를 기대고 그녀를 바라보고 있었다. 지하 주차장의 조명이 어두운 탓에 그의 얼굴에 그림자가 졌지만 눈빛만큼은 또렷하게 보였다.

"왜?"

우현이 묻자 해준이 몸을 일으키며 힐끗 맞은편 백화점 입구 쪽으로 시선을 옮겼다. 우현은 그의 시선을 따라 고개를 돌렸다. 작은 체구에 예쁘게 차려입은 여자 하나가 자신의 차 쪽으로 걸어가고 있을 뿐이었다. 아는 사람인가. 곧이어 여자의 차가 빠르게 주차장을 빠져나가자 보이는 사람이 더는 없었다. 폐점 시간이 다가오는 주차장은 한적하고 인적이 드물었다.

그제야 무언가 곤란하다는 얼굴로 해준이 낮은 신음 소리를 냈다. 그러곤 그녀를 향해 몸을 기울였다. 어깨로 우현의 몸을 누를 정도로 가까이 다가오던 그때, 그녀가 앉아 있던 조수석 의자가 위로 젖혀졌다.

갑작스러운 움직임에 우현이 놀라 눈을 동그랗게 뜨며 해준을 올려다봤다. 남자의 입술이 미묘하게 휘었다. 나른하고 아찔했다.

"이제 알 것 같아."

뭘? 하고 물으려던 그때, 남자의 손가락의 그녀의 목덜미 원피스 리본에 감겼다.

"카 섹스를 왜 하는지, 이제 알겠어."

초조함이 밀물처럼 발치까지 밀려 들어와 해준의 안에 차곡차곡 쌓였다. 여자에게로 쏟아부으면 다 해소될 것이라 믿었던 이 조바심은 오히려 더욱 흘러넘쳐 아직 아물지 않은 그의 틈으로 배어들었다.

해준의 허벅지에 올라탄 여자가 몸을 움직여 젖가슴을 남자의 가슴에 비비자 그가 뜨거운 숨을 쉬며 그녀의 목덜미를 살짝 깨물었다. 어깨에서부터 시작된 키스가 점점 아래로 내려가 가슴에서 멈추었다. 잠시 여자의 가슴골에 얼굴을 묻고 깊게 심호흡을 하던 남자는 주저 없이 말랑한 살을 덥석 물고 깊게 흡입했다.

"저거…… 볼 때마다 누가 보고 있는 것 같아서 기분 이상해."

우현이 맞은편 삼각대에 놓인 카메라를 보며 속삭였다.

"사진 찍어 줘?"

"아니!"

그녀가 세차게 고개를 젓자 해준은 피식 웃으며 우현의 입술에 키스했다.

차 안에서의 정사 후 여운을 즐길 새도 없이 보내야 할 데이터가 있다며 해준의 스튜디오에 왔다. 그가 머물고 있는 호텔에 가거나 저녁 식사를 하자 했는데 늘 충동적인 우현과 이성적인 척하지만 제멋대로인 해준이 계획대로 움직일 리 없었다. 결국 그대로 스튜디오에서 서로를 부둥켜안고 말았다.

우현은 그의 머리를 안으며 고개를 비스듬히 돌려 커튼 틈으로 보이는 창밖을 바라보았다. 묘하게 들뜬 여름의 밤공기와 맞은편 건물의 네온사인이 어지러이 섞여 현기증이 났다. 먼 곳에서 길을 오가는 사람들의 대화 소리가 들려왔다. 술 취한 누군가의 외침과 여자들이 꺄르르 웃는 소리, 시끄러운 EDM 음악까지. 펍과 클럽이 많은 이태원의 여름밤은 정신이 아득해질 정도로 요란했지만 그와 함께 있는 이 공간만큼은 다른 세계, 비현실적인 공간이었다.

이렇게 남자와 섹스를 할 때면 그동안 알지 못했던 감정들과 수많은 감각이 마음에 난 구멍을 채워 주는 것 같아 안심이 되곤 했다. 익숙하지만 그와 나누는 쾌락은 늘 새롭고 짜릿하다.

허겁지겁 서로를 탐했던 여운 때문인지 우현은 약간의 자극에도 더 강하게 반응했다. 차가웠던 몸이 그의 품 안에서 또다시 뜨거워지기 시작했다. 우현이 파고들 때마다 남자는 품 가득 그녀를 끌어안고 정성껏 애무했다.

남자가 여자의 손목의 여린 살을 핥고 깨물다가 키스 마크를 남길 듯 흡입했다. 요즘 들어 유독 여자의 몸에 멍이 쉽게 드는 느낌이었다. 이것저것 입혀 볼 때는 예쁘다고 생각했는데, 역시 최우현은 벗은 게 가장 아름다웠다. 잘 자리 잡은 근육과 수술 흉터, 멍까지 그 모든 것이 관능적이었다.

서서히 존재감을 드러낸 남성이 허벅지에 닿자 우현은 그의 바지 버클을 열어 끌어내렸다. 드로어즈의 밴드를 만지작거리다가 과감하게 끌어 내리자 남자가 미간을 찌푸리며 그녀를 알 수 없는 미묘한 눈으로 바라본다. 허공에서 얽히는 시선. 여자는 자신의 붉은 입술을 핥으며 유혹하듯 미소를 지었다. 어쩔 수 없다는 듯 남자가 헛웃음을 짓자 그녀는 그의 것을 손에 움켜쥐고 살며시 쓰다듬었다. 여자가 손을 움직일 때마다 미세하게 남자가 몸을 떨었다. 손을 동그랗게 말아 장난스럽게 힘을 주자 그가 뜨거운 숨을 몰아쉬었다.

여자는 장난스러운 얼굴로 남자를 바라보았다. 아주 잠깐 망설이던 남자는 벽에 몸을 기대며 나른한 목소리로 말했다.

"하고 싶은 대로 해."

"그럼 나 네 손 묶어도 돼?"

우현의 말에 그가 어이가 없다는 듯 그녀를 바라봤다.

"너……."

"하고 싶은 대로 하라며."

"이러다 마음 바뀔 수도 있어."

해준이 눈을 가늘게 뜨며 경고하자 우현이 입을 삐죽이며 그의 다리 사이로 얼굴을 묻었다. 끝을 살짝 입안에 담자 그가 신음을 삼켰다. 더 깊이 머금자 턱이 뻐근해져 온다. 입이 작아 버겁다. 숨 쉬기가 힘들고 어지럼증이 몰려왔다. 뭐가 뭔지 알 수도 없어 혀를 움직여 핥아 내리고 입술로 빨았다. 남자의 손이 그녀의 뒤통수를 감쌌다. 머리카락 틈으로 들어온 커다란 손은 그녀가 혀를 움직일 때마다 참을 수 없다는 듯 여자의 머리를 움켜쥐었다.

그녀는 입안에 단단한 불덩이를 머금고 있는 것 같았다. 입술을, 혀를 움직일 때마다 남자의 몸이 점점 더 뜨거워지는 게 느껴졌다. 잔뜩 얼굴을 찌푸리며 억지로 쾌감을 참아 내는 남자의 얼굴. 지독히도 섹시하다. 부끄러움보다 남자를 정복하고 싶다는 맹렬한 욕망이 번져 갔다. 뺨이 뻐근하게 아팠지만, 작은 입으로는 버거웠지만 아무래도 좋았다.

"아읏."

남자가 저도 모르게 신음하다 놀라며 그녀를 바라봤다. 끝부분을 감질나게 빨다가 여자는 남자를 올려다보며 히죽 웃었다.

잔뜩 흐트러져 엉망이 되어 버린 남자가 분하다는 얼굴로 그녀를 바라본다. 약 올리듯 여자는 혀를 내밀어 핏대가 선 남성을 길게 핥아 내렸다. 그럴수록 남자의 허벅지에 힘이 들어가는 게 느껴졌다. 숨김없이, 적나라하게 드러낸 남자의 욕망이 짜릿하다.

이렇게 남자와 둘만 남는 순간, 엉망진창으로 뒹구는 이 순간만큼은 다른 것들을 생각하지 않아도 된다는 것이 좋았다. 격렬하게 몰려오는 쾌락에 바보가 되는 것 같아도 그저 하고 싶은 대로, 본능에 따라 움직이면 된다는 것이 차라리 편했다. 내가 몰랐던 또 다른 나는 이렇게 대담하고 문란하다.

그리하여 이렇게 저 남자를 형편없이 망가뜨리고 싶다.

세상에 내 마음대로 할 수 있는 건 김해준 밖에 없을 것 같다.

여자는 다시 입안 가득 남자의 분신을 머금었다. 여자의 작고 좁은 입은 채 받아들이지 못할 정도로 남자의 욕망은 거대하게 부풀어 뜨겁게 그녀를 채웠다. 목 깊은 곳에 닿아 숨을 쉬기가 힘들었지만 이 정도의 고통은 그동안 그녀가 참아 왔던 무수한 순간에 비할 바가 아니다. 혀를 움직여 슬며시 건드리자 여자의 뒤통수를 잡고 있던 남자의 손에 힘이 들어갔다. 간신히 억제하려 하지만 쉽지 않은지 그녀의 머리카락을 움켜쥔 그의 손은 가늘게 떨리고 있었다. 늘 침착하고 여유로운 모습의 남자가 감당 못 할 쾌락에 허덕이는 모습이 즐거웠다.

그때 남자가 그녀의 어깨를 잡아 안아 올렸다. 갑작스러운 움직임에 여자가 놀랄 새도 없이 남자는 그녀를 자신의 몸 안에 가두고 허리에 올라탔다. 여자가 빠져 나오려 버둥거렸지만 하체를 강하게 누르는 남자의 힘이 상당했다.

남자는 뜨거운 시선으로 그녀를 내려다봤다. 타액이 흐르는 그녀의 입술 끝을 손으로 쓸어 닦아 주고는 턱을 잡아 입을 벌리게 했다. 이내 남자의 긴 손가락이 그녀의 입안으로 침범한다.

남자가 속삭였다.

"날 휘두르고 싶으면 그렇게 해. 어차피 난 너한테 영원히 을 일 거니까."

저도 모르게 여자는 남자의 손가락을 혀로 핥았다. 간질이 듯 손톱을 핥고 빙글거리며 애무하자 남자가 어쩔 수 없다는 듯 미소를 짓는다.

"해 달라는 거 다 해 줄 거야?"

"응."

여자의 물음에 남자가 단호한 어조로 대답했다. 여자는 남자의 손을 끌어와 자신의 뺨을 감싸게 했다. 커다란 손에서 느껴지는 체온이 왠지 모를 안도감을 주었다.

"아무 생각도 안 하게 해 줘."

"응, 그럴게."

여자의 입에서 자신의 손가락을 뺀 남자가 곧장 그녀의 아래를 가르고 들어갔다. 가늘고 긴 남자의 손이 그녀의 깊은 곳을 확인하듯 더듬었다. 이제 여자의 몸은 눈 감고도 정확히 그릴 정도로 그에겐 익숙했다. 안을 긁어 내리자 그녀가 탄성을 내뱉으며 그의 어깨를 꽉 움켜쥐었다. 그가 젖은 살을 파고들 때마다 질척거리는 소리가 고막을 때렸다. 남자의 손길이 집요해질수록 더욱 예민해지고 더욱 강한 자극을 갈구했다. 남자가 한껏 부푼 몸을 손끝으로 강하게 자극하자 그녀는 탄성을 내뱉으며 그의 몸에 매달렸다. 등줄기를 타고 훑어 내려오는 강렬한 쾌감. 늪으로 빨려 들어가는 기분이다. 이미 흥분한 감각이 또 다른 눈을 뜨기 시작한다.

"대신 내 말대로 해."

해준이 다른 손으론 그녀의 가슴을 움켜쥔 채 유두 끝을 희롱하며 말했다. 우현은 정념에 사로잡혀 달뜬 숨을 몰아쉬며 그를 바라봤다. 그가 무슨 말을 하는 것인지 퍼뜩 생각이 나지 않았다.

"응? 뭐?"

"에이전트."

"아……."

우현이 멍한 얼굴을 허공을 응시하며 눈을 깜빡이자 해준이 강하게 그녀의 성감대를 자극했다.

"으읏!"

"할 거지?"

"아흐, 아."

"그래 넌 아무 생각 하지 마. 생각은 내가 할 테니까."

어지의 깊은 곳에서 손을 빼낸 남자가 체액으로 번들거리는 자신의 손가락을 핥았다. 우현은 뜨거운 숨을 몰아쉬며 자신을 맛보는 남자를 바라보았다. 창밖에서 누군가가 폭죽을 터트렸는지 시끄러운 소음이 요란하게 울렸다. 하지만 사람들의 환호도, 이어지는 불빛도 모두 다른 세상의 이야기 같았다. 이곳은 그와 나, 단둘뿐인 또 다른 차원 혹은 시간과 시간의 틈. 타인의 방해에서 완전히 벗어나 오롯이 서로에게 집중할 수 있는 시간이다. 열락에 사로잡혀 자신을 욕망하는 남자의 눈은 지독히도 관능적이다. 그녀는 이 모든 것이 꿈만 같다.

"합의하에 계약 해지하는 쪽으로 변호사 통해서 협상하고."

"으응."

남자가 그녀의 무릎 뒤로 손을 넣어 자신의 아래로 완벽하게 끌어왔다. 남자가 능숙하게 이로 콘돔을 뜯었다.

"위약금은 내가 알아서 할게. 알겠어?"

남자가 여자의 다리 사이에 자리 잡고 입구를 지분거렸다.

"아흐."

"대답 안 해?"

"……안 해."

"최우현."

"너 나 멍청하다고…… 무시하는 거잖아. 거짓말쟁이. 아무 생각도 안 하게 해 준다고 해 놓고 머리 아프게 대답하라고 강요나 하……. 읏."

그 순간, 그가 단번에 꿰뚫듯 그녀의 내부로 진입했다. 우현은 이 느낌, 남자가 자신에게 삽입할 때의 이 느낌이 좋았다.

발가락이 오그라들고 아킬레스건이 간지러웠다. 활짝 열린 골반과 그 허전함을 가득 채워 주는 이물감이 미묘한 충족감을 주었다. 짜 맞춘 것처럼 서로가 서로에게 꼭 맞아 떨어지는 것이 눈물 나게 황홀했다. 온몸에서 폭죽이 터져 돌아다니는 기분이다. 몸이 통제에서 벗어나는 느낌은 무섭지만 그 공포를 충분히 감당할 만큼 아찔했다.

"제발."

남자가 거친 숨을 몰아쉬며 낮게 속삭였다. 간신히 이성을 가장했지만 여자의 내부가 꽉 맞닿아 팽팽하게 조여 오자 순식간에 감정이 뒤섞여 정신이 아득해졌다.

"우현아."

이름을 부르자 여자의 몸에 힘이 들어가며 꽉 남자를 옭아맸다. 그는 여자에게로 몸을 굽혀 그녀의 귓바퀴를 깨물며 다시 속삭였다.

"우현아, 제발."

또 한번 여자의 몸이 격하게 수축하며 반응했다. 그녀는 이렇게 몸을 섞고 있을 때, 이름을 부를 때면 이렇게 귀여운 반응을 보이곤 했다. 이런 성숙하고 야한 몸을 가지고도 아직도 우현은 어린애 같은 구석이 다분하다.

"생각……해 보고."

알았다는 뜻이다.

해준이 허리를 움직이자 여자의 몸이 들썩거렸다. 남자는 출렁이며 움직이는 흰 젖가슴을 양손으로 쥐었다. 손 가득 차는 부드럽고 말랑한 감촉은 아무리 만져도 질리지 않았다. 손가락 사이에 젖꼭지를 끼고 힘을 주어 자극하자 그녀가 교성을 내뱉으며 허리를 튕겨 올렸다. 남자는 몸을 굽혀 탐스러운 가슴을 입에 물고 깊게 흡입했다.

혀끝에 감기는 여자의 살은 지나치게 달았다. 그는 젖꼭지를 입에 물고 이를 세워 깨물면서도 허리는 거칠고 빠르게 움직이며 그녀에게로 자신을 박아 넣었다. 누구의 것인지 알 수 없는 신음과 교성이 마구잡이로 뒤섞여 스튜디오를 채웠다. 날것의 욕망과 동물적인 본능만 남은 거친 섹스였다.

해준은 우현의 몸을 안아 잡아 돌려 엎드리게 했다. 체위를 바꿔 여자의 몸 안으로 자신을 밀어 넣자 또 다른 쾌락이 물밀듯 밀려왔다. 처음 계획은 이게 아니었다. 우현이 오면 차분하게 계약에 대해 설명하고 앞으로의 계획에 대해 이야기할 생각이었다. 여자가 그를 러그에 눕히는 순간, 그녀의 입술이 자신의 분신을 핥고 애무하는 순간부터 기억이 뚝 끊긴 것처럼 정신이 아득해져 날뛰고 말았다.

엎드린 채로 자신을 받아들이는 여자의 뒷모습. 그림 같다. 옴폭 파인 등줄기와 날개뼈를 감싼 근육들. 여자의 허리를 잡아 흔들던 그는 한 팔로는 그녀의 허리를 안고 다른 손으로 허공에서 흔들리던 가슴을 움켜쥐었다. 남자의 무게 때문에 여자의 몸이 갸우뚱하며 앞으로 쏠렸다. 하지만 여자는 한 팔로 몸을 지탱하며 자신의 어깨에 이를 박아 넣는 남자의 머리카락을 장난스럽게 헝클어트렸다.

"내가…… 이러려고 운동한 게 아닌데."

여자가 장난기 섞인 목소리로 중얼거렸다. 보통의 여자라면 버티기 힘들 정도로 체력 소모가 심한 체위였다. 몸을 지탱하고 있는 팔이 후들거릴 정도로 남자의 허리 짓은 격렬하고 거칠었다. 우현의 푸념에 남자가 그녀의 양팔을 뒤로 돌려 잡았다. 그녀의 머리가 쿠션 위로 떨어졌다. 결박당한 것도 아닌데 팔을 움직이기가 힘들었다. 완벽한 무저항의 상태. 여자 엉덩이와 남성이 마찰할 때마다 살이 부딪히고 섞이는 소리가 요란하게 공간을 울렸다. 남자는 단번에 빠져나갔다가 무차별적으로 그녀에게 자신을 찔러 넣었다.

"난 뒤로 하는 게 좋아."

해준이 키득거렸다.

"너 따먹은 거 같아서."

평소의 남자답지 않은 음담패설이다. 우현이 발끈해 고개를 돌려 바라보려 할 때 해준이 막판 스피치를 올리며 격렬하게 몰아세웠다. 곧이어 절정과 함께 오르가슴이 찾아왔다. 뜨거운 액체가 내부를 가득 채우는 느낌. 질척이는 젖은 소리가 색정적이다.

우현은 눈을 뜨고 있는 이 순간마저 몽롱한 환각 같았다.

"도핑 테스트 결과 나왔습니다. 징계 수위는 3년 자격 정지 예상합니다."

변효사이 맘에 수엿은 고개를 비스듬히 돌리며 그가 내민 서류를 응시했다.

"그 애한테 먼저 흘려."

"네, 회장님."

수영은 기침을 하며 미간을 살짝 찌푸렸다. 천식이 있어 늘 철저하게 습도를 관리해 왔지만 본격적으로 검찰 수사를 받으면서 컨디션이 완전히 무너져 에너지가 모조리 빠져나가는 느낌이었다.

"해준인?"

가장 궁금한 것에 대해 물으며 수영은 스스로에게 조소했다. 친아들보다도 먼저 남편의 혼외자에 대해 묻는 여자. 과연 정상일까.

"평소와 같습니다."

파파라치 연예 매체를 통해 해준과 우현의 열애 보도가 나갔다. 이를 두고 처음엔 수많은 추측이 이어졌지만 그 계집애 하나만 보는 해준에게 최우현을 둘러싼 저급한 루머가 들릴 리 없었다. 생각보다 이미지가 좋아 여론 몰이를 하는 데에도 꽤 많은 액수를 썼다고 들었다.

"최우현도 평소처럼 팀 훈련에 참여하고 스케줄 소화한다고 합니다. 도핑은 날짜 조율해 보고 스포츠지 통해서 단독 보도될 예정입니다."

"최우현 광고 위약금이 어느 정도지?"

"50억 남짓 예상합니다."

3년 자격 정지에 50억의 위약금.

과연 김해준이 저걸 수습할 능력이 될까.

3년 자격 정지는 스물아홉 살인 우현에게 은퇴 선언과 다름 없었다. 약물 문제를 일으킨 운동선수라니, 안 그래도 스포츠계가 도핑으로 예민해진 지금 최우현의 스캔들은 전 세계적인 관심을 불러일으킬 것이다.

그리고 모두 외면하겠지.

철저하게 냉대받고 조롱당하겠지.

바라는 바다.

"아깝네."

사브르 여제, 최우현. 실력만큼은 꽤나 그럴듯했다.

수영은 처음 해준과 우현의 파파라치 사진을 보고 자연스럽게 남편과 김유진을 떠올렸다. 인정하기 싫지만 유진과 그는 신경질이 날 정도로 잘 어울렸다. 갈기갈기 찢어 망쳐 버리고 싶을 만큼 보기 좋고 예뻐서 화가 났다.

그 치졸하고도 지독한 질투를 30년이 지난 지금 또 느낄 줄이야.

피투성이가 되어 엄마를 살려 달라고 빌던 예쁘장한 어린아이. 이젠 장성해 남자가 된 그 아이는 또 한 번 찾아와 자신에게 빌게 될 것이다.

구속, 구치소, 수의. 지난 세월의 피로가 한순간 그녀의 어깨를 짓누르는 느낌이 들었다.

해준의 짓이다. 분식 회계부터 김유진의 그림을 이용한 탈세와 뇌물죄까지. 김해준의 짓이 분명하다.

그렇다면 이 정도는 갚아 줘야 하지 않을까. 고작 여자애 하나인걸.

수영은 그가 버림받았으면 싶다. 김해준은 혼자가 더 어울린다. 혼자 외롭게 고독 속에서 평생을 의지할 곳 하나 없이 충동과 싸우며 살길 바란다.

그 짜릿한 순간이 수영은 기대되었다.

롱쁘르 Rompre

후퇴

생각보다 결과가 빨리 나왔다.

자정을 조금 넘긴 시간, 뉴스 채널은 속보로 성한그룹 황수영 회장의 구속 소식을 생중계했다. 화장기 없이 파리한 얼굴의 수영이 검찰 수사관들과 함께 차에 타는 장면, 구치소로 떠나는 화면과 불이 환하게 켜져 있는 이재선의 선거 캠프 전경이 번갈아 나왔다. 장이 열리면 성한그룹 계열사 주식들이 곤두박질칠 거라는 기자의 예측과 수영의 구속으로 변방으로 물러났던 그녀의 이복동생 황철영이 다시 복귀할 가능성도 있다는 경제 전문가의 논평이 이어졌다.

해준은 가만히 소파에 앉아 맥주를 마시며 화면을 빤히 바라만 보고 있었다.

과연 이게 복수의 완성일까.

어쩐지 허무했다.

맥주로는 허전해 보드카를 꺼내 왔다. 한 잔, 두 잔, 스트레이트로 넘기자 타는 것 같은 싸한 느낌과 함께 정신이 몽롱해졌다. 술에 취하면 어김없이 찾아왔던 충동 탓에 알코올을 입에 대지 않은 게 벌써 수년째였지만 오늘만큼은 절실했다.

오늘만큼은, 이라고 입안에서 한 번 더 되뇌며 해준은 TV 화면 속 수영을 응시했다. 살겠다고 마음먹은 순간부터 똑같이 되돌려 주겠다고 결심했다. 여자가 외삼촌 식구들의 안위를 들먹이며 너만 다 내려놓으면 된다고 그에게 자살을 종용하던 것처럼 그렇게. 그래서 생각했다. 그럼 난 여자에게 무엇을 빼앗을 수 있을까.

아쉽게도 저 여자에게 빼앗을 것은 물질적인 것밖에 없다. 가지고 싶었을 뿐 사랑하지는 않는 남편, 인생의 수치쯤으로 여기는 듯한 아들, 이용해 먹기 좋고 종종 성욕 해소용으로 써먹는 심복. 누구 하나 잘못된다고 해도 그 차가운 얼굴 한번 찡그릴 것 같지 않다. 최고의 자리, 최고의 환경에서 군림할 줄만 알던 여자에게 수인 번호가 부여된다면, 저 여자라면 그 굴욕을 견디지 못해 뛰어내릴 수도 있다는 생각도 했다. ……그래 그렇게 간단히 무너질 사람이었다면 여기까지 오지도 않았을 거야.

취해도, 취하지 않아도 이 혼곤한 심사는 여전히 스스로 감당하기 버겁다. 지금도 승리의 기쁨에 도취되기보다는 그저 이 허무감에 빠져 숨을 헐떡이고 있지 않은가.

해준이 TV를 끄자 순식간에 실내가 정적에 휩싸였다. 무거운 침묵이 겹겹이 쌓여 그의 호흡을 압박한다.

밤.

달빛은 괴이하리만치 밝다.

커튼 틈으로 들어온 달빛이 길게 거실을 가로질러 소파에 앉은 그에게까지 닿았다. 그는 맞은편에 보이는 침대로 시선을 던졌다. 사람의 흔적이 없이 깔끔하게 정리된 흰 침구가 달빛에 시리게 빛이 났다. 차가울 것 같다. 그녀의 온기가 그리워지는 풍경이다. 역시 집에 보내지 말 걸 그랬다.

이따금, 아니 매 순간 무의식중에 우현을 떠올렸다. 모든 의식과 시간의 흐름을 그녀에게 지배당하고 있는 듯한 느낌. 마음 둘 곳 하나 없던 세상에 갇혀 서서히 질식당하고 있을 무렵을 떠올리다 지금은 적어도 자가 호흡은 하지 않느냐고 자조했다.

크게 숨을 들이마시자 은은한 향이 비강을 맴돌았다. 익숙하면서도 따스하다. 색으로 표현하자면 주홍빛 텅스텐 조명 같다. 소파 한쪽에 나뒹구는 쿠션을 집어 들자 향이 더욱 짙어졌다. 바로 몇 시간 전 우현이 이 쿠션을 베고 누워 있었다.

그때, 해준의 휴대폰 진동이 울렸다.

처음 보는 번호, 하지만 낯익은 이름. 정중하지만 은근한 강압이 담겨 만남을 종용하는 메시지였다.

해준은 무시하려는 듯 휴대폰을 툭 던지려 했다.

[최우현 선수 일입니다.]

또 한 번의 메시지. 마치 그의 행동을 지켜보고 있는 듯 절묘한 타이밍이었다

어쩐지 예감이 좋지 않았다.

우현은 멸치와 새우로 육수를 내고 볼에 고추장과 간장, 올리고당으로 양념장을 만들었다. 뭐 하고 다니는 건지 밤늦게 들어온 시현이 갑자기 떡볶이가 먹고 싶다며 보채는 바람에 이러고 있다. 야식 집에서 사 오랬더니 그 맛이 그게 아니라나. 오후 훈련이 제법 힘들어서 누워 뒹굴다가 일찍 잠들려고 했는데 결국 시현의 성화에 이불 밖으로 기어 나왔다.

떡을 불리고 어묵을 보기 좋게 썰고 이왕 하는 거 제대로 하자 싶어서 계란도 삶기 시작했다. 튀김 찍어 먹으면 맛있겠다, 하며 기름을 찾다가 이 시간에 그건 아닌 거 같아 관두기로 한다. 그래, 나도 내가 요리에 재능이 있는 줄은 몰랐지. 이게 다 입맛 까다로운 주제에 먹고 싶은 건 많아 엄마 찾아 대면서 눈물 바람을 해 댔던 고3 시절의 본인 때문이라는 것을 시현은 아직도 모르고 있다.

대파를 썰다 보니 모양이 가지런한 게 꽤 예쁘다. 칼잡이라 이런 칼도 잘 쓰는 걸까. 이 정도면 은퇴해도 어디 취업 정도는 할 수 있지 않을까.

넌…… 어떤 음식을 좋아할까.

"언니 옷 샀어?"

시현이 환한 플라워 패턴의 실크 원피스를 입고 주방으로 들어오며 흥분한 목소리로 말했다. 하필 가장 마음에 들었던 옷이었다. 어디서 찾았는지 시현은 해준이 여기엔 이게 낫겠다며 쥐여 준 미니 백도 들고 있었다.

"옷 완전 많던데! 가방 이건 언제 샀어? 뭐야, 뭐야, 이거 협
찬받은 거야? 언니 잘 입지도 않을 거 나 주면 안 돼?"

"넣어 놔."

어쩐지 기분이 상해 우현이 냉랭한 어조로 말했다.

"왜. 좀 입어 보겠다는데."

시현이 쌜쭉, 우현에게 눈을 흘겼다.

"벗어. 너 생일 선물 미리 달라 그래서 가방이랑 옷 사 줬잖아."

"그거랑 이거랑 같냐. 봐, 나한테 더 잘 어울릴걸? 언니 맨날
트레이닝복만 입고 다니면서 뭐 그래. 행사 갈 땐 다 협찬받잖
아. 안 입고 썩히는 것보단 내가 입고 드는 게 개이득이지."

시현이 가방을 요리조리 옮겨 들어가며 움직이자 원피스 자
락이 흔들렸다.

"난 한 사이즈 작은 게 나을 거 같다. 이거 라벨 안 뜯었으면
교환되는 거 아냐? 나 내일 교환하러 갈래."

"……최시현, 좋게 말할 때 벗어라."

평소 같았으면 곱게 양보했을지도 모른다. 이거 예쁘다, 괜
찮네, 했던 것들도 시현이 눈을 반짝이며 달려들면 죄다 그 캐
리어에 들어가는 걸 지켜만 보고 산 게 몇 년 됐으니까. 시현이
입어 보는 걸 보며 응 잘 어울리네, 아쉬운 눈길 한번 보내고
잊고 마는 것.

"나 달라고! 내가 잘 입겠다니…… 야! 언니 너 미쳤어?"

떡볶이를 젓던 우현이 주걱을 내던지고 자신보다 머리 하나

이상은 작은 시현을 잡아 질질 끌고 거실로 끌고 나가 소파에 내동댕이쳤다.

"야! 최우현! 너 이거 폭행이야!"

"내가, 옷, 벗으랬지."

체구와 힘에서 시현이 우현의 상대가 될 리가 없었다. 우현은 소파에 뒹구는 시현의 위로 올라타 동생의 몸을 짓눌렀다. 시현이 저항하듯 허공에 손을 휘젓자 우현이 그녀의 머리를 꽉 누르며 고개를 슬쩍 움직여 피했다. 길이가 다르니 시현이 아무리 팔을 뻗어도 닿을 리가 없었다.

"야! 너 내일모레 서른이야! 나이 서른에 이깟 옷 갖고 동생을 패냐! 이거 안 놔?"

앙칼진 시현의 목소리가 공기를 찢을 것처럼 울렸다.

"팔팔! 팔 부러질 거 같다고!"

이 정도로는 팔 안 부러진다. 우현은 시현의 팔을 꺾어 잡고 원피스의 앞섶 단추를 열기 시작했다.

"언니 너 진짜 꼴랑 옷 가지고 더럽고 치사한 거 알아? 엄마아빠 살아 계실 때 너 운동한다고 돈 다 꼴아 박아서 나 하고 싶은 것도 못 하고! 그럼 이 정도는 나한테 양보해 줄 수 있는 거 아냐?"

부모님 이야기가 나오자 순간 우현의 손에서 힘이 살짝 빠졌다. 하지만 우현은 다시 시현을 붙들고 우악스럽게 원피스를 벗겨 내기 시작했다. 그 원죄로 죽어라 운동해서 집 융자 갚고 자기 유학 보내 준 건 또 모르나 보다. 자기가 누리는 것들, 지

124

언니가 아픈 허리 붙들고 진통제 맞아 가면서 이 악물고 운동하고 쉬지도 못하고 화보 찍고 행사 끌려다니며 얻어 낸 거라는 거.

그때였다. 시현이 온 힘을 모아 발버둥을 치자 원피스 옷자락을 쥐고 있던 우현의 몸이 갸우뚱 하며 뒤로 쏠렸다.

그리고.

찌이익!

약한 실크가 날카로운 소리를 내며 찢어져 버렸다.

순간 정적이 맴돌았다. 당황했는지 눈이 커진 시현, 완전히 너덜거리는 원피스, 구석에 굴러떨어져 벌써 스크래치가 생긴 램스킨 미니 백. 마지막으로 우현은 자신의 손에 있는 천 뭉치를 바라보았다.

머리가 마구 헝클어진 시현이 씩씩거리며 우현을 노려보았다.

"그렇게 곱게 나 줬으면 옷 하나 버리지는 않았을 거 아냐!"

앙칼지게 소리를 지른 시현이 쿵쿵거리는 요란한 소리를 내면서 자신의 방으로 뛰어 올라가 버렸다.

문득, 주방에서부터 느껴지는 매캐한 냄새에 퍼뜩 정신이 들었다. 우현은 찢어진 천 조각을 팽개치고 후다닥 주방으로 들어갔다. 떡볶이는 다 타 버렸고 팬은 다시 못 쓸 정도로 시커멓게 변해 버렸다.

창문을 열어 연기를 빼고 암담한 표정으로 폐허가 되어 버린 팬을 내려다보았다. 아, 이거 아끼는 건데. 미간을 찌푸리다기 한숨을 푸우 쉬는데 쿵쾅거리는 시끄러운 소리, 현관문이

부서질 듯 요란하게 닫히는 소리가 이어졌다. 시현이 집을 나가 버린 모양이었다.

치울 기운도 없어서 그대로 두고 거실로 나갔는데 방금 전 몸싸움의 원인이었던 원피스가 걸레짝이 되어 문 앞에 뒹굴고 있었다. 최시현이 던져 놓고 뛰쳐나간 듯하다.

원피스를 펼치다 말고 그냥 곱게 접어 두려는데 팔뚝에 든 멍이 눈에 들어왔다. 몸싸움하다가 생긴 건가. 요즘 몸에 멍이 잘 드는 기분이었다.

"아깝다."

한 번 밖에 못 입었는데. 이게 제일 마음에 들어서 다음에 드라이브 갈 때 입으려고 아껴 둔 건데. 그냥 한 번 입게 두면 적당히 넘어갔을지도 모르는데 괜히 성질은 부려서……. 하다가, 우현은 입술을 꽉 깨물었다.

그래도 주기 싫었어.

"김해준 씨 로비에 도착했습니다."

부하 직원의 말에 명희는 알았다고 손짓을 하며 가늘게 떨리는 손을 꽉 움켜쥐었다. 성한그룹 황수영 회장의 최측근이자 변호인단인 명희는 자신의 책상에 어지럽게 흩어져 있는 해준의 사진과 파일을 깔끔하게 정리해 책상 서랍 깊숙한 곳에 넣어 두었다. 벌써 몇 번이고 숙지한 것이지만 어쩔 수 없이 긴장하게 되는 것은……. 김해준을 바라보는 주인의 시선을 어렴풋하게나마 알고 있기 때문이리라.

이재선과 황수영. 두 사람은 그룹 내 임원진들도 쇼윈도 부부라는 것을 눈치채지 못할 정도로 완벽하게 세상을 속였다. 최측근만 알고 있는 부부의 관계를 생각할수록 머리만 아팠다. 그래, 이재선은 친아들을 버리고 자신의 욕망을 택한 순간부터 권력 하나만을 위해 자신의 모든 것을 전부 쏟아부은 남자였다.

그리고 수영은…….

"실장님."

노크 소리와 함께 들려오는 목소리에 명희는 퍼뜩 정신을 차리고 소파에서 몸을 일으켰다. 부하 직원의 등 뒤에서 무표정한 얼굴로 자신을 바라보고 있는 남자에게로 시선이 갔다. 가로로 긴 눈매, 날카로운 눈빛, 깎아 놓은 듯한 콧대와 턱, 매끈한 목과 넓은 어깨. 명희도 익히 알고 있는 남자였다.

"김해준입니다."

8년 만이던가.

명희는 수영의 지시로 뉴욕의 재활원에서 해준을 만났던 것을 떠올렸다. 붉게 충혈되어 날이 선 눈빛으로 자신을 바라보던 소년은 모든 부분에서 성장했다. 더욱 정교해지고 아름다워진, 남자 그 자체.

"윤명희입니다."

명희가 자리를 권하자 해준은 그녀를 물끄러미 바라보았다. 아주 잠깐 허공에서 시선이 얽혔다. 그녀는 남자의 어둡게 가라앉은 눈동자에서 차가운 분노를 읽었다. 제 아비와 닮았지만 닮지 않았구나. 순간 명희는 자신의 오래된 주인이 해준을 바라볼 때마다 느꼈던 그 복잡하고 미묘한 감정의 정체를 엿본 느낌이었다.

"뭡니까."

해준이 손에 들고 있던 봉투를 테이블에 던지며 말했다. 요란한 소리와 함께 봉투가 테이블 아래로 떨어졌다.

"우현이한테 무슨 짓 한 거냐고."

간신히 분노를 삼키며 해준이 말했다. 명희는 해준이 던진 봉투를 주워 파일을 꺼냈다.

"멜디녹스. 혈관계 질환에 쓰이는 약입니다. 신진대사를 활성화하고 운동 회복 능력을 향상시켜 줘 3개월 전에 반도핑기구 금지 약물로 지정됐죠."

명희는 미리 입수한 우현의 도핑 테스트 결과지를 펼쳐 해준을 향해 가지런히 펼쳤다.

"성한 케미컬에서 개발한 신약이기도 해요. 부작용이 좀 관찰되긴 했지만. 혹시 멍 잘 들지는 않나요?"

명희의 말에 해준이 주먹을 꽉 움켜쥐었다.

"최우현 선수가…… 부상과 재활이 길어지다 보니 많이 불안했나 보네요. 금지 약물에까지 손을 댈 줄은 몰랐습니다. 펜싱협회와 최우현 선수 후원 중이던 저희 성한으로서는 굉장히 당혹스럽습니다."

해준이 어이가 없다는 듯 피식 웃으며 담배를 꺼내 물었다. 금연이라고 말하려다가 명희는 그의 시선을 마주하고 조용히 바라만 보기로 했다. 담배를 한 모금 깊게 빨아들인 해준이 잠시 허공을 응시했다. 담배를 쥐고 있는 매끈하고 긴 손가락에 그녀의 시선이 멈춘다.

손끝까지도 매혹적이다.

"회장님께서 해준 군을 기다리고 계십니다."

명희가 조심스럽게 본론을 꺼냈다.

남자가 손을 뻗어 결과지를 넘겨 보며 나지막한 한숨을 내쉬었다. 움직일 때마다 미세하게 움직이는 근육이, 그 몸의 굴곡이 자연스럽게 그녀의 시선을 끌었다.

처음엔 수영의 집착을 이해할 수 없었다. 김유진에 대한 열등감이라고만 생각했다.

"바라는 게 있단 뜻이겠군."

해준의 나직한 목소리에 명희는 자신의 스커트 자락을 꽉 움켜쥐며 말했다.

"직접 들으시죠."

그래, 이렇게까지 해서 얼굴을 봐야 할 정도로…….

황수영에게 김해준은 남자다.

구치소 독방에서 접견실로 향하는 긴 복도를 걸으며 수영은 희미하게 미소를 지었다. 한 걸음씩 내디딜 때마다 심장 박동이 빨라지는 느낌이었다. 이 미묘한 흥분을 무어라 설명해야 할까.

긴 기침을 하며 복도를 걷던 수영은 잠시 멈춰서 창밖을 바라봤다. 오후 3시. 아직 낮이지만 먹구름 낀 하늘에서 정신없이 쏟아지는 비 때문에 세상은 밤처럼 어두웠다. 길고 지루한 장마였다.

수영은 물기 맺힌 창에 비친 자신의 모습을 물끄러미 바라봤다. 화장기 없는 얼굴은 며칠을 앓은 탓에 퀭하고 핏기가 없어 보였다. 하필 이런 때에. 아름답지 않은 얼굴과 잔뜩 습기를 머금어 무거운 수의가 마음에 걸린다. 난생처음 겪어 보는 이 생소한 경험은 평생을 온실 속 화초처럼 자란 그녀에겐 꽤나 잔혹한 형벌이었다. 음식은 입에 맞지 않았고 신경 쇠약이 심해져 잠도 제대로 자지 못했다. 매일 밤마다 악몽을 꾸었다. 해준과 최우현이 벌거벗고 얽혀 뒹구는 광경이 너무나도 생생해 참을 수가 없었다.

여자를 망가뜨리고 싶었다. 네 신성불가침 한 영역, 네 우주의 섭리가 얼마나 보잘것없는지 해준에게 증명하고 싶었다. 정은영을 돈으로 사 우현을 밖으로 내돌리게 했다. 우현이 더러운 유혹에 넘어가길 바랐다. 그렇게 권력 있고 질 나쁜 남자를 최우현에게 들이댔다. 돈으로 우현의 밤을 사도록 부추겼다. 최우현이 넘어가면 네 종교가 이렇게 보잘것없다고 해준에게 비웃어 줄 생각이었다. 그녀가 넘어가지 않는다 해도 어마어마한 스트레스 정도는 받겠지 싶어 기뻤다. 하지만 결국 박정한, 이 병신 같은 새끼는 아가리에 쳐 넣어 줘도 여자를 받아먹지 못했다.

접견실에 들어가자 가장 먼저, 남자의 뒷모습이 눈에 들어

130

왔다. 훤칠한 키와 곧게 뻗은 넓은 어깨와 매끈한 등. 수영은 잠시 그 모습을 감상했다.

기어이 직접 나타났다. 고작 그 계집애 하나 때문에.

해준이 자신을 끔찍이도 혐오하고 있는 것을 안다. 제 어미를 죽인 여자, 자신을 추방한 장본인이니 당연하다. 명백한 실수였다. 수영은 10년 전 자신의 판단을 지금 이 순간까지도 후회한다. 차라리 곁에 둘 것을. 그랬더라면 그 계집애를 향한 네 맹목적인 감정을 꺾어 버릴 기회라도 얻었을 텐데.

……아니, 수영 자신이 이 감정을 뒤늦게 인정한 것이 문제일지도 모른다.

무얼 그리 골똘히 생각하고 있는 걸까. 수영이 들어온 것도 모르고 남자는 비가 내리는 창밖을 하염없이 바라보고 있었다.

"최우현 정도는 건드려야 얼굴을 볼 수 있구나."

수영이 웃음기 섞인 목소리로 말했다. 그러자 남자가 흔들림 없는, 침착한 눈빛으로 그녀를 바라보았다.

"무슨 짓입니까."

팔짱을 끼고 있던 해준의 주먹에 힘이 들어갔다. 수영은 그 모습을 보며 몰래 웃었다.

"한번 빌어 보지 그러니. 엄마 살려 달라고 할 때처럼. 그때 너 꽤 귀여웠거든."

수영이 해준과 눈을 맞추고 살포시 미소를 지었다.

"그 애 때문에 네가 여기까지 올 정도면…… 네겐 정말 절실한 문제라는 거겠지."

"바라는 게 뭐죠?"

"……글쎄, 내가 바라는 게 뭘까."

수영이 말을 길게 끌며 해준을 찬찬히 바라봤다. 제 어미를 닮아 천성적으로 예민한 감각을 타고난 녀석이었다. 넌, 알잖니. 내가 바라는 게 무엇인지. 수영은 혀로 자신의 입술을 적셨다. 갑자기 갈증이 일었다. 물로는 해갈할 수 없는, 십수 년을 가슴에 묵혀 놨던 지독한 갈증이었다.

이 얼마나 얄궂은 악연인가.

"의료 소송 꽤 오래 걸리는 거 알고 있겠지. 김해령 검사가 말해 주었을 테니까. 최우현이, 그 애가 널 받아 주겠니? 자기 인생이 너 때문에 바닥으로 곤두박질쳤는데 최우현이 그 불명예를……. 널 용서할 수 있을까?"

"다시 해외로 나가 줘 죽은 듯 살아 줘야 직성이 풀립니까?"

남자가 차갑게 분노한다.

"재선 씨 대선은 물 건너갔어. 판도 뒤집힌 지 오래야. 네가 해외로 나간다고 바뀌는 게 없단 뜻이지."

애정에 굶주린 여자의 욕망이 더욱 맹렬하게 불타오르기 시작한다.

"내가 무얼 바라는지는 해준이 네가 더 잘 알고 있지 않나."

수영이 한 발자국 해준에게로 다가섰다. 한 걸음, 그리고 두 걸음. 발걸음을 옮길수록 점점 그와 가까워진다. 분명 꿈에 그리던 순간인데 발걸음을 옮길수록 끈적하게 습기를 머금은 공기가, 과거의 추악한 그림자가 그녀의 뒤꿈치를 진득하게 붙들었다.

남자와 마주 보고 선 그녀는 찬찬히 그를 자신의 눈 안에 새겨 넣었다.

"당신은, 날 원하지."

남자가 살짝 몸을 굽혀 그녀의 귓가에 속삭였다. 그의 숨결이 목덜미에 닿자 소름이 돋는다. 울림이 깊은 남자의 목소리가 여자의 고막을 타고 들어와 그녀의 온몸으로 퍼진다. 그 목소리에 담긴 경멸을 모르지 않는다. 하지만 남자는 그마저도 지독히도 색정적이었다.

"그래서? 당신이랑 뒹굴어 주면 되는 건가?"

목소리의 파동이 주는 격렬한 쾌락에 여자의 몸이 뜨겁게 달아올랐다. 그때 문득 남자의 목덜미가 그녀의 눈에 와 박힌다. 빈틈 하나 없이 깎아 내린 듯한 선. 여자는 입술을 가져다 대고 싶은 충동을 간신히 억누른다.

그 순간, 남자의 셔츠 깃에 가려져 있던 생채기가 그녀의 눈에 들어왔다. 긁힌 것 같은…… 손톱자국.

간밤의 악몽이 그녀의 눈앞에 어른거렸다. 남자가 그 여자애와 며칠을 호텔 방에서 뒹굴었다는 것은 익히 들어 잘 알고 있다. 망상이지만 분명한 현실. 알 수 없는 분노와 뜨거운 질투에 수영의 심장 박동이 빨라졌다. 그와 반비례하여 정신만은 또렷해졌다. 시선을 느꼈는지 해준이 손으로 자신의 목덜미를 더듬었다. 쓰라리다는 듯 잠시 미간을 찌푸리다가 손가락으로 상처를 매만졌다. 그 여자라도 떠올린 것일까. 아주 잠깐, 일그러졌던 그의 미간이 부드럽게 풀렸다.

수영은 부아가 치밀었다.

"난, 네가 불행했으면 좋겠어."

남자를 불행으로, 그 밑바닥으로 끌어내린 것은 다름 아닌 수영 자신이었다. 하지만 아직 부족했다. 가질 수 없다면 차라리 다 망쳐 버리겠다는 마음으로 시작한 일이었다. 빼앗길 게 있다는 걸 들키지 말았어야지.

"나한테 최우현 들킨 순간, 네가 진 싸움이야. 사랑, 평범한 연애 그딴 게 너한테 가당키나 한 거 같아?"

수영은 오랜 시간 자신의 가슴속에 담아 두었던 검은 속내를 토해 냈다.

"한국에 오지 말았어야지. 그냥 얌전히 죽은 듯이 살았어야 지! 10년 동안 했던 것처럼 얌전히 먼 발치에서 지켜나 보고 살지 왜 욕심을 내? 너만 가만히 있었다면 적어도 최우현이 도핑 때문에 불명예 은퇴하는 건 막을 수 있었어!"

수영은 가빠진 호흡을 가다듬고 해준을 바라보았다. 점점 심연으로 가라앉는 눈동자. 만족스럽다. 그녀는 해준을 향해 환하게 미소를 지었다.

"이렇게 된 건 전부 다 너 때문이야."

웃고 있되 수영의 눈빛은 건조하기 짝이 없었다.

"최우현 그 애한테 전부 다 알려 줄 생각이야. 왜 내가 10년 동안 널 그렇게 괴롭혔는지, 왜 네 이름으로 포르노 동영상이 나돌았는지, 왜 네가 하지도 않은 금지 약물 때문에 스캔들에

휘말리게 되었는지! ······전부 김해준 너 때문이라고."

악에 바쳐 외친 수영은 해준을 똑바로 바라보았다. 공허한 빛이 잠시 남자의 눈을 스쳤다.

"차라리 당신이 죽어 달라고 할 때 그 부탁 들어줄걸."

남자가 그녀의 어깨에 손을 올렸다. 수영은 잠자코 그를 바라보기만 했다. 예민하고 날카로운 심리 상태를 대변하듯 눈은 핏줄이 터져 붉었고 입술은 잔뜩 갈라졌다. 그럼에도 불구하고 아름답다.

남자의 커다란 손, 낡은 수의 너머 느껴지는 온기가 따뜻했다. 분명 내 것이 아님에도 불구하고 욕심내고 만 그것. 남자의 손이 여자의 어깨를 지나 쇄골을 따라 목덜미로 향한다. 수의의 거친 감촉 탓에 느끼고 싶지만 충분하지 않았다.

그때, 해준의 손이 수영의 목을 움켜쥐었다.

"한국 오자마자 당신부터 죽였어야 했는데."

목을 조를 것이라는 수영의 예상과는 다르게 해준은 자조적으로 말하며 그녀를 밀쳐 냈다.

"내 생모가 어떤 유언을 남겼을지 궁금하지 않아요?"

뜻밖에도 남자의 입에서는 유진에 대한 이야기가 나왔다. 의외였다. 차마 당신 앞에서 입에 올리기조차 불쾌하다는 듯애서 유진에 대한 언급을 피해 왔던 과거의 해준을 기억한다.

"김유진······."

수영이 중얼거리며 입술을 깨물었다. 그녀에겐 평생의 경쟁자이다. 요절한 천재 화가와 재능 빼고는 모든 것을 다 가졌던 재벌가의 상속녀. 존재를 인식한 순간부터 수영의 모든 불행은 유진으로부터 시작되었다.

"열등감보다 천박한 것은 스스로 만든 불행이지."

해준이 자조적인 어조로 말했다. 그는 당장이라도 여자의 숨통을 조이고 싶은 충동을 간신히 억누르고 있었다.

"하루에도 수천, 수만 번씩 고민했어. 당신을 죽이고 싶어서."

수영은 천천히 움직이는 해준의 입술을 응시하며 그의 손을 끌어당겨 자신의 목으로 가져갔다. 이렇게 숨통을 끊는 것도 나쁘지 않을 것 같았다.

하지만 해준이 냉정하게 쳐내며 손을 빼냈다. 오물을 만지기라도 한 것처럼 불쾌한 표정을 지으며 접견실 한쪽에 놓여 있던 티슈로 자신의 손을 닦아 냈다.

"넌 버림받을 거야."

수영이 단정적으로 말하며 옅게 웃었다.

"펜싱이 인생 전부인 애야. 너한텐 최우현이 인생 전부겠지만 걘 아니야."

해준은 차갑게 가라앉은 눈으로 악을 쓰고 있는 여자를 응시했다. 잔뜩 독기가 올라 저주하듯 퍼붓는 여자.

저 여자로 인해 잃은 것이 너무나 많다.

"당신한테 빼앗을 수 있는 게 무엇인지 계속 고민했는데……."

해준이 말끝을 길게 늘이며 여자를 똑바로 응시했다. 하늘에 구멍이라도 뚫린 것인지 비가 퍼붓는 소리가 침묵을 방해했다.

"없더군. 돈밖엔."

뒤틀린 여자의 심사를 대변하듯 요란한 천둥소리가 이어졌다.

수영은 일그러지는 표정을 숨기기 위해 입술을 깨물었다. 비즈니스 파트너인 허울뿐인 남편. 개처럼 부리는 수족. 이제 얼굴도 제대로 기억나지 않는, 그녀 스스로 유폐시킨 아들. 모두 다 수영에겐 없어도 그만인 것들이다.

더 이상 잃을 게 없는 수영을 두고 그녀에게 전부를 빼앗긴 남자가 조소한다.

"연민과 동정이 당신에게 가당키나 할까."

해준이 싸늘하게 일별하며 걸음을 옮겼다. 수영은 그 뒤를 따르고 싶은 충동이 일었다. 분명 이곳을 떠나면 남자는 그 여자애를 찾을 것이다. 내게 독설을 내뱉던 붉은 입술로 그 애를 탐하고 사랑한다 속삭이겠지. 내 목을 조르던 그 손으로 그녀를 안겠지.

……김해준.

수영의 기대와는 달리, 방법을 몰라 애원하던 그 어린 소년은 이제 없다.

수영의 일평생을 괴롭힌 고독이 예민하게 날을 세우며 가슴속에서 꿈틀거리기 시작했다.

그의 여자를 떠올린다. 치욕을 주어도 표정 하나 변하지 않던 아름다운 외모. 곧게 허리를 세우고 검을 들고 있던 강인한 모습이, 밝고 깨끗한 미소가 미치도록 싫었다. 수영은 가질 수 없는 싱그러움이 유진을 떠올리게 만들어 구역질이 치밀었다.

치괽 날 죽이겠다고 분노하고 증오했더라면 이렇게 부당하다 느끼진 않았을 것을.

수영은 아직도 퍼붓고 있는 비를 바라보며 웃었다.

세상은 이해할 수 없을 이 미련한 미련을, 나는 어찌하면 좋을까.

사약 같다. 커피 잔을 물끄러미 바라보던 해준은 기꺼이 그것을 마셨다. 독한 커피의 진한 산미가 혀끝에 감기며 식도를 타고 몸 안으로 스몄다. 혈관을 타고 카페인이 흐르는 느낌이 생생하다. 격렬하게 요동치던 감정이 서서히 잦아들기 시작한다.

해준은 눈을 감고 처음 그녀와 눈을 마주치던 순간을 상기했다. 흑백의 시야 속에서도 우현만큼은 또렷하고 선명하게 자신의 색을 빛내고 있었다. 그 짧은 순간, 마법처럼 그의 세상 속 어둠은 모두 그녀가 집어삼켰다. 그 빛에 눈마저도 멀어 버리는 것만 같았다. 그 순간 느꼈던 황홀한 오르가슴. 죽어도 잊지 못할 아찔한 기억.

덜컥 겁이 났다. 이 사랑에 대한 확신은 나쁜일지도 모른다는 생각이 들자 손끝이 떨렸다. 분명 원망할 것이다. 피스트에 설 때면 힘들고 버거워했지만 그만큼 우현이 그 순간, 그 자체를 사랑한다는 것을 너무나도 잘 알고 있다. ……그래, 전부 나 때문이다. 그 어떤 유혹도 너보다 아름답지 못해서 철저하게 숨기지 못한 내 탓.

"김해준."

그때 해령이 맞은편에 앉으며 테이블을 손으로 톡톡 두들겼다. 넋이 나간 얼굴로 허공을 응시하던 해준이 멍한 얼굴로 그녀를 바라봤다. 해령은 처음 보는 얼굴이었다.

"……누나."

해준이 작게 속삭이자 해령은 씁쓸한 미소를 지었다. 해준이 자신을 누나라고 부른 것, 이번이 두 번째다. 처음 뉴욕에서 약에 찌들어 살려 달라고 애원할 때, 그리고 지금.

"서연 언니 방금 비행기 탔어."

나이 차가 많이 나는 해령의 친언니이자 해준의 사촌인 정형외과 김서연 교수는 미국 연수 중임에도 불구하고 기꺼이 동생을 위해 귀국을 택했다.

"치료 기록, 세부 내역, 보낼 수 있는 건 전부 보냈어. 오면서 검토할 거야. 윤 변호사가 병원 고소할 거고 협회 징계는……."

"우현인?"

"팀 훈련 중. 아직 몰라."

"내 입으로 말하게 해 줘."

해준의 목소리가 가늘게 떨렸다.

"황철영 만나야겠어."

수영과 성한그룹을 두고 싸우던 이부동생이다. 해준은 황철영에게 황수영을 끌어내려 주는 대가로 성한아트센터에서 가지고 있는 친모의 유작을 요구했다.

"그건 나중 문제야. 우현 씨부터 생각해."

해령의 단호한 어조에 해준이 낮은 한숨을 내쉬며 식은 커피를 단번에 마셨다. 어느새 비가 그쳤는지 거짓말처럼 햇빛이

키스 온 더 피스트 2   139

쏟아졌다. 오후의 햇살. 그녀와 닮았다.

"에이전트…… 정은영 실장은 황수영 쪽 지원이 끊긴 후로 사실상 우현 씨 위해 아무것도 하고 있지 않아. 최소한의 코멘트 정도."

영상에 대해서도 분명 처음부터 알고 있었을 것이다. 그럼에도 불구하고 아무런 조치를 취하고 있지 않다는 것은 줄타기를 하는 거겠지.

"무리하게 사업 확장해서 빚이 상당해. 황수영 아니었음 진작에 망했을걸."

"광고 위약금이 얼마랬지?"

해준의 물음에 해령이 태블릿 PC를 꺼내 서류 하나를 띄우며 말했다.

"53억."

욕심의 대가치고는 싸다.

"준비해 둘게."

"소송 걸면 40억까지 줄일 수 있어."

우현이 모델로 계약한 브랜드는 거의 다 성한의 계열사였다. 수영의 장난질로 시작한 일이니 당연히 요구할 것이다. 어떻게든, 괴롭히려고.

"됐어, 피곤해. 그런 식으로 법원 들락거리게 하고 이름 기사에 오르내리게 하기 싫어. 달라는 대로 줘."

해준은 대수롭지 않다는 어조로 말했다.

돈, 그게 뭐라고. 가장 쉽게 황수영에게 대적할 수 있는 수단이라 긁어모은 것일 뿐이다. 성한아트센터에 걸려 있는 유진의 그림을 회수하고 싶어서, 하필이면 그 그림이 유진이 해준을 무릎에 앉히고 그린 유작이라. 그 여자에게 있는 유진의 그림을 생각할 때면 부관참시剖棺斬屍*당하는 기분이었다. 이 마저도 하지 않으면 도저히 살 수가 없을 것 같았다.

가진 게 없으니 잃는 것이 무서울 리 없었다.

다만 한 가지 두려운 것이 있다.

"우현이가 나 버리면 어쩌지."

그가 한숨 쉬듯 말하자 해령은 아무런 말 없이 해준을 바라보기만 하였다.

……버린다면, 버려져야겠지. 우현에게만큼은 그는 철저한 약자이자 을이다. 결정은 그녀의 몫, 그에게 주어진 선택지는 없다.

버려진다고 해서 쉬이 접힐 마음도 아니지만.

지켜보는 것으로 만족이 되지 않아 그녀를 가지겠다 나섰으나 돌이켜 생각해 보니 그 반대였다. 소유하고 싶은 게 아니라 소유되고 싶었다.

10년 전 서울을 떠나던 그 차가웠던 겨울밤을 떠올려 본다. 헤어지던 순간마저 그를 감싸 안았던 그녀의 온기를, 짜릿했던 입맞춤과 그녀의 숨결이 닿던 순간의 떨림을. 해준은 수많은 밤을 그 온기를 상기하며 잠을 청했다. 간신히 그녀의 온도를

---

* 죽은 뒤 무덤을 파고 관을 꺼내어 시체를 베거나 목을 잘라 거리에 내거는 형벌.

기억해 내는 것에 성공하는 날에는 조금이라도 눈을 붙이고 쉴
수 있었던 것 같다. 그 밤의 어둠은 차갑고 외롭지 않았다.

그때보다는 붙들고 살 기억들이 많아졌다. 그리고 이제는
우현의 체온이 더 높다는 것도 안다.

해준은 희미하게 웃었다.

내가 누군가에 의해 망가져야 한다면, 그 사람은 부디 너였
으면.

해령이 처음 황수영을 소환 조사하는 날이었다. 한국 최고
의 변호인단을 이끌고 나타난 여자는, 고모 유진을 죽이고 동
생의 인생을 짓밟은 그 여자는 TV 뉴스에서 봤던 것보다 훨씬
체구가 작고 가느다란 인상이었다. 부장·차장급 검사들이 대
거 포진한 자리라 해령은 나설 일도 없는 자리였다. 그런 자리
에서, 해령의 이름을 듣자 순간 눈빛이 변하던 여자. 여자는 분
명 해령의 이름을 듣는 순간 해준을 떠올렸을 것이다.

예술가의 머릿속을 해령은 잘 알지 못한다. 오랜 기억 속 고
모, 유진에게 보았던 괴팍함과 따스함, 차갑고도 명민한, 그러
면서도 어린아이 같았던 순수함을 가끔씩 해준을 통해서도 느
낄 때면 저런 세상도 다 있구나 생각하는 정도였다.

유진은 해준이 공부하는 것을 싫어했다. 기억력이 비상한
것도 언어적 능력이 빼어난 것도 싫어했다. 해준의 그런 면모
를 발견할 때면 유진은 히스테릭하게 반응했고 몇 번, 어린 해
준을 심하게 때린 적도 있었다. 그러고 난 후 유진은 몇 주, 길

게는 몇 달씩 어디론가 사라졌다. 해령의 부모는 해준에게 고모가 아파서 그런 거라고 치료를 받고 오면 나아질 거라고 했다. 실제로 다시 돌아왔을 때의 유진은 전보다는 차분하고 안정적으로 보이긴 했다.

적어도, 겉으로 보기에는.

그게 매일매일 유진이 손목에 꽂고 있는 어마어마한 신경안정제 링거의 영향이라는 것은, 그녀가 다른 사람도 아닌 해준을 볼 때마다 알 수 없는 표정을 짓는 이유를 알게 된 것은 먼 훗날의 이야기이다.

그때는 몰랐다. 왜 고모는 내 쌍둥이 동생을 그렇게 싫어하는 걸까. 엄마는 나 공부 좀 하라고 다그치는데 공부하지 말라니 해준이 부럽다, 딱 그 정도의 의문. 다 크고 보니 유진은 해준에게서 자신을 버린 남자를 떠올리는 것이 싫었던 것 같다.

붓을 쥐고 있을 때의 해준은 비범했다. 눈빛이…… 유진 같았다. 그럴 때면 유진은 다정한 고모로 돌변해 해준을 끼고 앉아 몇 번이고 그림을 보여 주고 가르치고 비싼 물감을 척척 내주었다. 그 모든 과정을 곁에서 지켜본 해령은 유진이 죽은 후 해준이 사실 고모의 아들이라는 걸 알았을 때 그다지 놀라지 않았다.

"김해령. 퇴근 안 해?"

동기인 형원의 목소리에 해령은 퍼뜩 정신을 차렸다.

"아……. 뭐 좀 보느라. 넌?"

"나야 뭐, 약쟁이들이 약하는 데 불금 가리냐."

마약·조직범죄수사부인 형원 역시 야근 중인 듯했다. 형원이 그녀에게 차가운 아메리카노를 건네며 씨익 웃었다.

"우리 해령이 아까워서 어떡하냐. 황수영 머리채 잡은 게 너인데 수사 제외되고."

처음부터 알고 있었다. 거기까지가 해령의 역할이었다. 그녀는 모른 척 미소를 지었다.

"아까워, 아까워, 아까워 죽겠어. 김해준이랑 사촌만 아니었으면 성한 황수영 보내 버리는 1등 공신은 김해령인데 말야. 우리 해령이 싹 다 털어내서 황수영 추가 조사할 것도 별로 없다면서."

해령은 커피를 한 모금 마시며 그저 웃었다. 당연하다. 그게 몇 년을 준비한 건데.

하버드에 입학했던 해준은 1년 만에 학교를 그만뒀다. 이유는 모른다. 아마도 자기 길이 아니라고 생각했던 것 같다. 책상에 앉아 있는 그는 근사하지만 불편해 보였다. 그보다는 캔버스 앞이 더 편안하겠지, 했는데 모든 것이 해령의 예상을 엇나갔다.

"김해준 돈 진짜 많더라. 아무리 뉴욕에서 잘나가는 포토그래퍼라고 해도 이 정도로 돈 모을 수 있나?"

"걔 머리 좋아."

"하버드에서 파슨스라니 머리와 재능 다 가진 건가. 김유진 재능 물려받았으면 순수 미술 했을 수도 있을 거 같은데."

"고모 돌아가신 후로 그림 안 그리더라."

"왜?"

"모르지 나는."

"하긴…….."

말꼬리를 길게 끌면서 형원이 해령이 휘갈겨 써 둔 메모 패드를 바라보았다. 글씨가 엉망이었다. 형원의 시선을 느낀 해령이 얼른 파일로 메모를 가려 버렸다.

"글씨만 봐도 넌 그림 쪽은 아닌 거 같아. 너 김해준이 이재선 아들인 거 언제 알았다고 했지?"

형원의 질문에 해령은 미리 말을 맞춘 내용을 그대로 읊었다.

"난 얼마 안 됐어. 해준이 다시 한국 들어온다고 했을 때. 해준인 스무 살 때 알았대. 그래서 미국으로 나간 거고."

"너희 부장이 갑자기 너 제외시켰다 그래서 뭐 밉보였는 줄 알았잖아."

해준이 한국에 입국하는 날 해령은 부장 검사를 찾아가 수사 팀에서 빠지겠다고 선언했다. 그룹 총수 둘을 구속시킨, 재벌 저격수로 악명이 높은 부장은 해령의 고백에 아무런 말 없이 그녀의 어깨를 두드려 주었다.

최우현이 어마어마한 변수였다. 서도윤과 그녀의 스캔들 기사를 본 해준은 다른 것들은 안중에도 없는 사람처럼 보였다. 이재선과 황수영, 그 부부의 일이라면 늘 이성적이고 냉철하게 굴었던 해준이었지만 그때만큼은 아니었다. 아직은 위험하니 거리를 두라고 해도 듣지 않았고 무언가에 쫓기는 사람처럼 조바심을 냈다.

처음 계획은 이게 아니었다. 해준이 찾은 독일 페이퍼 컴퍼니, 정권 실세와 관련된 뇌물과 비자금, 그리고 황수영의 구속과 이재선의 낙마. 해령은 여기까지 마무리되는 것이 우선이라고 설득했지만 해준은 듣지 않았다. 살인죄 공소시효는 폐지되었고 유진의 사건은 미제이니 황수영 붙들어 놓고 재수사를 하면 된다고 설득했는데……. 해준은 그동안의 계획 따위 다 잊은 사람처럼 굴었다.

어쩌겠어. 김해준에겐 최우현이 종교인 것을. 해준은 해령이 그거 우상 숭배라고 시비를 걸 때면 그냥 웃고 말았다.

한편으론 다행이다. 우현이 아니었다면 저 녀석은 살고 싶다는 생각조차 안 했을 거니까.

다만 마음에 걸리는 것은…….

누가 그랬다.

복수를 하려면, 상대의 것과 자신의 것 두 개의 무덤을 파놔야 한다고.

해준 몫의 무덤에 우현이 묻힐 것 같다는 게 문제라면 문제겠지만.

트레이너가 무릎을 더 바깥쪽으로 잡아당기자 허벅지 근육이 터질 듯 뻐근해졌다. 금방이라도 주저앉을 것처럼 몸에 힘이 빠졌지만 우현은 입술을 꽉 깨물며 간신히 버텼다. 앞서 두 시간 넘게 스텝 훈련을 한 까닭에 온몸이 과부하 상태였다. 샤워할 힘도 없어 그냥 누워 쉬고 싶다는 생각이 간절했지만 컨디션을 끌어올려야 하는 우현은 쉴 틈이 없었다. 트레이너의 지시에 따라 자세를 바꾸자 아킬레스건이 늘어나며 뭉쳐 있던 종아리 근육이 아우성을 쳤다. 고통스럽지만 익숙했다. 힘들긴 하지만 죽을 정도는 아니다.

순간, 중심이 흐트러지며 자세가 무너지려 하자 우현은 깊게 호흡을 하며 다시 밸런스를 잡았다. 목덜미를 타고 흘러내린 땀방울이 등줄기를 따라 떨어지는 게 생생하게 느껴진다. 근육이 단단하게 긴장하며 감각이 예민해진다.

"조금만 더, 좋아. 골반 밸런스 잡아야지. 웨이트 조금 더 왼쪽으로."

트레이너의 지시에 따라 움직일 때마다 몸이 뜨거워졌다. 발목이 덜덜 떨린다. 당장에라도 주저앉고 싶었지만 그녀는 입술을 꾹 깨물며 애써 참았다.

"호흡 유지하고."

감독도, 코치도 기술적으론 딱히 훈련할 게 없다고 했다. 지금 네 최고의 라이벌은 부상과 재활뿐이라고.

"됐어, 여기까지. 고관절 스트레칭 더 해주고……. 내일은 오른쪽 어깨 회전근개 훈련할 거야."

"밴드 스트레칭 해 올게요."

우현이 스포츠 타월로 땀을 닦으며 대꾸하자 트레이너가 만족스럽다는 듯 고개를 끄덕였다.

"그래 주면야 좋지. 고생한 덕분에 몸 상태 많이 좋아졌어. 오른 무릎 통증은?"

"요즘엔 거의 없어요."

"오늘 오버 페이스 해서 푹 쉬어야 되니까 가서 아무것도 하지 말도 밥 먹고 일찍 자. 데이트도 하지 말고."

트레이너의 말에 우현은 괜히 부끄럽다는 듯 입술을 삐죽 내밀었다. 해준과 같이 쇼핑을 하는 모습이 여기저기 사진 찍혀 SNS에 돌아다니는 것도 영 적응이 안 되고 선배들이 남자 친구 인사 안 시켜 주냐며 놀려 먹는 것도 괜히 민망하다. 모든 것이 다 쑥스럽고 간지럽다. 아침에 해준의 모닝콜로 눈을 뜨면 하루 종일 구름 위를 둥둥 떠다니는 것처럼 실실 웃다가 남자 친구가 잘해 주나 봐? 코치의 한마디에 얼굴 붉히기 일쑤였다.

이런 게 연애라면, 좀 좋은 것 같기도 하고.

트레이닝을 끝낸 우현은 윔다운 스트레칭을 하기 위해 매트에 자리를 잡았다. 마무리 운동 하고 샤워까지 하고 나면 대충…… 5시 정도 될 것 같다. 해준에게 잠깐 얼굴이나 보자고 해 볼까. 어차피 집에 아무도 없을 텐데, 와서 저녁 같이 먹자고 해도 좋을 것 같다. 그러고 보니 그가 뭘 좋아하는지도 모른다. 한식 좋아할까. 외국 생활을 오래해서 양식을 더 좋아할지도 모른다. 음, 그럭저럭 다 잘 먹는 눈치였다. 퇴근하고 마트에 들러 같이 장 보자고 해야겠다. 편식 심하고 까다로운 최시현도 먹였던 나인데, 김해준 정도야 괜찮겠지.

그러다 문득, 우현은 오늘 해준의 연락이 뜸하다는 것을 깨달았다. 따로 촬영 스케줄이 있다는 이야기는 듣지 못했는데. 아침에 잠깐 통화했을 때 목소리가 평소보다 가라앉은 것도 같다. 생부 일로 골치가 아픈 걸까.

"선배, 진짜 김해준이랑 사귀어요?"

불쑥 옆에서 우현의 눈치를 보며 스트레칭을 하던 막내가 조심스럽게 물었다. 힐끔, 막내의 등 너머를 보니 누가 시켰는지 옹기종기 모여 우현의 답을 기다리고 있었다.

"아…… 응."

"데이트할 때 어때요? 잘해 줘요?"

"좀 차게 생겼잖아. 다정한 편이에요? 아님 상남자?"

"고등학교 때도 사귀었다던데 진짜예요?"

우현이 고개를 끄덕이자 훈련 내내 눈치를 보던 팀 후배들이 하나 둘 그녀의 곁으로 몰려들었다. 언제부터냐, 잘해 주냐, 선배는 김해준 누구 아들인지 알았냐 기타 등등. 정신이 하나도 없었다.

쏟아지는 질문에 우현은 무어라 말도 못 하고 눈만 굴리다 간신히 대답했다.

"아, 그냥 뭐……. 잘해 줘. 다정하게."

다른 사람한테는 냉하게 굴다가도 우현 자신에게 하는 거 보면 다정한 것 같다. 멋대로 구는 거 내버려 둘 때면 포용력도 있어 보이기도 하고……. 작업할 때는 엄청 세심한 것 같은데 마냥 부드러운 타입은 아니다. ……특히 밤에는 좀, 아니, 많이 거칠다.

후배들이 하나 둘 돌아가고 스트레칭을 하던 우현은 옆에 놓아 둔 스마트폰을 꺼내 들었다. 어차피 이렇게 다 까발려진 거 주말에 데이트하자고 할까 싶었다.

포털 검색어에 '서울 데이트'를 치자 블로그 포스팅이 뜬다. 경리단길, 사람이 좀 많을 것 같다. 연남동도 그렇고……. 서울 근교 카페. 카페는 좀 흔하다. 좀 멀리 드라이브 가자고 하는 건 어떨까. 운동 말고는 도통 뭘 해 본 적이 없으니……. 사진 가르쳐 달라고 해도 좋을 것 같다. 바다 보러 가서 산책도 하고 사진도 찍고. 비밀 SNS 만들어서 사진도 올려 보고 싶다. 남들 하는 것처럼, 럽스타그램 같은 것도.

그때 휴대폰 팝업 창으로 메시지가 떴다.

[데리러 갈게, 30분 걸려.]

해준이었다.

그전에도 데리러 오고, 데려다주고 했는데 오늘은 기분이 좀 달랐다. 진짜 연애하는 기분이랄까.

우현은 히죽 웃으며 메시지를 보냈다.

[빨리 와.]

메시지를 보내는데 후배가 우현에게 말을 걸어왔다.

"선배. 감독님이 퇴근 전에 얼굴 보고 가래요! 할 말 있다고!"

또 무슨 잔소리를 하려고. 우현은 투덜거리며 몸을 일으켜 스포츠 백과 장비를 챙겼다. 샤워를 하고 머리를 말리는데도 계속 해준에게 보낸 메시지가 신경 쓰였다. 좀 다정하게, 이모티콘도 넣어서 보낼 걸 그랬나 후회가 되었다.

우현은 휴대폰을 만지작거리며 감독의 사무실로 향했다. 노크를 하자 들어오라는 짧은 대답이 들려왔다. 훈련할 때는 엄격하지만 평소에는 장난스러운 감독답지 않게 목소리가 가라 앉아 있었다. 혹시 누가 사고라도 친 걸까. 아닌데, 그러면 우현이 아니라 주장을 불렀을 것이다.

"저 부르셨어요?"

문을 열고 들어가자 소파엔 감독과 몇 번 우현도 본 적이 있는 펜싱 팀 모기업, 성한화재 법무 팀 변호사가 앉아 있었다. 그리고…… 에이전트인 정 실장까지. 감독이나 변호사는 그렇다 쳐도 정 실장은 왜 깜짝 등장이람. 감독이 들어오라는 듯 손짓을 하자 우현은 가볍게 목례를 하며 빈자리에 앉았다.

이상하게도 회의실 분위기가 가라앉았다. 감독의 안색은 좋지 못했고 변호사는 무표정했으며 정 실장은 무언가 눈치를 보는 기색이었다. 테이블에는 영문과 불어로 된 서류가 놓여 있었다. 우현은 서류 끝에 있는 세계 펜싱 연맹, Fédération Internationale d'Escrime이라는 불어와 인장만 간신히 알아볼 뿐이었다. 그 옆에 놓인 영문 서류는……. World Anti-Doping Agency, 세계반도핑기구.

반도핑기구에선 분기마다 불시에 검시관을 파견해 도핑 테스트를 하곤 했다. 저번 대표 팀 선발전에서 도핑 테스트를 했었는데, 랜덤 테스트 또 걸렸나 보다. 세계 랭킹 N자리가 된 후로 우현은 분기마다 굴욕적인 소변 시료를 받아야 했으며 피를 뽑히고 유전자 체취까지 당해 왔다.

"이게 뭐예요? 랜덤 테스트 또 걸렸어요?"

우현의 물음에 감독이 허탈한 표정을 지었다.

"최우현."

평소에는 우현아, 라고 부르던 감독이 성까지 붙였다는 것은 화가 났다는 거다. 요즘 성실했는데 뜬금없이 왜 화를 내는 걸까. 우현이 의문스러운 얼굴로 감독을 바라보며 눈을 깜빡였다.

"선발전에서 했던 도핑 테스트 결과입니다."

영문도 모르고 병 쪄 있는 우현의 앞에, 변호사가 서류를 내밀며 가장 마지막 장을 보여주었다.

"멜디녹스 금지 약물 양성 판정 나왔습니다."

멜디녹스? 처음 들어 보는 약이다. 그나저나 양성이면…….

"최우현 선수 자격 정지 3년 징계 내려왔습니다. 제소를 원하면 스포츠중재재판소에 2주 이내에 신청하면 됩니다."

"피차 서로 시간 낭비하지 말고 빨리 말해요."

우현이 가라앉은 목소리로 정 실장에게 말했다. 무슨 정신으로 에이전트 사무실까지 왔는지 모르겠다. 자리를 피하려는 정 실장을 강제로 자신의 차에 태운 후로는 분노 때문에 기억도 또렷하지 않았다.

"정은영 씨."

우현이 재촉했지만 정 실장은 세상 꺼질 듯한 한숨을 쉬며 입술만 달싹거릴 뿐이었다.

"나 돌기 전에 불어요."

그러자 결심했다는 듯 정 실장이 조심스럽게 입을 열었다.

"난, 우현아, 정말 미안한데 내가 돈이 좀 급했어."

불필요한 서론이었다. 우현은 떨리는 입술을 꾹 깨물며 휴대폰 액정 화면에 집중했다. 포털에 멜디녹스를 검색하자 '성한 케미컬의 신약'이라는 기사가 눈에 띄었다. 기사 사진에는 우현도 병원에서 몇 번 마주친 적이 있는 대표 원장과 황수영이 환하게 웃으며 악수를 하고 있는 모습이 담겨 있었다.

"그래서 병원 바꾸자고 우긴 거예요?"

"내가 정말 미안해. 어쩔 수가 없었어."

정 실장은 눈물이 그렁그렁한 눈으로 우현을 바라보며 손을 모으는 시늉을 했다. 일 다 저질러 놓고 자기 마음 편하자고 저러는 건가. 우현은 헛웃음을 지었다.

"나 얼마에 팔았어요?"

우현의 물음에 정 실장은 아무런 말 없이 손만 덜덜 떨었다. 짜증이 치밀었다.

"황수영한테 얼마 받았냐고!"

쾅! 요란한 소리와 함께 우현이 집어 던진 유리컵이 정 실장의 옆에 떨어지며 산산조각 났다. 겁먹은 정 실장이 무어라 말하려던 순간, 우현의 휴대폰 진동이 울렸다.

해준이었다.

거절 버튼을 터치하자 또다시 전화가 온다. 또 거절했지만 해준이 더 끈질겼다. 우현은 그대로 휴대폰을 꺼 버렸다.

"난 그냥, 너 병원만 바꾸게 하라고 지시받은 거밖에 없어. 진짜야…… 진짜 몰랐어. 도핑이라니, 황 회장이 이렇게까지 할 줄은 몰랐다 말야!"

정 실장이 울면서 소리를 질렀다. 우현은 하얗게 질린 얼굴로 입술을 깨물었다.

"자격 정지 3년이면 은퇴하란 소리네. 거지 같아."

그녀는 부들부들 떨리는 주먹을 꽉 움켜쥐었다. 갑자기 눈가가 뜨거워지는 느낌이 들었다. 사람 마음이 이렇다. 너무 싫어서, 재활 힘들어서 은퇴하겠다고 한 게 얼마 전인데 타의로 검 못 잡는다니까 덜컥 두려워진다. 우현은 결국 터지고 만 눈물을 훔쳤다. 인생의 절반 이상을 펜싱 하나만 보고 살았는데 끝이 이렇게 될 거라고는 꿈도 꾸지 못했다.

역시 그때, 그럴 마음 들었을 때 깔끔하게 은퇴하고 이민이나 갈 걸 그랬다. 그랬더라면 아쉽긴 해도 이런 더러운 꼴과 추악한 불명예까지 감당하지 않아도 됐을 것이다. 돈우현도 짜증 나 죽겠는데 이제 댓글에 약쟁이라는 조롱까지 추가하게 생겼다.

"김해준……, 김해준 때문이야!"

정 실장이 생각났다는 듯 외쳤다.

"너 김해준이랑 만나는 거 안 후로 황 회장 돌아 버렸다고! 야, 너 같으면 안 돌겠니? 자기가 10년 넘게 후원해 준 애가 배은망덕하게 남편 혼외자랑 놀아나는데!"

이 여자가 드디어 미쳤나.

우현이 어이가 없다는 듯 말했다.

"그래서 황수영이 말도 안 하고 약 먹인 게 내 탓이고 걔 탓이다? 정은영 씨, 그걸 말이라고 하는 거야 지금?"

정 실장이 숨을 몰아쉬며 빠르게 말했다.

"······5억, 내가 5억까진 마련해 줄 수 있어. 아마 너 모델 계약한 브랜드에서 위약금 청구 소송 들어올 거야. 52억 7천만 원 정도 되는데, 변호사 사서 소송 걸면 40억 중반까진 줄일 수 있어. 5억으로 변호사 사서 그거 소송 걸고 중재재판소 제소해."

그러면서 자신의 책상 서랍에서 서류 뭉치를 꺼내 우현의 앞에 내밀었다.

"그리고 우리랑은 계약 해지해. 너 어차피 이제 나 안 믿잖아."

정 실장의 말에 갑자기 구역질이 치밀었다.

우현을 중학생 때부터 눈여겨봤다는 감독은, 그녀가 처음 올림픽 메달을 땄을 때 함께 끌어안고 눈물을 흘렸던 감독은 손을 떨며 말했다. 어떻게든 팀 방출은 막고 있지만 프런트 의지가 상당해 언제까지 막을 수 있을지 모르겠다고. 중재재판소 제소하고 최대한 방어하면 1, 2년 자격 정지로 징계 줄일 수 있을 테니, 아는 인맥 다 끌어모아 의료 과실 입증할 수 있게 도와줄 테니 처음부터 시작하자고. 이대로 은퇴하는 건 너 아까워서 안 되겠다고.

우현은 가벼운 현기증에 눈앞이 아득해졌다. 갑자기 몰아쳐 정신이 없었다. 모든 것이 비현실적이다. 차근차근 생각을 정리하려 했지만 꿈을 꾸는 것처럼 와 닿지 않았다. 그 와중에도 또렷하게 인식되고 남는 것은 이제 운동 못 하고 50억 얼마를 토해 내야 한다는 것.

괜찮아. 은퇴하려 했으니까. 그렇게 생각하면 쉽다고 애써 스스로를 달래 보았다. 사람들이 욕하고 조롱하는 건 휴대폰 번호 바꾸고 인터넷 안 하면 된다. 그럼 앞으로 뭘 해야 하지. 일단 학교 졸업하고……. 이럴 줄 알았으면 공부 좀 하고 살 걸 그랬나 후회가 몰려온다. 당분간은 학교고 뭐고 그냥 아무도 없는 곳에 있고 싶었다.

그러니까 최우현은 그동안 황수영과 김해준의 장기판 말이 었다는 뜻……일까.

이제 간신히 어리광 부려도 되는 사람이 생겼다는 생각에 마냥 좋았다. 같이 맛있는 밥도 먹고 싶었고 예쁜 카페에도 가고 싶었다. 도윤의 이야기가 나오면 질투하는 해준의 눈빛이 좋았다. 저 정도로 그가 날 좋아하는구나 싶어서, 괜히 도윤의 이야기를 꺼내며 시비를 걸기도 했다. 세상이 뒤집혀도, 내 인생을 구원할 사랑까진 아니어도 해준이 곁에 있다면 이 고단함을 풀어 놓을 수 있을 거라고, 그렇게 생각했다.

……이 사람들 도대체 나한테 무슨 짓을 한 거야.

앙가즈망 Engagement

두 선수의 검이 맞닿아 있는 상태

신호가 두 번 정도 가다가 끊겼다. 휴대폰을 꺼 버린 모양이었다.

해준은 신경질적으로 휴대폰을 내동댕이치고는 숨을 몰아쉬며 핸들에 머리를 기댔다. 우현이 가볼 만한 곳은 다 뒤졌지만 팀 훈련장에도, 집에도, 그 어디에도 없었다.

[정 실장 사무실에서 30분 전에 나갔다고 합니다.]

변호사의 문자를 확인하며 해준은 입술을 잘근잘근 씹었다.

분명 알았을 거다.

도핑.

해준은 미세하게 손끝이 저려 오자 꽉, 주먹을 쥐었다. 침착하게, 냉정해야 한다. 광고 위약금은 질질 끌지 말기로 했으니 패스. 팀 모기업이 성한 계열사이니 일단은 방출될 것이다. 황철영이 경영 일선에 복귀한다면 달라질지도 모르겠지만 최우현 이름 옆에 성한이 따라오는 것 자체가 혐오스럽다. 차라리 그쪽과의 관계는 정리하는 게 나을 것이다. 내려온 징계가 자격 정지 3년. 어떻게든 제소해서 1년까지는 줄인다 치면…….

우현 성격에 불명예 은퇴는 분명 용납 못 할 것이다. 복귀를 염두에 둔다면 펜싱클럽에서 개인 훈련을 할 테니까…….

생각을 정리한 해준은 곧장 휴대폰의 통화 버튼을 눌렀다.

— 네, 김 작가님.

"차 한 대만 수배해 줘요. 검정색 아우디 A6. 네, 최우현 차요. 30분 전에 논현동에 있었습니다."

— 찾으면 바로 전화하겠습니다.

"서도윤 선생이랑 최시현 씨 연락처도 부탁합니다. 서도윤 지금 어디 있는지도요."

최대한 빨리 찾아봐 달라고 통화를 마무리하고 해준은 차를 출발시켰다. 잠시 후, 진동 소리와 함께 메시지가 울렸다. 힐끔 보니 도윤과 시현의 연락처인 듯했다. '서도윤은 지금 근무지에 있는 것으로 보인다'는 메시지가 이어졌다.

지금 가장 급한 것은 우현을 찾는 것인데 도통 그녀가 갈 만한 곳이 생각나지 않았다. 기껏 떠올린 사람이 서도윤이다. 분하게도, 인정하고 싶지 않지만 가장 확률이 높은 선택지 또한 서도윤이다.

해준은 일단 도윤의 병원이 있는 종로 쪽으로 향하기로 마음을 먹었다. 펜싱 팀 선후배들도 떠올렸지만 다른 문제도 아니고 도핑이라 우현이라면 미리 알리기 싫을 것 같단 생각이 앞섰다. 종로구 연건동. 내비게이션의 길 안내 버튼을 누르려다 말고 해준이 멈칫했다.

생각났다.

우현이 갈 만한 곳.

'추모 공원' 표지판과 어두운 납골당 건물을 보며 우현은 허허, 넋 나간 미소를 지었다. 매번 오전에 와서 납골당도 추모 시간이 정해져 있다는 걸 몰랐다.

어두운 주차장에 차라고는 우현의 것 단 한 대뿐이었다. 외진 곳이라 오가는 사람도 보이지 않았다. 불빛 한 점 없이 그냥, 마냥 어둡기만 했다.

도핑 양성 반응이 나왔다는 통보보다, 그래서 자격 정지 3년 징계를 받게 되었다는 어마어마한 말보다 당장 눈앞에 엄마와 아빠를 두고 보러 들어가지를 못한다는 게 더 속상하고 서러워 갑자기 눈물이 핑 돌았다. 이렇게 될 줄 알고 엄마가 맨날 아무거나 덥석 주워 먹지 말라고 잔소리를 했나 보다.

"아, 짜증 나."

우현은 한숨 쉬듯 말하며 핸들에 머리를 박았다. 성인이 된 후 처음으로 국가 대표 달고 나간 베를린 세계 선수권 대회에서 룸메이트가 부모님 준다고 온갖 영양제를 다 사 대는 게 부러워서 눈물 났던 이후로 이런 기분 처음이다. 똑같이 따라 사시 도요의 어머니한테 안겼던 것부터 시작해서 이럴 때 괜찮다며 달래 줄 아빠가 없는 것도, 그러게 조심하라고 하지 않았냐며 그깟 운동 때려치우라고 편들어 줄 엄마가 없는 것도, 하나둘 곱씹어 보니 서러운 것 천지였다.

우현은 훌쩍거리며 손등으로 눈물을 닦아 내고는 꺼 버린 휴대폰을 바라보았다. 끈질기게 울리던 액정 속 김해준이라는 이름을 떠올리다가 입술을 깨물었다. 20년 커리어가 몇 달 만에 이렇게 망해 버렸다는 게, 그 발단이 김해준과의 재회라는 게 아직도 믿기지 않았다.

사브르 검을 진검처럼 갈아서 황수영이 수감되어 있다는 구치소에 쳐들어가 칼부림 한번 일으켜야 하나, 김해준한테 너 때문이라고 퍼부으면서 난동이라도 부려야 하나, 그럼 내 도핑 결과를 뒤집을 수 있을까. 말도 안 되는 상상이지만 지금 가장 간절한 생각을 하니 또다시 눈물이 차올랐다. 무슨 집안 치정 싸움을 이렇게 요란하게 해서 나한테 약까지 먹이나 싶어 어이가 없었다.

거기에 더해 광고 위약금을 떠올리자 공황장애가 오는 기분이었다. 50억이 조금 넘는다고 했나. 집을 팔면 얼마나 나올지 가늠해 보았다. 부동산이 좀 올랐다 쳐도, 그동안 모아 둔 돈 다 합해도 좀, 아니 많이 빠듯할 것 같다. 시현이 유학 마치려면 아직 몇 년 더 걸리는데……. 학비와 뉴욕 물가 생각하면 전처럼 지원해 주는 것은 힘들 텐데.

원피스 때문에 싸운 후로 친구 집에서 지내겠다며 나가 버린 시현을 떠올리자 두통이 일었다. 도윤은 걔 버르장머리는 네가 다 망쳤다며 타박을 했지만 그는 모른다. 세상에 단 하나뿐인 핏줄이 어떤 의미인지. 서도윤은 부모님에, 조부모님에, 사촌도 있어서 모른다.

이럴 줄 알았으면 그깟 원피스 줘 버릴걸. 김해준이 사 준게 다 뭐라고.

우현은 마지막 남은 티슈로 얼굴을 닦아 내며 휴대폰 전원을 켜고 곧장 도윤에게 전화를 걸었다.

— 응.

어쩐 일인지 도윤은 신호가 세 번도 울리기 전에 전화를 받았다.

"아, 저기……. 지금 바빠?"

— 아니, 괜찮아.

"그게, 도윤아. 나 너한테 부탁할 게 있어서. 내가 먹은 약때문인데."

— 너 목소리 왜 그래? 무슨 일 있어?

"아, 그러니까……. 그게 도윤아."

이제 진정도 됐으니 차근차근 설명할 수 있을 줄 알았지만도윤에게 설명하려니 눈물이 새어 나왔다. 정 실장의 사무실에서 가져온 서류와 그동안의 처방전, 문제가 된 약물 이름에 대해 말하다가 결국 또 울고 말았다. 도윤은 됐다고, 지금 갈 테니 그만하라며 우현을 달랬고 무리해서 운전하지 말고 그 자리에 가만히 있으라고 신신당부를 했다.

전화를 끊자 갑자기 오한이 들며 어깨가 덜덜 떨렸다. 습하고 더운 날씨인데 왜 이렇게 추운 걸까. 방금 전 나라를 잃은 사람처럼 울어 대서 그런가 보다. 그녀는 차 뒤편에 아무렇게나 벗어 둔 스포츠 재킷을 주워 입다가 이제 감기에 걸려도 아무 약이나 먹어도 된다는 사실을 깨닫고 또 한 번 입술을 깨물었다.

담요까지 뒤집어쓰고 우현은 멍하니 앉아 차창 밖을 응시했다. 사방은 어두웠고 빛이라고는 하늘의 달밖에 없다. 그 빛마저도 서서히 몰려온 물안개 탓에 사물을 분간할 정도밖에 되지 않는다. 숨 막히는 정적과 끝없는 어둠. 희뿌연 안개 틈으로 보이는 맞은편, 저수지의 수면이 고요하고 을씨년스럽다. 세상에 혼자 덩그러니 남아 있는 것 같아 덜컥 두려움이 밀려온다.

얼마나 입술을 물어뜯은 건지 입안에서 비릿한 피 맛이 느껴졌다. 손등으로 입술을 꾸욱 누르자 미약한 빛 속에서 피가 묻어난 것이 보였다. 대충 소매로 닦아 내고 혀끝으로 핥았다. 찌릿하고 쓰라린 감촉에 저절로 미간이 찌푸려졌다. 기분 나쁜 통증이었다.

서서히 의식이 몽롱해지고 몸이 납처럼 무거워졌다.

눈을 감았는데 문득, 진동이 울리는 소리가 들렸다. 액정에 뜬 선명한 이름, '김해준'. 그대로 휴대폰을 꺼 버리고 다시 창에 몸을 기대앉았다.

전부 다 거지 같다.

엄마 보고 싶다.

해준이 다시 통화 버튼을 눌렀지만 우현은 또 휴대폰을 꺼 버린 듯했다. 차라리 전화 받고 욕이라도 퍼부어 줬으면 싶다. 너 때문에 이렇게 됐다고, 책임지라는 욕설과 원망을 듣는 편이 더 속이 편할 것 같다.

또다시 통화 버튼을 누르자 안내 음성이 반복됐다. 휴대폰이 꺼져 있다는 기계음. 마치 그녀가 자신에게 선고하는 이별처럼 느껴졌다. '잃는다'는 공포가 현실로 성큼 다가오자 심장이 폐허가 되었다.

직선의, 꽉 막힌 도로를 바라보며 그는 담배를 물었다. 창문을 열자 습한 공기와 매연이 차 안으로 침범해 온다. 순간적으로 숨이 턱 막힌다. 아마 우현에게 버림받는다면 평생 이런 느낌으로 살아가겠지. 그의 입가가 비틀리며 일그러진다.

"네."

진동 소리에 전화를 받자 변호사의 건조한 목소리가 들려왔다.

— 일산 맞습니다. 돌아가신 부모님 납골당에 찾아간 것으로 보입니다.

예상이 맞았다.

자유로를 벗어나 외곽순환고속도로로 빠지자 길이 뚫리기 시작했다.

액셀을 밟자 속도계가 돌아가며 맹렬한 엔진 소리가 그의 고막을 할퀴었다. 성난 듯 요란한 그 소리가 마치 뒤에서 들개가 뒤쫓는 것 같은 착각을 일으켰다. 불안감 때문에 날 서 있던 신경이 서서히 폭주했다.

핸들을 잡아 꺾어 앞서가는 차들을 지그재그로 추월했다. 타이어가 쓸리며 요란한 소음을 만들어 냈다. 주홍빛 가로등이 점이 되어 그의 등 뒤로 사라지고 날카로운 바람이 칼이 되어 그의 심장을 치고 들어왔다.

순간 귀가 멍해진다.

그녀가 나만의 사람이 된다는 기적을 맛봤는데 그 상실을 견딜 수 있을지 의문이다. 처음부터 몰랐던 것도 아니고 얼마나 달콤한지 이미 알아 버렸는데, 그런데도 제정신으로 살 수 있을까.

……흰 슈트를 입고 사브르 검을 든 최우현이 얼마나 아름다운지를 이미 알아 버렸는데.

이 맹목적인 감정을 표현하기엔 인간의 언어는 너무나 고루하고 부족했다. 고작 선택지에 있는 어휘가 사랑이니 동경이니 하는 것밖에 안 된다는 게 이상했다.

어쩌지. 나조차도 나를 감당하기 힘든 밤이 찾아오면, 이제 무엇을 붙들고 버텨야 할까. 이 짧은 여름밤의 기억만으로 난 그녀의 부재를 감당할 수 있을까.

터질 것 같은 가슴을 간신히 부여잡고 어두운 길을 내달리기를 30여 분째, 서서히 도로가 좁아지며 인적이 드문 산속으로 길이 이어진다. 귓전을 스치던 바람마저도 어느새 뚝 끊겨 멈춰 버렸다. 안개가 깔린 도로, 먼 곳에서 들려오는 이름 모를 새의 울음소리. 그것이 묘하게도 우현의 음성과 겹쳐 들렸다. 그의 이름을 부르던 목소리, 잠에서 깰 때의 나른한 뒤척임, 절정의 순간 미약했던 호흡 소리. 그녀의 모든 소리들이 뒤섞여 또렷하고 분명하게 그를 불러들이고 있었다.

기묘한 예감이 그를 감쌌다.

잠시 후, 목적지가 가까워졌다는 내비게이션의 안내가 이어지고 먼 곳에서 자동차 헤드라이트 불빛이 보였다. 맞게 온 건가. 해준은 속도를 줄이며 주차장으로 진입하려 하였다.

주저앉아 어린아이처럼 울고 있는 우현을 보기 전까진.

그런 우현을 안아 달래고 있는 남자를 보기 전까진.

가장 마주하고 싶지 않았던 현실.

그의 하늘이 무너져 울고 있었다.

죽고 싶지 않은데, 죽고 싶었다.

"서도윤입니다. 네, 부탁드립니다."

도윤은 머리에서 물을 뚝뚝 흘리는 우현을 바라보며 휴대폰을 고쳐 잡았다. 잠시 기다려 달라는 대답에 도윤은 스피커폰으로 돌리고 타월을 가져와 그녀의 머리에 얹었다. 도윤이 젖은 머리카락을 꼼꼼하게 닦아 주자 우현이 멍한 얼굴로 그를 잠시 바라보았다.

— 전화 바꿨습니다.

스피커폰으로 들려오는 목소리에 도윤은 퍼뜩 정신을 차렸다.

"선배, 저 서도윤입니다. 네, 대충 말 전해 들으셨죠? 사안이 그래서……. 기자들 쪽으로 말 안 나가게 부탁드립니다."

의대 동기에게 소개받은 의료 소송 전문 변호사였다.

멜디녹스. 도윤이 아는 한 후방십자인대파열과 족저근막염 환자에겐 정형외과에서는 쓸 일이 없는 약이다. 심전도, CT 전부 깨끗한 우현에겐 더더욱 쓸 일이 없는, 성한 케미컬의 신약. 성한 케미컬에서 병원을 돌면서 대대적으로 컨퍼런스를 열고 홍보를 했던 기억이 난다. 정형외과와는 별 연관성이 없다고 생각한 도윤은 잠깐 얼굴만 비추고 빠져나왔었다.

대략적인 상황을 전달하자 자료를 보내 주면 검토한 후에 어떤 식으로 소송을 진행할지 알려 주겠다는 답이 돌아왔다.

"피곤해."

전화를 끊자 우현이 작게 중얼거렸다. 도윤은 대답 없이 그녀의 이마를 짚었다. 미열이 느껴졌다. 우현이 소파에 기대자 도윤은 헤어드라이기를 가져와 그녀의 머리카락을 말리기 시작했다.

병원 앞 도윤의 오피스텔이었다. 우현은 도윤을 보자마자 주저앉아 엉엉 울면서 그에게 서류를 내밀었다.

"시현이 어떡하지. 2년 정도는 더 공부해야 될 텐데."

도윤이 말린 머리카락을 정리해 주는데 우현이 한숨 쉬듯 말했다.

"그 정도면 해 줄 만큼 해 줬어. 알바를 하든, 그게 싫으면 그만 접고 오든."

도윤이 무심하게 말하며 우현을 자신의 침대 쪽으로 끌어다 눕혔다.

"푹 자. 아무 생각 하지 말고."

도윤이 우현의 팔을 잡아끌며 말했다. 그는 병원에서 챙겨 온 일회용 주사기와 작은 병을 꺼냈다. 평소 같으면 이게 뭐냐고 캐물었을 우현이지만 잠자코 도윤이 하는 양을 지켜보았다. 주사제가 다 들어가자 도윤은 우현의 턱 끝까지 이불을 덮어 주었다. 꽤 독한 약이니 내일 아침까지는 죽은 것처럼 잠이 들 것이다.

"미안해, 도윤아."

약효가 도는지 우현이 잠꼬대하듯 말했다. 알았다고 대꾸하자 무어라 몇 마디 더 웅얼거렸다. 나 여기 있는 거 아무한테도 말하지 마. 정 실장이랑 계약 해지했어. 다음 주면 도핑 기사 나갈 거 같아.

"나 무서워……."

그 말을 끝으로 우현은 깊은 잠에 빠져들었다.

도윤은 잠시 잠든 우현을 물끄러미 내려다보았다. 안 좋은 꿈이라도 꾸는 건지 우현의 미간이 딱딱하게 굳어 있었다.

긴 시간, 감히 평생이라고 해도 좋을 만큼 서도윤은 최우현의 수만 가지 모습을 알고 있다. 처음 펜싱을 시작하고 자신의 검을 가지게 되었을 때 기뻐하던 그 미소, 대표 팀 발탁이 좌절되고 밤새 울었을 때 퉁퉁 부은 그 눈, 부모님이 교통사고로 돌아가시고 발인 때 넋이 나간 그 얼굴, 올림픽에서 처음 금메달을 땄을 때 울며 웃던 그 아름다웠던 순간들까지.

문득 우현의 목덜미에 남았던 남자의 흔적이 떠오른다. 그래, 도윤은 모른다. 키스하며 혀를 섞을 때 우현이 어떤 얼굴을 하는지, 섹스할 때 신음 소리가 어떤지, 어디를 만져 줄 때 가장 느끼는지, 김해준이 아는 그런 것들은 몰라.

하지만 지금 너한테 필요한 게 무엇인지는 알지.

도윤은 살며시 우현의 이마를 매만졌다. 우현의 엄마는 큰딸의 동그란 이마를 만지며 늘 장난스럽게 놀렸다. 머리는 남들만 한데 지능이 영 별로라 공부를 이렇게 못하는 거니? 도윤이는 똑똑한데, 하면서. 그럴 때면 우현은 입을 삐죽이며 그럴 거면 서도윤을 최도윤 시키지 그러냐고 섭섭해했다. 문득 지치다가도 그 사소한 기억들이 그를 다잡곤 했다.

그때, 도윤의 휴대폰이 울렸다.

낯선 발신자 번호. 누군지 알 법하다.

도윤은 허리를 굽혀 우현의 입술에 입을 맞췄다.

29년 만의 첫 키스였다.

갑자기 나타난 뜻밖의 인물 때문에 정형외과 간호사 스테이션이 술렁였다. 그 뜻밖의 인물, 해준을 보는 순간 간호사와 야간 당직 중이던 레지던트들은 모두 2년 차 서도윤을 떠올렸다.

서도윤과 최우현의 염문설, 그리고 최근 그 최우현과 대 놓고 파파라치 사진이 찍힌 김해준. 남들이 보기엔 현 남친이 구남친을 찾아온 것처럼 보였을 것이다. 마치 아침 드라마의 클라이맥스라도 보는 듯 흥미로운 시선과 미묘한 흥분이 감돌았다.

찰칵, 작은 휴대폰 카메라 소리에 해준은 소리가 들린 쪽을 힐끗 바라보았다. 환자복을 입고 있던 20대 초반의 여자가 그의 시선에 화들짝 놀라며 휴대폰을 감춘다. 해준은 무감각한 눈으로 여자를 빤히 응시했다. 얼굴이 붉어진 여자가 황급히 어디론가 전화를 하는 시늉을 한다. 최근 들어 메인 뉴스에 최소 세 번씩은 자료 화면으로 등장하는 해준인지라 잠을 이루지 못하고 휴게실을 서성이던 환자들도 그를 알아본 듯했다.

해준은 가벼운 한숨을 내쉬며 하늘 정원으로 발걸음을 옮겼다.

유리문을 열자 끈적한 공기가 피부에 엉겨 붙었다. 지독한 열대야였다. 습도가 높아 불쾌감이 엄습했지만 해준은 개의치 않고 정원으로 발을 내디뎠다. 몇 걸음 걷자 널따란 공간이 나타났다. 처음 우현을 봤던 곳이다. 혼자 춤추듯 연습을 하고 있던 우현, 그녀를 마주하던 그 순간의 감정을 떠올리자 명치가 뻐근하게 아파 왔다.

차라리 모르고 지나쳤다면 적어도 그녀만큼은 다치지 않았을 것이다. 그때 이 격통이 사랑이라는 것을 모르고 지나쳤더라면 적어도 넌 무사했을 것이다. 그리고 찬란하게 빛났겠지. 가장 높은 곳에서, 누구보다 아름답게.

우현을 의식했던 그때부터 그녀를 구원이라 여기고 살아왔다.

이 저주받은 인생을 더 붙들고 있었던 것은 전부 네 덕분이었다.

아홉 살, 고모가 자신을 살리기 위해 죽었다. 다정했지만 때때로 괴팍하고 폭력적으로 굴었던 고모. 그때 황수영에게 유괴되어 어둡고 찬 공간에서 가늠할 수 없던 시간을 갇혀 있었다.

그런 해준을 유진이 혼자 데리러 왔었고……. 깨어나 보니 병원이었다. 나중에야 수영이 해준을 유괴한 이유를 알았다. 아들이 소아마비였다나.

수의를 입고 있던 수영을 떠올리자 손끝이 저려 왔다. 아직도 생생하다. 해준의 책가방에서 스케치북을 발견한 수영이 그것을 넘겨 볼 때 짓던 그 표정, 잔혹하고 차가운 마녀의 미소. 여자는 숨을 거두는 순간까지 유진을 질투하고 그녀의 모든 것을 소유하고 싶어 할 것이다.

간신히 구조돼 일주일을 병원에서 버틴 고모는 반짝 살아나는 듯했다. 산소 호흡기에 의존하긴 했지만 해준의 손을 잡으며 웃어 보였고 말도 했다. 처음 해준이 '엄마'라고 불렀던 그날 밤 그녀는 숨을 거두었다. 너무나도 평온하게 잠이 든 것 같은 모습이었다.

추방당한 후 미국에서의 생활은 지옥 그 자체였다. 우울에 영혼을 갉아 먹혀 수렁으로 빠져들었다. 기억은 토막이 났고 그럴 때면 해준은 극단적인 충동과 싸웠다. 어떤 날은 그 여자를 죽이지 않으면 살 수 없을 것 같았고 어떤 날은 자신이 죽어야 이 고통에서 벗어날 수 있을 것 같았다. 약 때문에 숨 쉬기가 힘들 때면 차라리 숨통을 끊어 버리면 되겠다고 창문을 열었다.

그 수많은 밤을 싸우면서도 굳이 붙들고 있었던 것은…….

"김해준."

자신을 부르는 목소리에 해준은 걸어오는 남자를 바라봤다.

도윤이었다.

냉장고를 연 우현은 1.5리터 생수병째로 물을 마셨다. 꽉 차 있던 물을 반쯤 마시고 나자 간신히 정신이 들었다. 도대체 얼마나 잔 걸까. 시간이 가늠되지 않았다. 휴대폰을 확인하려다가 해준의 전화에 전원을 꺼 버린 것이 떠올라 관두었다. 아직 생각이 정리되지 않았다.

오피스텔 안을 둘러보아도 시계가 보이지 않았다. 정말 딱 잠만 자는 공간인지 오피스텔 옵션인 것이 분명한 책상에는 그녀는 알아보지 못할 영문의 전공 서적들이 정신없이 꽂혀 있었다. 한쪽에는 세탁소에서 찾아와 정리도 하지 못하고 팽개쳐 둔 셔츠들. 우현은 붙박이장을 열어 세탁소 비닐을 뜯고 색깔별로 걸어 주었다.

소파에 앉아 몸을 웅크리고 TV를 켰다. '모닝 타임'이라는 로고와 함께 뉴스 스튜디오가 눈에 들어왔다. 아, 아침인가 보다. 아침 6시.

익숙한 얼굴의 여성 앵커가 눈에 들어왔다. 긴 머리를 깔끔하게 묶은 앵커는 핑크색 하늘거리는 블라우스에 흰 스커트가 참 잘 어울렸다. 앵커의 아래로 '이애리'라는 자막이 뜬다. 쟤는 참 여전히 재수 없게 예쁘네. 우현은 너털웃음을 지으며 냉장고를 열어 구석에 굴러다니는 맥주 캔을 땄다.

"유력 대선 주자 자유당 이재선 후보의 지지율이 연일 곤두박질치고 있습니다."

애리가 정확한 발음으로 리포팅을 했다. 과거 우현은 인터 뷰 때문에 프리랜서 아나운서에게 따로 스피치와 교육도 받았 다. 참고 자료로 보면서 연습하라는 게 애리의 영상이었다. 시 선 처리, 발음, 자세 모든 게 완벽하다며.

내일 오전 10시면 우현의 도핑과 관련된 보도가 나갈 것이 다. 눈코 뜰 새 없이 바쁠 텐데도 도윤은 적재적소에 필요한 법 무법인을 컨택해 왔다. 마치 준비하고 있던 사람처럼. 괜히 마 음이 쓰여 뭐라도 하려고 할 때마다 도윤은 그냥 가만히 있으 라며 핀잔을 주었다.

스포츠중재재판소 제소와 의료 소송, 양쪽으로 진행될 거라 고 했다. 시사에 무지한 우현도 들어 본 적 있는 로펌의 국제 중재 팀이었다. 미국 국적이라는 30대 중반의 남자 변호사, 윤 성일은 러시아의 도핑 스캔들 이후로 모든 것이 엄격해졌다고, 까다롭겠지만 최선을 다하겠다고 했다. 보도가 되면 즉시 기자 회견을 할 거라고.

그 자리에서 우현은 그동안 배운 모든 것을 쏟아부어야 한 다. 국제 중재 팀 팀장이 준비한 원고를 모조리 외우고 적당한 때에 눈시울을 붉히거나 입술을 깨물어야 한다. 그럼에도 불구 하고 당당해야 한다. 반드시 복귀할 것이라는 의지도 보여 줘 야 한다.

우현은 맥주를 마시며 메일로 전달받은 원고를 다시 한 번 읽어 보았다. 너무 무력해서 기분이 울적해졌지만 마음을 다잡 았다. 얌전히 전문가가 시키는 대로 하자. 운동 다음으로 잘하는 게 카메라 앞에 서는 것이었으니까, 지금 잘해야 하는 것을 하자고.

우현은 며칠 동안 꺼 두었던 휴대폰을 켰다.

그전에 정리해야 할 문제가 있었다.

해준은 정 실장, 정은영의 카드 사용 내역서와 계좌의 입출금 내역을 빠르게 훑었다. 호스트바를 자주 들락거렸고 지속적으로 만나는 열다섯 살 연하의 내연남이 있으며, 그 모든 비용은 법인 카드를 써서 접대비로 넘겼다. 성한에서 공식적으로 지원받은 돈은 총 100억 원. 사람 상대하는 수완은 좋지만 경영을 하기에는 허영이 심한 편. 이혼녀, 아들은 스물세 살, 딸은 스물한 살, 전 남편은 시 공무원.

"이혼 귀책사유가 정은영한테 있나 보군요."

해준의 질문에 윤성일 변호사가 어깨를 으쓱했다.

"네, 합의 이혼이긴 한데……. 맞바람이죠 뭐. 마지막으로 된통 걸린 게 정은영이라 양육권도 빼앗기고 매달 양육비도 보냈습니다. 지금 자식들 학자금도 정은영 쪽에서 대고 있습니다. 돈 엄청 깨질걸요."

해준은 고개를 끄덕이며 입출금 내역으로 시선을 옮겼다. 이혼 후 지금까지 매해 1억 원이 전 남편의 계좌로 이체되었다. 해준은 한 페이지를 더 넘겨 아들과 딸의 프로필을 확인했다. 아들은 승마 국가 대표, 딸은 서울 중하위권 미대 재학생.

아들 얼굴이 낯이 익었다. 매끈하게 생긴, 우현과 화보 촬영도 꽤 하고 청바지 브랜드 모델도 함께했던 남자였다. 신인 모델인 줄 알았는데 정은영 아들이었나. 한때 해준이 혹시 우현과 사귀는 것은 아닐까 의심하기도 했던 그 남자다. 최우현 취향 정말 모르겠다며, 혀를 차고 담배를 물게 했던, 그리고 약간 질투했던.

문득, 해준의 뇌리에 한 남자의 목소리가 스쳤다.

'자존심 상하지만.'

서도윤은 해준의 생각 이상으로 판단력이 좋은 편이었다.

'난 우현이 제자리로 돌려놓는 게 우선이니까.'

아직 레지던트인 자신보단 해준 쪽이 우현을 보호하는 데 유리할 것이라는 판단일 것이다.

도윤은 해준의 제안을 조건 없이 수용했다. 단, 우현에겐 비밀로 할 것. 잘 알겠지만 그 성격에 한번 돌면 어떻게 나올지 모른다는 도윤의 말에 해준 역시 알겠다고 했다. 까라면 까야지, 지은 죄가 있는데. 다만, 우현을 손바닥 보듯 너무 잘 알고 있는 것처럼 말하며 실제로도 잘 알고 있는 도윤을 직접 보니 마음 한쪽에 피어오른 맹렬한 질투와 패배감은 어쩔 수가 없었다.

해령은 아직도 해준에게 타박을 했다. 그때, 서도윤과 우현의 스캔들 핑계로 급하게 한국 들어와서 뒤집어엎지만 않았어도 황수영이 그렇게 나오진 않았을 거라며 해준이 조급하게 군 것을 책망했다. ……아니, 또다시 같은 상황이 닥쳤어도 똑같이 했을 거다. 정은영의 아들은 담배 한 대 피우고 마는 정도였지만 서도윤은 감이 그게 아니었어. 이 남자라면 우현을 빼앗

174

겨도 되찾지 못할 거라는 감.

"승마에 미대면 돈 엄청 들었을 텐데, 1억은 좀 적지 않아요?"

그때, 국제 분쟁 팀장 지연이 서류를 보며 입을 열었다. 중학교 3학년 딸을 둔 학부모이기도 한 그녀가 고개를 갸웃했다.

"딸은 고2 때부터 미술을 시작했는데 서울 하위권 간 걸 보면 공부 못해서 그냥 학교 집어넣으려고 시킨 거 같고……. 아들 승마까지 하면 1억 원으로는 어림도 없을 것 같은데."

"돈이 그렇게 들어요?"

성일의 물음에 지연이 허허, 혀를 찼다.

"미혼이라 아직 뭘 모르시네. 자식은 낳는 순간부터 돈 덩어리예요. 전 남편 공무원이면 월급이야 빤하고."

지연의 말에 해준이 휴대폰을 꺼내 어플리케이션을 작동시켰다. 프로필을 보고 SNS 검색창에 몇 가지 검색어를 입력해 크로스 체크를 하자 금세 아들의 인스타그램을 찾았다. 스물셋 치고는 꽤나 호화로운 생활을 누리고 있는 듯했다.

가장 최근 게시물을 열자 정은영의 아들이 명품 브랜드로 온몸을 휘감은 사진이 보였다. 해준이 칸쿤에서 캠페인 화보를 찍은 브랜드였다. 그다음을 넘기자 다른 명품 브랜드의 백팩을 과시하듯 보이고 있는 사진이 이어졌다. 다음, 그다음도. 해준은 책상을 톡톡 두들기며 캠페인 화보 촬영 기획서를 떠올렸다. 재킷 3000달러, 팬츠 2500달러, 가방이 5500달러 정도 했었던가. 다음 사진을 열자 이번엔 스포츠카였다. 로터스 에보라. 해준의 뉴욕 아파트 주차장에서 썩어 가고 있을 차 중 한

대와 같은 모델.

확실히 과하긴 하다.

이번엔 딸의 인스타그램을 확인했다. 오빠의 것과 비슷한 분위기였다. 명품 브랜드 매장에서 쇼핑을 하고 있는 영상과 사진에는 수백 개의 댓글이 달려 있었다. 이쪽 세계에선 인기가 많은 편인지 팔로워 수도 제법 많다. 명품뿐만 아니라 본인이 직접 그린 듯한 서양화의 사진도 게시되어 있었다. 구구절절 얼마나 최악인지 평하는 게 아까울 정도로 조악했다. 딱, 벼락치기 입시 미술 그 수준. 취미로 액세서리 금속 공예를 배우는지 공방의 사진과 보석의 사진도 이어졌다.

그때, 사진을 넘겨 보던 해준의 시선이 한곳에서 멈췄다. 카페를 배경으로 찍은 셀카였지만 그가 눈여겨본 것은 살짝 걸쳐 나온, 눈썰미 없다면 모르고 지나갈 정도로 나온 여자의 가방과 손잡이 패턴이었다. 사진을 다운로드받은 해준은 밝기를 밝히고 콘트라스트를 조정했다. 색깔을 지정해 채도를 죽이자 깨지긴 했지만 가방의 독특한 패턴이 눈에 들어왔다.

해준이 찍은 우현의 화보 속 가방이었다. F/W 시즌, 파리 패션 위크 공개. 화보도 9월에 풀리기로 하지 않았나.

해준은 곧장 업무용으로 개통한 휴대폰으로 브랜드 담당자에게 전화를 걸었다. 이 여자 이름이 뭐더라. 해준은 휴대폰을 고쳐 잡으며 머리를 굴렸다. 한글 이름이었던 것 같은데.

"아름 씨, 오랜만이에요."

— 어머, 작가님. 제 이름 기억하시네요.

"그때 촬영한 숄더백 런칭 10월 중순 아니었나요?"

해준의 질문에 VIP를 대상으로 한국에서 딱 10개 풀렸다는 답이 돌아왔다. 정은영이 일반적인 50대 중년 여성치고는 소득 수준이 높은 편이지만……. 글쎄.

"VIP 명단 좀 보죠."

— 곤란해요, 저 혼나요.

예상했던 답변이 돌아온다.

해준은 낮은 목소리로 말했다.

"물론 비공식적이죠."

— 아, 진짜 이러면 안 되는데.

"모바일 메신저 알려 드리면 될까요?"

— 정말……. 그럼 대신 나중에 밥 사서야 해요!

여자치고 저음인 우현과는 다르게 담당자는 목소리 톤이 높은 편이었다.

"신세야 당연히 갚죠."

문득 떠오르는 우현에 대한 작은 기억에도 세포 하나하나가 반응한다. 그 기분, 그 느낌. 난생처음이라 무섭게 빠져들었던 날카로운 감각들.

전화를 끊고 해준은 잠시 깜빡이는 액정을 바라보았다. 내일이 기자회견이면……. 아직 생각이 정리되지 않은 것인지 우현은 그 후로 연락이 되지 않았다. 돌아가는 법 없이 직관적으로 행동하는 편인데 아직까지 이 상태라는 것은 그만큼 충격이 크다는 반증일 것이다.

그때 휴대폰 진동과 함께 파일이 하나 도착했다. 열 명. 많지도 않아 파일을 여는 순간 낯익은 이름이 보였다.

윤명희.

황수영의 비서실장.

"원고는요?"

"다 외웠어요."

우현의 대답에 윤 변호사, 성일이 만족스럽다는 듯 고개를 끄덕였다.

"기자 질문 받을 겁니다. 곤란한 질문이면 답변하기 전에 저한테 물어봐도 돼요. 옆에 앉을 거예요."

메이크업 아티스트가 우현에게 다가와 수정하자는 듯 손짓을 했다. 민얼굴이 낫지 않느냐는 의견도 있었지만 성일은 죄지은 것도 아니고 피해자임을 어필하는 자리라며 단정하고 깔끔하게 세팅할 것을 권했다. 오히려 민낯으로 아픈 얼굴 하고 가면 언론 플레이 하려고 저런다는 반응이 있을 수도 있다고 했다.

"아, 맞다. 우현 씨 울어도 돼요. 아니, 그냥 울어요."

밖으로 나가려던 성일이 다시 다가와 덧붙였다.

"통곡은 하지 말고, 글썽거리다가 또르르. 이 정도는 괜찮죠? 화보 보니까 표정 연기 잘하던데."

……변호사 맞나.

우현은 어이가 없다는 표정으로 성일을 보며 눈을 깜빡였다. 매끈하게 생겼다 했더니 역시 생긴 대로 논다.

"외신 질문엔 제가 답변할게요."

"간단한 회화 정도는 할 줄 알아요. 영어랑 불어."

우현이 거울 속 자신의 모습을 점검하며 성일에게 답했다.

"그럼 직접해도 되고요."

의외라는 듯, 성일의 눈이 조금 커지는 눈치다.

우현은 쉬폰 소재의 흰색 블라우스와 블랙 스커트를 입고 머리는 단정하게 하나로 묶었다. 어디 면접 보러 가는 사회 초년생 같다.

"예뻐요."

"알아요."

우현은 성일에게 무심하게 대답하며 허리를 곧게 펴고 깊게 심호흡을 했다. 사실 기자회견보다 더 떨리는 건 이후에 해야 할 일들이다.

바로 오늘 오전, 약 다섯 시간 전. 한 스포츠지의 단독 보도로 우현의 도핑 스캔들이 세상에 알려졌다. 이미 보도될 줄 알고 있었던 것인데도 순식간에 최우현 이름이 검색어 1위를 찍자 덜컥 겁이 났다. 매번 안 보겠다고 결심하면서도 이게 무슨 정신적 자해 행위인지 기사만 나면 댓글을 보게 된다. 맨날 방송에 얼굴 들이밀더니 그럴 줄 알았다, 역시 돈우현 클래스, 기타 등등. 예상했던 바라 새삼스럽지도 않다.

우현은 핸드백에서 휴대폰을 꺼내 전원을 켜고 곧장 해준에게 메시지를 보냈다. 기자회견 끝나면 5시 정도. 이동 시간 생기면 6시 반 정도면 될까. 저녁 식사 시간이라는 점이 걸리지만 어차피 밥맛 떨어지는 이야기를 할 건데 굳이 그래야 하나 싶었다. 얼굴 잠깐 보고, 할 말 하고, 그리고 쫑.

"진짜 운동 계속할 거예요?"

마지막으로 준비한 자료를 검토하는 우현에게 성일이 물었다. 그녀가 뭔 헛소리를 하냐는 듯 바라보자 그가 어깨를 으쓱하며 말했다.

"그냥 놔 버리기에 아까운 커리어이긴 한데, 예쁘장하겠다 몸매 좋겠다 운동 안 해도 다른 길 찾으면 충분히 잘 먹고 잘 살 거 같아서."

말이 짧다.

"그만하죠."

"올림픽 2연패면 해 먹을 만큼 해 먹은 거잖아. 아닌가?"

성일이 우현을 바라보고 비스듬히 벽에 기댔다. 그녀는 눈을 가늘게 뜨고 그를 똑바로 응시했다.

"비인기 종목, 고작 펜싱에서 우현 씨만큼 벌기 쉽지 않잖아. 한국에 올림픽 메달리스트가 얼마나 많……."

"아, 듣기 싫어."

우현이 성일의 말을 자르며 짜증스러운 얼굴로 그의 정강이를 정확히 가격했다. 윽, 짧게 비명을 내지르며 성일이 몸을 굽혀 까인 정강이를 붙들었다. 우현은 아무런 미동도 없이 그를 힐끗 내려다보며 말했다.

"개소리 그만하고 가죠."

휴대폰을 재킷 주머니에 넣으려는데 진동이 울렸다. 알았다는, 해준의 짧은 답이었다. 그녀는 잠시 액정을 바라보다가 짧게 심호흡을 하고 대기실을 나섰다.

이제 다른 생각은 사치다.

재기할 거다.

몇 년이 걸려도.

"슈퍼스타긴 한가 봐. 포털 실시간 1위부터 10위 중에 최우현 관련 검색어가 여섯 개야."

해령이 해준의 손에서 담배를 빼앗아 재떨이에 눌러 끄며 말했다. 해준이 멍한 얼굴로 바라보자 해령이 인상을 찌푸렸다.

"줄담배 몇 대째인 줄 알아? 너 그러다 죽어."

"……아."

해준이 멍청한 얼굴로 눈을 깜빡거리다가 몸을 웅크리고 테이블에 엎드렸다.

"왜 그래?"

"……기자회견 끝나고 우현이가 만나자고 그래서."

"와, 김해준 드디어 차이냐."

해령이 야유하듯 말하며 다시 버릇처럼 담배를 물려는 그의 손에서 담뱃갑을 빼앗아 왔다.

그때 뉴스 채널의 화면이 기자회견장으로 바뀌었다. 해준은 시계를 확인하며 다 식은 커피로 잔뜩 마른 입안을 적셨다. 알 수 없는 긴장감이 그의 등을 훑고 지나간다.

섬일의 에스코트로 회견장 안으로 들어온 우현은 가라앉은 얼굴로 천천히 걸어가 단상 위 의자에 앉았다.

"다쳤나? 왜 다리를 절지."

해령이 성일을 보며 고개를 갸웃했다.

의자에 앉자마자 우현은 자세를 정돈했다. 곧게 세운 허리와 흐트러짐 없는 몸가짐이 인상적이다. 눈을 감고 무언가를 중얼거리더니 성일과 귓속말을 한다. 잠시 후, 성일이 마이크를 잡고 시작하겠다는 멘트를 하고 우현이 밤새 달달 외웠을 회견문을 차분하게 읽기 시작했다.

"윤변 얼마 줬어?"

해령이 물었다.

"달라는 대로."

사실 제대로 묻지도 않았다.

"돈 냄새 귀신같이 맡는 사람이고 자기 손해 절대 안 볼 타입이야. 자신 있으니까 달라붙었을걸."

해령의 말에 해준은 결국 담배를 입에 물었다.

TV 속 우현은 준비한 회견문을 천천히 낭독했다. 훈련 일정을 무시하고 황수영 측이 기업 행사 출석을 요구했고 이 때문에 이견이 있었다. 에이전트 측에 조율을 요청했지만 묵살당했고 이 때문에 재계약은 하지 않을 생각이었다. 자신과 닮은 여자의 음란 동영상이 유포되었다. 몸값을 깎기 위해 그리고 다른 매니지먼트와의 계약을 방해하기 위해.

우현은 여기까지 읽고는 잠시 멈춰 앞에 놓인 생수병을 잡았다. 긴장 탓인지 그녀가 헛손질을 하자 성일이 뚜껑을 따고 유리잔에 따라 건네준다. 잔을 받은 우현이 살짝 몸을 빼며 물을 마신다.

"……거슬리는데."

해준이 못마땅한 얼굴로 중얼거리자 해령이 피식 웃었다.

"윤성일? 여자 얼굴 밝히기로 유명했어."

물을 마시고 심호흡을 한 우현이 다시 회견문을 읽기 시작했다. 가장 중요한, 병원 그리고 도핑과 관련된 부분이었다.

"기자회견 끝나는 대로 박 변호사가 병원 고소할 거야."

해령이 덧붙였다.

해준이 살펴보던 서류를 뒤적이다가 펜으로 숫자에 동그라미를 쳤다. 병원의 대표원장 자산 목록이었다.

"빚이 많지? 화장품 사업 망했거든. 애물단지라 처치 곤란."

해령이 프린트한 기사를 내밀었다. 성한 화학이 메디컬 코스메틱 라인을 인수할 거라는 기사였다.

이게 도핑의 대가라는 건가.

"황수영은 최우현이 엄청 싫은가 봐. 이게 이만큼 돈을 쓸 일인가?"

해령이 고개를 갸웃했다. 그래, 상식의 선에서 이해되지 않을 내용이겠지. 해준은 구치소 접견실에서 마주쳤던 여자를 떠올리며 쓴웃음을 지었다.

"또한, 모두 알고 계시겠지만 제가 지금 교제 중인 김해준…… 씨가 황수영 회장 부부와 불편한 관계입니다."

김해준이라는 이름에서 우현이 잠시 멈칫하는 게 느껴졌다.

"몇 번이고 병원 측에 상세 내역서와 차트를 요구했습니다. 가까운 정형외과 의사에게 조언을 구하기 위해서요. 병원 측에선 이를 거부했고 환자인 제가 여러 번이나 도핑 테스트도 관련되어 있는 중요한 문제라고 주장했지만 묵살했습니다. 에이전트인 정은영 실장 역시 이와 관련되어 방관했습니다. 저는 정은영 실장 또한 깊은 관련이 있다고 생각합니다. 근거 없는 지라시와 악플에 대해서도 마찬가지로 법적인 조치를 취할 예정입니다."

도윤과 우현이 나누었던 병원 관련된 모바일 메신저 기록이 증거 자료로 제출되었다. 법적 효력은 장담 못 해도 여론을 방어하는 데에는 도움이 될 것이다.

회견문 낭독이 끝나고 기자들의 질문이 이어졌다.

처음은 영양가 없는 내용이 다수였다. 기사 리드를 자극적으로 뽑아내기 위한 유도신문. 성일이 나서려고 할 때마다 우현은 꽤 능숙하게 답변했고 빠져나왔다. 그러면서도 흥미로워 할 만한 워딩으로 기자들을 유도했다. 자신에게 유리한 쪽으로, 기자들이 원하는 자극적인 어휘로.

국가 대표로서의 자부심과 명예, 스포츠 선수라면 지켜야 할 덕목에 대해 잘 알고 있으며 이전에도 금지 약물에 의존한 적은 결단코 없었다는 단호한 태도까지. 우현은 차분하게 자신의 생각을 털어놨다.

"인터뷰 잘한다. 걱정 안 해도 되겠는데?"

해령의 말에 해준은 소리 없이 화면만 응시했다. 그만큼 10년 동안 기자들에게 당할 만큼 당했단 소리일 것이다.

"데일리 리포트 연예부 강명윤 기자입니다. 아무래도 김해준 씨 이야기를 안 하고 넘어갈 수가 없을 것 같은데요. 최우현 선수는 김해준 씨와 황 회장 부부의 관계를 알고 있었습니까?"

자신의 이름이 언급되자 해준이 담배 연기를 길게 뱉으며 자세를 고쳐 앉았다. 우현은 잠시 성일을 바라보고는 곧장 마이크를 가까이 하고 답변했다.

"몰랐습니다. 저 역시 보도를 보고 접했습니다."

"알고 난 후에는요?"

"저한테 바뀐 것은 없었습니다. 개인적으로 에이전트 정은영 실장과의 계약을 정리하기 위해 준비 중이었지만 황수영 회장과 김해준 씨의 관계는 저에겐 고려 대상이 아니었습니다."

우현의 목소리가 점점 경직되었다. 스포츠 선수의 도핑 관련된 기자회견에 연예부 기자가 나선다는 것 자체가 대중들에게는 이게 단순 치정극으로밖에 안 보인다는 반증 같아 불쾌한 눈치다.

"10년 동안 펜싱협회와 자신을 후원한 후원자인데, 보통은 신경 쓰지 않나요? 어떻게 보면, 시어머니와 마찬가지인데."

기자가 빈정거리듯 말했다.

"김해준 씨 친모는 김유진 화백입니다. 그리고 저 아직 미혼입니다."

우현이 가라앉은 눈으로 덧붙였다.

"연애의 대가라고 하기에 너무 가혹하네요. 저한텐 펜싱이 인생의 전부거든요."

원망이 느껴진다.

해준은 낮은 한숨을 내뱉었다.

순식간에 기자회견이 가십 위주로 흐르자 또 다른 기자들이 손을 들었다. 기자회견을 진행하던 성일이 한 기자에게 손짓을 하며 발언권을 주었다.

기자의 얼굴을 확인한 우현의 미간이 순간적으로 살짝, 일그러졌다. 소속 언론사와 이름을 들은 해준의 표정 역시 굳었다. 얼굴은 모르지만 이름은 분명히 알고 있는 기자였다. 우현에게 악의적이기로 유명해서.

"음란 동영상에 대해서도 언급을 안 할 수가 없는데요. 확실히 본인이 아닙니까?"

우현이 눈을 가늘게 뜨며 짧게 답했다.

"아닙니다."

"대처가 너무 늦어서 혼란이 가중되었죠. 이 부분에 대해서 해명을 해 주신다면요?"

"몰랐으니까요. 전 그런 몰카 영상 보는 취미도 없었을뿐더러 에이전트 쪽에선 전혀 절 보호해 주지 않았습니다. 영상에 대해 인지하고 정은영 실장에게 법적인 조치를 요구했지만 아직까지 경찰에 사건 접수조차 하지 않았더군요. 기자회견 후에 변호사와 함께 법적 대응 할 예정입니다."

우현이 분명한 발음으로 말했다. 음성은 단정하고 또렷했으며 당당했다.

"영상 속 여성은 제가 아니지만, 동의 없이 몰래 촬영한 것이라면 그분은 피해자입니다. 당사자가 아닌 저 또한 마찬가지구요. 그런데 왜 저한테."

그녀가 말을 끊고 기자를 똑바로 바라보았다.

"피해자인 제게 해명을 요구하시는지, 도저히 납득이 안 되는군요."

"재수 없어."

우현은 편한 옷으로 갈아입으며 욕지거리를 내뱉었다. 시어머니 같은 소리 하고 있네. 나한테 해명을 하라니 미친 거 아냐? 우현은 신경질적으로 화장을 지우다가 클렌징 티슈를 집어 던지며 성질을 부렸다.

그때, 노크 소리가 들려왔다.

"네."

"윤성일입니다."

"들어오세요."

우현의 대답에 곧이어 문이 열렸다. 대기실로 들어오던 성일이 거울 속 우현을 보며 눈을 동그랗게 떴다.

"어, 화장 지웠네요? 아깝게. 예뻤는데."

"지워도 예뻐요."

"그렇긴 하지만……. 난 화장한 쪽이 취향이라."

클렌징 마무리를 한 우현이 티슈를 휴지통에 던지며 성일을 힐끔, 비라봤다.

"변호사님, 남은 다리도 까여야 그만하실 건가요?"

우현의 반응에 자기가 너무 나갔다 싶었는지 성일이 능청스럽게 어깨를 으쓱하고는 생각났다는 듯 말했다.

"기자회견 반응은 나쁘지 않아요. 다 좋은 것도 아니지만……. 난 내일 스위스로 출국할 예정입니다. CAS(국제스포츠중재재판소) 쪽에서 사건 개요 면담하고 싶다고 해서요. 의료 소송은 박정훈 변호사 쪽에서 진행할 거고, 아마 그건 민형사 둘 다걸 거예요. 최대한 스피디하게."

"수고가 많으시네요."

우현은 영혼 없이 대꾸하며 머리를 풀고 가방에서 휴대폰을 꺼내 메시지를 확인했다. 무슨 일이냐는 시현의 메시지, 잘하라는 도윤의 메시지, 그 외에 아는 사람들이 사실이냐고 묻는 의미 없는 것들. 그 틈에 해준의 메시지가 눈에 들어왔다.

[지하 4층 주차장, G7.]

5분 전에 온 것이었다. 매너 좋네. 왜 만나자고 했는지 알텐데.

차라리 다행이었다. 어디 갈 것도 없이 차에서 이야기하는 것도 괜찮을 것 같았다.

"그럼 스위스 잘 다녀오시고, 전 중요한 일이 있어서 이만요."

우현이 성일에게 가볍게 목례를 하며 밖으로 걸음을 옮기려했다.

"헤어지러 가요?"

성일이 빙글거리듯 웃으며 말했다. 우현은 무표정한 얼굴로 그를 바라보다가 살짝 미간을 찌푸렸다. 갑자기 눈가가 뜨거워지는 느낌이 들었다. 다른 사람의 입으로 확인하니까 이제야 현실 같다.

"울면 내가 안아 줄까요?"

성일의 말에 우현은 애써 포커페이스를 가장하며 말했다.

"공부는 잘하셨을지 모르겠지만 눈치는 없었나 봐요. 갑니다. 오늘 수고 많으셨어요."

"데려다줄게요."

"됐어요."

우현은 뒤도 돌아보지 않고 블라우스와 치마를 건 옷걸이를 어깨에 들쳐 메고 대기실을 빠져나왔다. 이제 매니저도 없어 다 혼자 처리해야 했다.

로비로 내려오자 몇몇 투숙객들이 힐끔거리는 게 느껴졌다. 여기저기 기사 다 났겠지. CNN과 BBC 스포츠 섹션 톱기사로 다뤄지고 있다고 한다. 창피해 죽겠네. 이게 무슨 개망신이람. 우현은 투덜거리며 발걸음을 옮겼다.

그때, 아까 회견장에서 본 것 같은 남자가 통화를 하다가 우현을 보고는 걸음을 멈춰 다시 되돌아오는 게 느껴졌다. 그녀의 얼굴을 확인한 남자는 곧장 우현을 향해 발걸음을 옮기기 시작했다. 이제 에이전트도 없고 매니저도 없다. 기자 인터뷰를 대신 거절해 줄 사람도 없고 말실수를 하기 전에 커버해 줄 사람도 없으니……. 제일 좋은 것은, 도망. 우현은 황급히 걸음을 옮겼디.

분명 이쪽에 지하 주차장으로 내려가는 에스컬레이터가 있었던 것 같은데 보이지 않았다. 코너를 꺾자 처음 보는 낯선 길이 이어졌다. 빠른 걸음으로 서두르는 우현을 외국인 관광객들이 의아한 눈으로 바라본다. 알아요. 이런 곳에서 뛰는 거 매너 아니라는 걸. 그래서 빨리 걷고 있잖아.

도서관처럼 보이는 곳을 지나 더 걸어가자 인적이 드문 긴 복도가 이어졌다. 그리고 저 너머로 아까 그 기자로 추정되는 남자의 발소리가 들려온다. 이럴 줄 알았으면 윤성일이 데려다준다고 할 때 얌전히 오케이할 걸 그랬다. 아니면 계단으로 가거나.

"최우현 선수! 잠시 인터뷰 좀 합시다. 5분이면 돼요!"

남자의 목소리가 복도 끝에서 들려왔다. 5분이 50분이 될 거라는 건 경험을 통해 잘 알고 있었다.

꼼짝없이 잡혔구나 생각하던 그때, 벽이라고 생각한 독특한 디자인의 문이 열리고 한 남자가 나오다가 우현을 바라보고는 멈칫했다.

우현은 남자를 빤히 바라보며 복잡한 표정을 지었다. 미로 속에서 길을 찾은 것 같기도 하고 더 엄청난 미로 속에 갇힌 것 같기도 했다. 따라간다면 더 위험할지도 몰라. 이중적인 감정과 혼돈에 우현은 아무런 말 없이 남자를 바라보기만 했다.

해준이었다.

해준의 에스코트로 차에 오른 우현은 번쩍번쩍한 내부를 보며 허허, 미소를 지었다. 도대체 차가 몇 대인 걸까. 오늘은 애스톤마틴이다.

생각해 보면 위험한 구석투성이인 남자다. 고3 때는 썸 타는 것 같더니 첫 키스를 빼앗아 놓고 만점 수능 성적표만 남기고 사라졌다. 갑자기 나타나서는 유혹해 밤을 보내며 섹스 파트너처럼 굴었다가 연인인 듯 착각하게 하고 그러다 갑자기 며칠쯤 연락 두절로 우울하게 만들더니 서프라이즈 이벤트처럼 제 주도까지 찾아오고.

그리고 지금은 내 커리어와 인생을 나락에 빠지게 하고.

……이렇게도 달콤한 독이라니.

"자리 옮기자."

무언가를 골똘히 생각하던 해준이 한참 후에야 말했다. 빨리 끝내 버리고 싶은 마음에 우현은 됐다고 말하려 입술을 달싹거리다가 생각을 바꿨다. 이런 우중충한 지하 주차장보다는……. 끝은 좀 밝은 곳이었으면 싶었다.

우현이 그러자고 고개를 끄덕이자 차가 부드럽게 호텔 주차장을 빠져나갔다.

서울 시내를 벗어난 차는 강변북로를 따라 움직이기 시작했다. 오후 3시. 이른 시간이라 그런지 차가 막히지는 않았다. 그냥 가까운 어딘가를 갈 줄 알았는데……. 해준은 아무런 말 없이 운전에만 집중하고 있는 모습이었다.

우현은 조수석 창에 머리를 기대고 차창에 비친 해준을 몰래 훔쳐보았다. 잠을 못 잔 것인지 해준은 평소보다 더 날카롭고 예민해 보였다. 언제였던가. 넌 도대체 잠을 언제 자는 거냐는 우현의 질문에 그는 불면증이 심해, 약 먹을래 우현아, 하며 밤새 몸을 섞었다.

하나 둘 기억을 곱씹어 본다. 남자의 손길, 체향, 목소리, 눈빛. ……그래. 끝이 좀 이상해서 그렇지 나쁘지 않은 연애라고 생각한다. 그렇게 결론을 내자 갑자기 머릿속이 핑핑 돌며 애써 눌러 놓은 감정이 서서히 흔들거린다.

피스트에 서기까지, 지금 이 자리에 오기까지 게으르고 나태하게 군 적은 단 하루도 없었다. 부모님이 돌아가시고부터 더욱 그랬다. 조금만 싫으면 그만둔다고 고집을 부렸던 운동이 이젠 우현의 인생은 물론 동생 시현까지 책임져야 할 수단이 되어 버렸으니까. 10년 동안 펜서 최우현에게 슬럼프는 사치였다. 세계 랭킹 1위여야 광고도 찍을 수 있고 스폰서도 받을 수 있어서 더 기를 쓰고 운동했다. 순수한 의미로 검을 들기엔 눈앞의 현실이 그렇지 못해 자괴감과 싸운 적도 있었다. 그럼에도 불구하고 검이 상대의 포인트를 정확히 파고들어 찌를 때 손끝을 타고 흐르는 전율을, 그 순간을 사랑한다.

윤성일은 징계를 1년까지 줄일 수 있다고 자신했다. 만약 그렇다면 다시 복귀했을 때는 올림픽이 1년 남짓한 시점.

마지막 기회다. 그것만 바라보고 싶다. 다른 것에 흔들리고 싶지 않아. 이 남자한테 또 휩쓸린다면 그땐 정말 아무것도 못 할지도 몰라.

"김해준."

평온을 가장한다.

"우리 헤어지자."

아까 그 기자회견처럼.

남자는 담배를 물며 비가 내리는 하늘을 바라봤다.

'다 너 때문이야.'

그 붉은 입술이 독한 말을 뱉어냈다.

'나 펜싱 여덟 살 때부터 했어. 20년이라고.'

어이없게도 해준은 그 순간 흰 슈트와 사브르 검을 들고 있는 여덟 살의 우현을 상상했다. 귀여웠겠네. 그때의 난 고모가 사실은 엄마였고 친부의 아내가 엄마를 죽인 지옥에서 살았는데. 다행이다. 그때의 넌 사랑받고 있었겠구나.

'너 나한테 뭘 빼앗은 건지 알아? 우리 어차피 깊은 관계도 아니었잖아.'

생각보다 평온했다. 가슴이 쥐어뜯기는 것처럼 뻐근했지만 이 정도는 별거 아니다. 자살을 생각하고 이따금 균열이 생길 때마다 비집고 올라오는 충동과 열 해의 밤도 버텼다. 어차피 기다리고 참는 것엔 이골이 났다.

'헤어져.'

그때, 갑자기 거세진 빗줄기가 차창을 때렸다. 차 옆, 주홍 빛 가로등이 유리 깨지는 소리를 내며 꺼져 버리고 순식간에 내부가 어두워졌다. 해준은 눈을 감고 의자에 깊숙이 몸을 기대었다. 기시트의 가죽 냄새와 함께 옅은 과일 향이 그의 코끝을 스친다. 청량하면서도 싱그러운…… 여자의 체취.

문득 그림을 그리고 싶다는 생각이 든다. 그 사고 후 황수영에게 영혼을 빼앗긴 것처럼 그림에 대한 열정은 내려놓은 지 오래였다. 가끔 콘티 설명을 위해 그림을 그려 설명할 뿐 그 후로는 화구를 손에 쥔 적이 없었다.

가진 재능은 없지만 보는 눈만큼은 빼어났던 것이 수영의 업보가 아니었을까. 유진의 것은 모두 다 탐을 냈던 여자. 사실 그 여자가 가장 사랑한 것은 화가 김유진이 아닐까 생각하다 해준은 그냥 웃어 버렸다. 죽이고 싶지만 또 평생을 살아 고통받길 원한다. 여자가 가지고 싶어 하는 게 김해준이라 차라리 다행이다. 가지지 못한다면 세상에서 사라져야 끝나는 게 그 여자의 집착 아닌가. 그럼 난 평생을 살아 황수영을 괴롭혀야지. 평생을 살아, 행복하게, 그녀와.

헤어지자는 이야길 하던 여자의 눈이 떠오른다. 그 눈을 보는 순간 다시 그림을 그려 볼까 욕심이 났다. 맹렬하게 자신을 비난하며 독하게 이별을 선언했지만 우현이 내뱉은 칼들은 그에게 작은 상처 하나 내지 못했다. 옅은 물기가 느껴지는 검은 눈동자. 그런 눈을 하고 무슨.

최우현은 한참 멀었다. 결국엔 이 게임의 승자는 해준일 것이다.

약물 부작용 때문에 기억이 토막 나 끊기는 와중에도 우현에 대한 모든 것은 선명했다. 어떤 경기에서 우승했었는지, 스코어는 몇인지, 대진표까지. 해준의 주치의는 그가 그리고 그리워한 우현과 현실 속 우현의 괴리를 발견했을 때 얼을 상실감에 대해 경고했고, 해준 역시 각오했지만 바뀌는 것은 없었다. 스물아홉 살의 우현은 여전히 빛이 났다. 눈이 멀어 버릴 만큼, 찬란하게.

마음의 무게가 다르다 해도 상관없었다. 거리는 좁히면 되는 거고……. 따라잡으면 되니까. 상처받아야 한다면 기꺼이 받을 생각이었다. 하지만 어이없게도 조금도 상처받지 않았다. 단단한 각오 탓인지 아니면 그 모든 것을 초월한 것인지 모르겠다. 해령이 듣는다면 사이비 교주와 신자냐고 힐난할 것이 분명했다.

수많은 모습의 그녀를 사랑한다. 어이가 없는 고집을 부리는 것도, 긴장하면 찡그리는 미간도, 화가 날 때 꾹 깨무는 입술도.

하지만 가장 사랑하는 것은 피스트 위에서 깊은 눈으로 차갑고 냉혹하게 상대방을 응시하는 펜서 최우현.

펜싱에 밀려서 차라리 다행이다.

다른 남자 때문이었다면 검을 잡아야 하는 그녀의 손목을 부러뜨렸을 것이다.

알뜨 Halte

경기 정지

잠에서 깨어나자 익숙한 천장이 보인다. 몸을 모로 돌려 눕는데 베갯잇이 축축하게 젖은 게 느껴졌다. 그제야 우현은 손등으로 눈가를 훔치며 숨을 몰아쉬었다.

꿈을 꿨고, 좀 울었다.

별것 아닌 꿈이었다. 헤어지자는 자신과 아무런 말 없이 앞을 응시하는 해준. 그때 갑자기 쏟아지기 시작한 소나기. 그는 데려다주겠다고 했고 그녀는 거절할까 하다 부탁한다며 시선을 창밖으로 고정했던 것 같다. 이른 저녁임에도 불구하고 어두컴컴했던 하늘, 요란하게 쏟아지던 빗줄기와 꽉 막혀 버린 마포대교. 금방이라도 쏟아져 내릴 것처럼 낮게 깔린 먹구름이 마치 내 마음속 같아서 속상했던 기억들.

……난 도대체 어떤 연애를 한 걸까.

몸을 일으킨 우현은 거울 속 퉁퉁 부은 자신의 눈을 보면서 허탈한 웃음을 지었다. 꼴이 볼만했다.

커뮤니티에 전 남자 친구에게 연락해도 되냐고 묻는 글이 왜 올라오는지 이해가 됐다. 지금은 그 모든 것이 이해가 된다.

시현도 미국으로 가 버려 더 넓게 느껴지는 집, 홀로 남은 밤. 눈을 감으면 기억 속 그 순간으로 날아간다. 첫 입맞춤, 입술이 닿았던 순간, 가슴을 간질이던 그 말랑한 느낌. 건조했던 남자의 입술이 자신의 것을 머금고 촉촉한 혀가 입안으로 들어왔을 때의 충족감. 처음이라는 것을 숨기고 싶었던 허세, 그 모든 것을 안아 주었던 넓은 품, 그리고 남자의 옷 벗는 소리까지. 내 기억력이 이렇게 좋았나 의심스럽다.

우현은 냉장고에서 얼음을 꺼내 아이스팩을 만들어 얼굴에 얹고 눈을 감았다. 오후에 인터뷰를 해야 하기 때문에 사람의 꼴을 갖추어야 했다.

생각해 보니 엄마랑 아빠를 잃고 난 후로 이렇게 가만히 있어도 눈물이 줄줄 흐른 건 처음인 것 같다. 원래 울보긴 했지만⋯⋯. 눈물의 성분이 다르다고 해야 하나. 떠올리기만 해도 세상이 일렁거리는 것을 보니 말이다.

[일어났어?]

진동과 함께 휴대폰 화면에 팝업 창이 떴다.

도윤이었다.

무성의하게 이응 두 개를 쳐 보내다가 우현은 문득 깨닫는다. 카카오톡 프로필 시진, 해준이 찍어 준 거다. 옷은 민소매

티셔츠에 짧은 팬츠, 누가 봐도 방금 잠에서 깬 얼굴로 창가에 걸터앉아 사브르 검을 허공에 휘두르며 장난을 치는 모습이 담겨 있었다. 등 뒤 넓은 창문에서 쏟아지던 햇빛이 반사되어 사진 끄트머리는 오렌지 빛으로 물들었다.

우현은 휴대폰 액정 속 자신을 물끄러미 바라보다가 카메라 렌즈를 통해 자신을 끈질기게 응시하던 남자를 떠올렸다. 기억력 안 좋은 줄 알았는데 해준의 표정만큼은 굉장히 생생하다. 작은 필름 카메라 아래로 보이던 입술, 그 카메라를 쥐고 있던 손, 셔터를 누르던 손가락의 모양 같은 것들.

넌 날 이렇게 바라보고 있었구나.

쓰게 웃으며 우현은 사진을 지워 버렸다.

역시 도윤의 말대로 집을 팔아야겠다. 시현이야 한국에 들어올 생각이 없어 보이고 자신은 이제 꼼짝없이 혼자 훈련 스케줄 짜고 관리해야 하니 이런 넓은 2층 집은 사치 같다.

사실 이렇게 넓은 공간에 혼자 있어야 한다는 게 외롭다.

거기다 좀 신경 쓰이는 건…….

서도윤이 이렇게 부자였나 의심스럽다. 포털 사이트에 검색만 하면 이력이 줄줄 뜨는 변호사들이라면 수임료도 엄청날 텐데, 도윤은 알아서 할 테니 가만히 있으라고 하기만 하고 도통 말을 해 주질 않았다. 아무리 많이 모았다고 해도, 엄청 잘 불렸다고 해도 10억 정도일 텐데, 이 터무니없는 사건을 감당할 정도는 아닐 텐데.

문득, 차라리 최우현이 서우현이었다면, 혹은 서도윤이 최도윤이었다면 좋겠다는 생각이 든다. 우리가 사이 나쁜 쌍둥이 남매였다면 이렇게 불편하지는 않을 텐데. 빤히 알면서도 도윤은 해준에 대해 묻지 않았다. 평소처럼 잔소리를 했고 빈정 거렸으며 이 기회에 대학 졸업이나 하라고 구박을 했다.

도윤이 어리광을 받아 주지 않은 건 부모님이 돌아가신 후 부터다. 입관을 하고 발인을 하고, 장례의 모든 과정을 곁에서 지켜 주었던 도윤은 장지에서 돌아오는 길에 그녀의 뺨을 양손 으로 부여잡고 이제 넌 세상에 혼자니까 정신 똑바로 차리고 살라며 다짐을 받아 냈다. 보통 이럴 땐 내가 옆에 있으니 힘내 라고 해 주면 어디 덧나냐고 묻자 덧난다고, 이제 너도 생각이 라는 것을 하고 살 때가 되었다고.

……그래, 생각을 해야지.

우현은 얼굴 위에 얹어 둔 아이스팩을 치우고 소파에서 일 어나 길게 스트레칭을 했다. 2시에 이태원의 카페에서 인터뷰 를 하고 학교에 들러 복학에 대해 알아봐야 한다. 그리고 선배 의 펜싱클럽에 들러 훈련에 대해 상의도 해야 한다. 몸 컨디션 은 어느 정도 올라왔지만 실전 감각이 문제다. 그리고 내일은 검찰 참고인 조사.

지나간 인연에 대해 반추하기엔 할 일이 너무 많다.

우현은 그냥저냥 지냈다. 그냥저냥 지내는 사이에 여름이 다 지나가 버렸다.

내일 아침, 새벽 6시에 일어나 한강 트랙에 나가 두 시간 정도 뛰었다. 속이 미식거릴 정도로 몸을 괴롭히면 내가 살아 있구나 실감이 났다. 평범한 스물아홉 살이라면 출근할 시간에 집에 돌아와 밥을 하고 찌개를 끓여 꾸역꾸역 먹었다. 대학생 때 시현을 챙긴다고 유튜브도 보고 블로그도 보면서 한식을 꽤 익혔다고 생각했는데 이렇게 삼시 세끼 꼬박꼬박 챙겨 먹다 보니 할 줄 아는 게 별로 없다는 것을 깨달았다. 한 손으로 계란을 깨는 법을 연습했다. 그렇게 연습한 계란으로 계란말이를 예쁘게 마는 법을 또 연습했다. 공부 빼고는 다 잘한다는 도윤의 말이 맞는지, 두세 번 만에 모양이 제법 그럴듯했다.

오늘은 도윤의 어머니 김치로 전을 부쳐 먹었다. 기름 양을 조절하지 못해 몇 번 망했고 모양이 이상해 또 망하고. 그중 제일 그럴듯한 것을 가져가 도윤의 부모님께 대접했다. 다 컸네 우리 우현이, 라는 말이 행복했다. 내일은 뭘 할까 고민하며 잠들다가 요리 왕이 된 것 같아 기분이 좋았다.

늦은 저녁이면 도둑처럼 선배 민호의 펜싱클럽에서 혼자 연습을 했다. 세심한 선배는 늦게까지 남아 우현의 훈련을 도와주었다. 매번 그러지 않아도 되는데 선배는 이제 전부 혼자 챙겨야 하는 우현이 안쓰러운 모양이었다. 여자 친구가 싫어하는 눈치던데 괜찮을까 싶다. 아까 전화 통화 하는데 그럴 거면 걔랑 사귀라고, 헤어지자고 고함을 치는 목소리가 들렸다. 아무래도 훈련 장소를 바꿔야 하지 싶지만 막상 찾고 보니 마땅한 곳이 보이지 않아 고민이었다. 그래도 찾아야지. 어떻게든 되겠지.

늦여름의 햇볕이 좋아 이불을 걷어 널어 두었다. 그러고 있는데 윤성일이 찾아와 밥을 먹자고 했다. 예전에는 남자의 수작질인 줄 몰랐던 것들이 김해준을 경험하고 나니 죄다 눈에 읽혔다. 손을 잡으려고 해서 양팔을 꼬아 팔짱을 끼었다. 키스를 하려고 해서 고개를 돌려 버렸다. 그제야 성일은 되게 비싸게 군다며 입맛을 다셨다. 저렇게 철벽을 쳐 대는데도 굴하지 않는 걸 보면 대단하다 싶기도 했다.

그러고 나면 꼭 야한 꿈을 꾸었다. 잠에서 깬 후엔 괜히 스스로가 발정난 짐승이 된 것 같아 부끄러웠다. 돌이켜보니 김해준이랑 둘이 무슨 짓을 하고 다닌 건지 모르겠다. 처음인 것을 들키기 싫어서 막무가내로 달려들었던 것 같다. 웃겼겠지. 이게 무슨 허세람. 기억력이 안 좋은 줄 알았는데 이제 보니 좋은 것 같다. 남자의 체취, 키스하려 할 때의 신호, 섹스할 때의 버릇, 모든 것이 다 선명했다.

그렇게 야한 꿈을 3일 연달아 꾸자 그냥 윤성일이랑 자야 김해준의 망령에서 벗어날 수 있지 않을까 하는 생각을 잠깐 하다가…….

관뒀다.

극단적으로 다가가고 극단적으로 사랑하고 극단적으로 빠져 버렸던 김해준은 허탕히 사는 중이었다.

적당히 일에 몰두했다. 어떤 날은 닥치는 대로 셔터를 누르다가 셔터 박스를 갈아야 했다. 이게 디지털 쓰레기가 아니면 뭘까 싶어서 그렇게 작업한 사진의 메모리 카드를 죄다 엎어버렸다. 필름 카메라를 꺼내 들었다. 50롤이 넘도록 찍었으나 굳이 보고 싶지 않아 인화는 하지 않았다. 필름은 그대로 소각했다.

적당히 그녀를 생각했다. 병원장을 회유하고 협박했다. 황수영에게서 약물과 관련된 사주를 받았다는 자백을 받아 냈다. 정은영은 아직 굳게 입을 다물고 있지만 얼마 버티지 못할 것을 안다.

그럴 거면 그냥 로스쿨을 가지 그랬냐고 해령이 타박했다. 나는 겁쟁이라 그림을 완전히 버리지 못하고 맴돌며 이러고 있다고 말했다. 다가가지도 못하고, 그렇다고 완전히 버리지도 못하. 내가 찼는데 차인 기분이라면 좀 이해가 될까, 했더니 예술 한다는 남자는 역시 별로라며 혀를 찼다.

그럴 거면 차라리 미국에 들어가라는 해령의 말에 해준은 나는 겁쟁이라 아직 다른 하늘 아래에서 사는 데에는 시간이 좀 걸릴 거라고 답했다.

다른 남자랑 결혼해 애 낳는 것까지도 보고 살겠다며 해령이 빈정거리자 그 꼴을 볼 바엔 그냥 사회면에 나올 짓을 하는 게 나을 거 같다고, 우현을 납치한다면 역시 손부터 묶어야겠다고 생각했다. 기다란 막대기 하나라도 손에 쥐는 날엔 지는 것은 자신일 테니까 그전에 약을 먹여 재우는 게 가장 좋을 것 같다는 실없는 생각도 덧붙이며.

뉴욕의 친구에게 메일이 왔다.

첫사랑의 환상은 좀 깨졌냐고 물었다. 여자 만나 보면 다 거기서 거기 아니냐며.

그건 네가 걜 못 봐서 그런 거라고. 짧게 대꾸했다.

또 다른 친구에게 메일이 왔다.

원래 사랑은 다 그런 거라고 했다.

이따금 눈을 뜬 채로 꿈을 꾸었다. 환영은 눈부셔서 똑바로 바라볼 수 없었고 환청은 달콤하고도 쌉싸름했다.

해준은 소파에 기대앉고 눈을 감았다. 팔뚝에 따끔하며 링거 바늘이 들어오는 느낌이 든다. 거슬리는 통증, 이어 그의 손목을 타고 액체가 흐른다.

"교수님, 혈관이 계속 터지는데요."

이번에도 링거 라인을 잡는 데에 실패했는지 문 교수를 따라온 레지던트가 어쩔 줄 몰라 하며 말했다. 벌써 세 번째다. 문 교수가 레지던트에게 비키라고 손짓을 하곤 거즈로 해준의 손목에 흐르는 피를 닦고 꽉 눌러 지혈을 하기 시작했다.

"약 따로 먹는 거 있나?"

"아뇨."

해준은 눈을 감은 채로 대답했다.

결국 문 교수가 직접 해준의 팔을 살펴보고는 손등에 조심스럽게 바늘을 꽂아 넣었다. 이번엔 성공했는지 곁에 서 있던 레지던트가 깊은 숨을 몰아쉰다. 곧이어 혈관을 타고 신경 안정제가 몸을 돌기 시작한다.

날을 세우고 있던 감각이 강제로 잦아든다. 발끝에서부터 아킬레스건을 타고 불쾌한 나른함이 뱀처럼 기어 올라온다. 발목에서부터 허리까지, 곧이어 턱 끝까지 몸이 저 아래로 깊은 어딘가로 잠긴다. 수장당하는 것 같다.

문 교수가 잠시 쉬라며 자리를 비켜 주었다. 몇 주째 제대로 잠을 자지 못했다. 체력이 바닥을 칠 정도로 운동을 하며 몸을 움직여도 봤지만 오히려 그럴수록 의식은 또렷해져만 갔다.

돌이켜 보면 여자에 대해서 완전히 알지 못했던 10년의 밤은 차라리 견딜 만했던 것 같다. 온몸으로 맛본 그녀를, 선악과의 달콤한 맛을 평생 잊을 수 없을 거란 예감이 든다. 그다음은 늘 같은 패턴이다. 불면의 밤, 극심한 신경통, 깊은 상실감.

그때 휴대폰 진동이 울리며 사진이 한 장 전송됐다. 미대생들 졸업 작품 전시회에서도 혹평을 받을 법한 수준의 유화였다. 어디서 본 것은 있어서 어설프게 따라한 수준의, 아니 그마저도 안 되는.

[3억. 그림 확보.]

메시지를 확인한 해준은 그저 웃었다.

황수영의 비서실장, 윤명희가 정은영의 딸에게 3억을 주고 산 그림이었다. 아마 이런 식으로 꽤 여러 번 돈을 주고받았을 것이다.

윤명희의 도우미가 분리수거 하려고 내놓고 있길래 잽싸게 주워 왔다고 했던가.

해준은 캔버스에 거창하게 쓰여 있는 낙관을 보고는 정은영 딸의 SNS 사진을 확인했다. 정은영 딸은 그림을 팔았다는 자랑을 정확히 열두 번 했다. 그림들을 정성스럽게 찍어 올린 것을 대충 때려 찍었을 때 30억 조금 넘게 정은영 쪽으로 돈이 넘어간 듯 보인다. 하루에도 열 번씩 SNS에 자신의 일상을 업데이트하고 과시하기 좋아하는 이 철없는 아가씨는 자기가 한 짓이 어떤 결과를 초래한 건지 모르겠지. 아들뿐인 윤명희가 딸을 주겠다며 샀다는 명품과 보석류도 모두 이쪽으로 간 듯했다.

아들 쪽은 생각보다 쉬웠다. 지원이라는 명목으로 재단 기금을 운용해 말을 구입해 줬고 윤명희의 법인 카드를 아들이 사용한 기록도 크로스 체크해 뒀다.

그렇다면 대가성 여부는 검찰 쪽에서 확인할 테고.

[부탁했던 건?]

해준이 짧게 메시지를 보내고는 고개를 뒤로 젖혔다. 몇 번, 눈을 깜빡이자 순간 천장이 빙빙 돌며 쏟아져 내릴 것 같은 착각이 들었다.

하루에도 몇 번씩 수영 쪽에서 해준에게 연락을 해 왔다. 직접적으로 의사를 내비치진 않았지만 전하려는 뜻은 명백했다. 만나자고, 와서 자신을 설득하면 우현의 문제에 도움을 주겠다고. 이를 전할 때마다 윤명희는 짧게 숨을 몰아쉬고는 빠르게 이야기를 했다. 이제 그녀도 어느 정도 수영의 의중을 간파한 모양이다. 남편의 아들에게 집착하는 주인이라니. 비정상적인 지시와 고집, 채근에 그녀는 역시 지쳐 가는 기색이 역력했다.

물론, 내 집착도 정상이 아님은 분명하고.

[메스암페타민. 기자 따라붙음.]

또 한 번의 짧은 진동과 함께 기다리고 있던 메시지가 왔다.

[흘려.]

해준은 짧게 답변하고는 숨을 몰아쉬었다. 긴장해 있던 근육이 풀리고 구역질과 무력감이 턱 끝까지 차올랐다. 해준은 억지로 잠을 청하려 눈을 감았지만 옅게 찾아온 선잠은 차라리 안 자느니만 못했다. 결국 링거를 빠르게 조절하는데 또다시 휴대폰 진동이 울린다.

[6개월.]

상하이에서 열린 CAS의 심리에 가 있는 성일이었다. 실력만은 최고라던 해령의 말이 사실이었나 보다. 불구속 상태로 수사를 받던 대표 원장이 자백을 하자 성일은 곧장 서류를 만들어 보내고 심리 일정을 앞당겼다.

해준은 그대로 몸을 일으켜 손등의 링거 바늘을 뽑았다.

약 따위로 가라앉을 마음이 아니었다.

수술 방에서 막 나온 도윤은 '6개월'이라는 문자를 확인하고 너털웃음을 지었다. 대단하네. 3년 자격 정지를 1년으로 만들더니 6개월이라. 아직 확정은 아니겠지만…… 하는 짓은 영

못미더웠던 그 변호사가 실력은 있는 모양이었다.

도윤은 차례대로 메시지를 확인했다. 며칠 전부터 그를 들볶기 시작한 결혼 정보 업체 매니저부터 카드 회사, 동문회의 메시지 등등. 거의 쓸모없는 광고가 대부분이었다. 그러다 '이애리'라는 이름에서 잠시 도윤의 손가락이 멈칫했다. 잊을 만하면 여자는 이렇게 한 번씩 안부를 묻곤 했다. 아직 포기하지 않았다는 듯, 네가 넘어올 때까지 계속하겠다는 듯.

이 여자에게 난 뭘까. 문득 궁금해진다. 막상 까 보면 서도윤은 별거 아닌 남자 중 하나일 수도 있는데 무엇이 부족한 것 하나 없는 이 여자를 계속 이렇게 구차하게 만드는 걸까.

고등학생 때 풀던 수학 문제는 편하다. 답도, 답으로 가는 길도 정해져 있으니까. 이 감정의 답은 알고 있지만 답으로 가는 길은 늘 도윤을 고민하게 했다. 여러 갈래로 나뉘어져 있는 길, 그 앞에 놓인 수많은 변수. 서도윤에겐 멀어지면 춥고 가까이 가면 데일 것 같은 난로 같은 최우현. 김해준에겐 자신의 전부를 걸어도 아깝지 않을 여자.

도윤은 피식 웃으며 담배 필터를 깊이 빨았다.

김해준도 안됐지 하필이면 최우현한테 꽂혀서는, 이라고 비웃다가 이내 생각을 고쳐먹었다. 연애 한번 잘못했다가 지금 자기 커리어 다 말아먹게 생긴 건 최우현 아니던가. 남자 보는 눈 하고는. 쯧.

갑자기 위자료라고 생각하라던 김해준의 낮은 목소리가 도윤의 귓가를 맴돌았다. 당연하다, 김해준, 너 때문이니까. 그런

데도 도윤은 마음 한쪽이 불편하고 기분이 이상했다. 책임지게 해 달라는 해준이 '부탁한다'고 덧붙이자 자존심이 상한 것은, 서도윤도 꼴에 남자였기 때문이다.

담배를 눌러 끄는데 꽤 익숙한 뒷모습이 눈에 들어왔다. 몇 주 전 부임한 김서연 교수와 해준이었다. 호적상 남매인 사촌. 우현의 의료 소송과 관련된 자문은 김서연 교수가 전담했다. 해준에게 우현과의 관계를 들었는지 김 교수는 관련된 자료를 준비할 때면 도윤을 불렀다. 도울 걸 당연히 안다는 듯. 어쩐지 약이 올랐다. 이유도 없이.

우현의 도핑이 보도된 후, 두 사람의 결별 기사가 났다. 에이전트가 없는 우현은 따로 공식 입장을 내지 않았다. 해준 역시 마찬가지였다. 아니, 해준은 헤어진 것을 굳이 인정하고 싶지 않은 듯했다. 그러지 않고서야 무슨 구 여친한테 이 정도로 애프터서비스를 빵빵하게 해 줄까.

그때, 휴대폰 진동이 울렸다. 우현이었다. 지금은 그다지 받고 싶지 않아 도윤은 거절 버튼을 터치하며 비싼 외제 차에 오르는 해준을 응시한다. 저 남자를 볼 때면 싸우지도 않았는데 진 기분이다. 조만간 우현에게 해준의 도움에 대해 이야기할 생각이다. 위약금, 소송, 그의 전폭적인 지원에 대해.

우현이 세상에 혼자 남겨진 후 가까워지지도, 멀어지지도 않으면서 어느 순간부터 그녀가 그 자리에 있는 것을 당연하다고 생각했다. 그러다 때로는 혼란스럽고, 때로는 억울해 그녀 몰래 아무 여자나 만나기도 했다. 아, 몰래는 아닌가. 알아 주길 바란 적도 있으니까. 나에게서 다른 여자의 흔적을 눈치채 주길, 질투해 주길 바랐던 그 유치한 마음. 그러다 결국 그녀가 모르는 곳에서, 그녀가 모르는 여자와 남자가 되었다. 아마 우현 역시 그렇겠지.

연애를 하지 않으면 헤어지지도 않을 거라고, 그렇게 모르는 척 시간을 흘려보냈다. 아무것도 하지 않는 척하며 늘 우현의 곁을 맴돌고 관찰했다. 결국 마지막에 그녀의 곁에 있는 건 지금의 나니까 그것도 괜찮을 거라고 자기 암시를 걸었다. 이렇게라도 하면 너와 나는 끝이 없을 거라고, 그거면 된다고.

어이없게도 기회는 무방비할 때 찾아온다.

아……. 모르겠다. 이게 과연 기회일까.

도윤은 잠시 새파란 하늘을 보며 담배를 한 대 더 피울지, 들어가 잠깐 침대에 누울지 고민하였다.

완연한 가을.

도윤은 문득, 우현에게 프러포즈를 해야겠단 생각이 들었다.

차라리 너랑은 연애보단 결혼이 나을 것 같다.

"한번 만나고 싶었어요."

닮은 것 같으면서도 닮지 않았다.

"최시현……이라고 하면 모를 거 같고. 최우현 동생이에요."

차에 타려던 해준은 눈앞의 여자, 시현을 물끄러미 바라봤다. 키는 우현보다 머리 하나는 작다. 탄탄하고 곧은 우현과는 다르게 톡 치면 부러질 것처럼 가느다란 체구. 굳은살 하나 없는 깨끗하고 고운 손과 근육 하나 없을 것 같은 말랑한 몸. 모든 것이 우현과는 정반대였다.

그럼에도 불구하고, 닮았다.

"언니는 저 미국 간 줄 알아요. 오늘 본 거 비밀로 해 주세요."

시현이 새침하게 말하며 해준을 올려다봤다.

"차에 타면 안 돼요? 보는 눈도 많은데."

자매인데도 이렇게 다를 수 있나.

스튜디오가 몰려 있는 압구정 한복판. 한풀 꺾이기는 했지만 여전히 김해준 이름 석 자는 정계와 연예계의 핫 이슈 키워드 중 하나였다. 그런 해준이 여자와 이야기를 나누고 있는 모습에 의상을 픽업하던 스타일리스트의 귀가 커진 게 느껴졌다.

해준은 아무런 말 없이 조수석의 문을 열었다. 시현이 마음에 든다는 듯 종종거리며 다가오다가 힐이 블럭에 걸려 비틀거렸다. 넘어지기 직전, 해준이 어깨를 잡아 주자 창피한지 얼굴을 붉힌다.

차에 타자 시현이 눈을 굴리는 것이 느껴졌다. 운전대의 앰블럼을 보자 조금 놀라는 눈치다.

시현이 들고 있는 백, 원피스 모두가 눈에 익다. 당연하다. 해준이 직접 골랐던 것이니까. 네가 입은 걸 보고 싶어서 골랐던 건데 그 옷이 저기 가 있을 줄이야. 우현이 입었을 땐 짧았던 원피스가 시현은 무릎까지 내려왔다.

"따로 가고 싶은 곳이라도 있나?"

해준의 물음에 시현이 핸드백을 가지런히 무릎에 올려두며 말했다.

"그냥, 조용히 이야기할 수 있는 곳이면 돼요."

시현의 대구에 그는 부드럽게 차를 출발시켰다.

그의 차가 멈춘 곳은 서울 타워가 보이는, 해방촌 초입에 위치한 작은 카페였다.

해준은 햇볕이 잘 드는 창가 자리로 성큼성큼 걸어가 의자를 빼고 시현에게 앉으라는 듯 고갯짓을 하였다. 의기양양하게 찾아와서 이야기 좀 하자고 할 땐 언제고 시현은 해준이 무심하게 대하니 경계를 하는 눈치였다. 이제야 닮은 점을 찾았다. 최씨 자매는 생각 없이 내지르는 공통점이 있다.

"언니랑 헤어졌어요?"

"응."

시현의 질문에 해준이 담백하게 대답했다.

"왜 반말해요?"

"너도 반말해."

기선 제압을 하려는 건지, 그냥 시비를 걸고 싶었던 건지.

해준의 대구에 시현이 입을 삐죽 내밀었다.

평일 오전이라 그런지 카페는 두 사람을 제외하고는 손님이 없었다. 카페 직원이 메뉴판을 가져다주자 시현은 한참 동안 그것을 쥐고 세세히 들여다봤다. 제대로 보지도 않고 주문하던 우현과는 달랐다. 시현이 손톱으로 테이블을 톡톡 두들긴다. 화려한 네일아트를 좋아할 것 같았는데 손질만 했을 뿐 손톱이 가지런하다. 언니한테 옷이며 가방 뜯어낼 정도면 꾸미는 걸 꽤 좋아하는 성격일 텐데 레드 브라운으로 염색한 머리카락의 뿌리 쪽은 손가락 한 마디쯤 자라 검었다. 의외네. 해준은 아무런 말 없이 시현을 기다렸다.

"커피 마시고 싶은데……."

잠깐 망설이다가 시현이 결심했다는 듯 입을 열었다.

"저 청귤차요. 따뜻하게."

우현이었으면 앉자마자 말했을 거다. 난 아이스 모카, 휘핑 많이.

"아메리카노요."

주문을 하고 잠시 어색한 분위기가 흘렀다. 시현은 핸드백 손잡이만 만지작거리며 생각을 정리했고 해준은 그런 그녀를 물끄러미 바라보았다. 에스프레소를 추출하는지 벽 너머로 머신이 돌아가는 소리가 났다. 그때 시현이 생각났다는 듯 옆에 놓여 있던 무릎 담요를 챙겨와 덮는다. 넓게 펼쳐 배부터 무릎까지 꼼꼼하게 덮는 모양새가 정말 언니와는 하나도 닮지 않았다.

"용건은?"

기다리지 못하고 해준이 결국 먼저 입을 열었다.

"아, 네. 그게."

시현이 잠시 말끝을 흐리며 고개를 숙였다. 이내 숨을 크게 들이마시며 말했다.

"인사하고 싶었어요. 언니…… 도와줘서 고맙습니다."

이 또한 의외다.

"서도윤이 아무리 의사여도, 주식으로 돈을 굴려도 그 정도 감당할 만큼은 아닌 거 아니까 혼자 알아봤어요. 김해준 씨 때문이긴 하지만 또 김해준 씨 아니었으면 언니 펜싱 다시는 못 할 뻔했잖아요. 인사라도 하고 싶어서요."

말을 하다 말고 시현이 입술을 꾸욱 깨물었다.

"제가 요즘에 상태가 안 좋아요. 감정 기복도 심하고 그래서……. 이게 제 마음대로 조절이 안 되더라구요. 이해해 주세요."

해준이 시현 쪽으로 티슈를 밀어주었다. 시현은 티슈로 눈물을 찍어 내다가 고개를 푹 숙이고 어깨를 가늘게 떨기 시작했다. 주문한 차와 커피를 가져온 카페 직원이 조용히 두 사람의 눈치를 보며 서빙을 한다. 직원이 물러가자 시현이 울음 섞인 목소리로 말했다.

"제가 좀 큰 사고를 쳤는데, 그러고 나니까 언니가 많이 힘들었겠구나 싶었어요."

해준이 냉정하게 말했다.

"그걸 이제 깨달았다니 놀랍네."

시현이 눈물이 고인 눈으로 그를 흘겨봤다. 성깔 하고는. 해준은 그녀의 시선을 피하지 않고 똑바로 마주 보았다.

"난 최우현 동생이라는 소리가 세상에서 제일 듣기 싫었어요. 이름 놔두고 사람한테 최우현 동생이 뭐야. ……나도 알아요. 내 열등감인 거."

그렇다고 이제 사이가 나빴던 것은 아닌 것 같다. 종종 우현은 그에게 '동생 혼자 있어서 가 봐야 한다'는 이야길 하곤 했으니까.

"언니 운동하는 데 돈 많이 들어서 미대는 꿈도 못 꾸고, 엄마 아빠 돌아가시고 나서는 괜히 미워서 언니한테 지랄 지랄 개지랄 떨고 그랬는데……. 그게, 내가 누굴 책임져야 되는 상황이 되니까……. 언니 그때 스무 살이었더라구요. 난 지금 스물여덟 살인데도 이렇게 무서운데."

"직접 말하지그래."

"언니한테도 갈 거예요. 그냥 1년 숨어 있을까 했는데 방금 생각이 바뀌었어요. 언니한테 머리 뜯기고 몇 대 얻어맞고 말래요."

시현이 핸드백을 열어 팩트를 꺼내 얼굴을 점검하고는 입술을 한 번, 꾹 깨물었다.

"안 쌩까고 도와줘서 고마워요. 개새끼들 많은 세상인데 김해준 씨는 복 받을 거예요. 공부 좀 잘한다고 유세 떨던 저보다 낫네요. 하지만 돈은 못 갚아요. 능력이 안 돼요."

말버릇 하고는.

해준은 혀를 찼다.

"근데 생각보다 멀쩡하네요? 몇 십억을 다 때려 부었길래 우리 언니 되게 좋아하는 줄 알았는데."

시현의 말에 해준은 아무런 말 없이 시선을 비스듬히 내렸다. 달래고 다스리는 거다. 자기 연민에 빠져 봤자 구질구질해지는 건 나쁘러. 엄마가 그렇게 죽었어도, 친부가 그렇게 버렸어도, 친부의 아내가 칼을 꽂아도, 사랑에 버림받아도.

"하지만 김해준 씨가 아무리 고마워도 전 서도윤 편이에요."

시현의 말에 커피를 마시기 위해 찻잔을 잡으려던 해준의 손이 허공에서 잠시 멈칫하였다.

"김해준 씨 위험한 사람이잖아요. 언니 결혼은 안정적인 사람이랑 했으면 좋겠거든요."

안정이라.

그래, 그와는 먼 이야기이긴 하다.

"할 말은 다 했나?"

"네."

"일어나지."

시현이 고개를 끄덕이며 핸드백과 파우치를 챙겼다. 해준을 뒤따르려던 시현이 현기증이 나는지 테이블을 짚고 비틀거렸다. 아무래도 데려다줘야겠다 싶어 해준은 시현을 부축했다. 식은땀을 흘리기에 결국 안아서 차로 데려갔다.

누구와는 달리 체구가 작고 지나치게 가벼워 오히려 허전했다.

"최우현 결혼한대요."

생방송 10분 전. 원고를 정리하던 애리가 리포터의 말에 잠시 멈칫했다.

"누구랑? 그 변호사?"

작가가 눈을 반짝이며 되물었다.

주말 밤에 진행하는 연예 정보 프로그램이었다. 다음 주에 기자로 전직하고 편집국으로 옮길 예정이라 오늘이 마지막인.

"아니, 아니, 의사요. 제일 처음 스캔들 났던. 그 잘생긴 변호사가 겁나 들이댔는데 최우현 쪽에서 반사했나 봐요."

기자회견에 동석한 후로 우현의 옆에 있던 변호사, 성일에게도 관심이 쏟아졌다. 매끈한 얼굴과 유창한 언변 탓에 온라인 커뮤니티에 사진이나 영상이 심심치 않게 올라온다고 했다. 변호사 쪽에서 꽤 적극적으로 대시한다는 소문을 들었던 것 같은데. 애리는 관심 없는 척 대화에 집중했다.

"백화점에서 중년 여자랑 그릇 고르고 가전제품 보고 그랬으면 결혼 아니에요?"

"그러게. 혼수 장만하는 거잖아. 운동선수 결혼 빨리하는 게 낫지 뭐. 괜히 남자에 낚여서 도핑이 뭐야 도핑이."

"연애는 김해준이랑 하고 결혼은 소꿉친구 의사랑 하고. 괜찮은 장사네요. 최우현 여우야."

형광펜으로 표시를 하는데 애리의 손이 삐끗해 종이 끝까지 쭉 그어졌다. 소리가 제법 요란해 스튜디오에서 대기 중이던 패널들의 시선이 그녀에게로 고정되었다.

"저 이거 인쇄 좀 다시 해 주세요."

평온한 척 애리는 막내 작가에게 손짓했다.

……그래서였구나. 이제 더 이상 메시지 확인도 안 하는 이유가.

몇 번 엄마의 관절염을 핑계로 병원을 맴돌았다. 동네 병원

파란미디어 도서목록

상상의 경계를 허문다
이야기의 힘을 믿는다

e-mail paranbook@gmail.com
cafe cafe,naver,com/paranmedia
facebook facebook.com/paranbook
tel 02, 3141, 5589 **fax** 02, 3141, 5590

파란

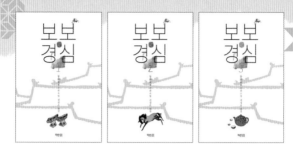

중국 최고의 로맨스 작가 동화 桐華

보보경심 동화 지음 · 전정은 옮김 | 각 권 14,500원(전3권)

중국 120만 부 화제의 밀리언셀러!
SBS 드라마 '달의 연인—보보경심 려' 원작 소설

18세기 초 청나라 강희제 시대로 시간을 거슬러 간
21세기 중국 여성 장효의 사랑과 운명!

장효/마이태 약희
불의의 사고로 300여 년 전 과거로 타임슬립한다. 피로 얼룩질 황자들의 운명을
알고 있는 약희는 비정한 역사의 흐름에 휩쓸리지 않으려 애쓰지만
오히려 점점 깊이 개입하게 된다.

사황자 윤진
카리스마 넘치는 절대군주. 속을 알 수 없는 냉랭함으로 약희를 혼란스럽게 만들지만
약희가 태자와 원치 않는 혼인을 할 위기에 처하자 드디어 움직이기 시작한다.

팔황자 윤사
사고뭉치지만 사랑스러운 약희를 애틋하게 보살피며 약희와의 사랑을 키워 간다.
그러나 권력과 사랑, 둘 중 하나를 선택하길 바라는 약희의 요구에 크게 갈등한다.

© 步步驚心 보보경심

© 大漠謠 대막요

운중가 동화 지음 · 전정은 옮김 | 각 권 13,000원(전4권)

드라마 '운중가' 원작 소설
《대막요》후속작

황궁의 암투와 권력 다툼을 숨 막히게 그려 낸 소설.
대물림되는 오해와 그리움, 슬픔과 격정의 로맨스!

운가
구름처럼 자유분방한 아가씨. 순수하고 장난스럽기만 한 그녀의 인생은
우연인 듯 운명적인 만남에 의해 송두리째 변하고 만다.

유불릉
8세의 나이에 천자를 물려받은 황제. 어린 날 미래를 약속한 운가와 재회한 후
다시는 그녀를 놓지 않으려 한다.

맹각
고상한 분위기에 옥같이 곱고 깨끗한 미남자. 늘 온화한 미소를 띠고 있지만
숨겨진 그늘이 있다. 어릴 때 밝은 빛을 내며 자신을 도와준 소녀를 잊지 못한다.

그 하늘, 그 바다
동화 지음 · 유소영 옮김 | 각 권 11,000원(전2권)

미국 아마존 중국 소설 분야 베스트셀러!
60만 부 판매량을 기록한 화제의 신작

바닷가 고향 섬으로 돌아온 여자와 그 여자 앞에 나타난 비밀스런 남자
그들이 펼치는 아름다운 판타지 로맨스.

새로운 스케일의 이야기가 온다!

◆

화천골 과과 지음 · 전정은 옮김 | 각 권 13,000원(전4권)

100만 독자가 추천한 베스트셀러!
6억 명이 열광한 인기 드라마 '화천골'의 원작소설

그녀는 팔자가 사납고 음기가 너무 강했다.
그녀가 태어날 때 어머니는 난산으로 숨지고 성 안은 이상한 향기가 가득했다.
봄날의 수많은 꽃들이 단숨에 시들어 그녀는 화천골花千骨이라는 이름을 얻었다.

귀신과 요괴에 시달리며 외롭게 자란 소녀, 화천골.
절대 닿을 수 없는 스승 백자화에게 마음을 빼앗기며 가혹한 운명에 맞서다!

화천골
"앞으로는 소골이 함께할게요. 제가 사부님 곁에 있으니, 더 이상 혼자가 아니에요."
기이한 운명을 벗어나기 위해 노력하지만 스승 백자화에게 허락되지 않은 마음을
품게 되면서 스스로 금기의 덫에 몸을 던진다.

백자화
"백자화의 생에 제자는 화천골, 단 한 명뿐입니다."
달빛이 쏟아지는 것처럼 우아하고 초연한 장류산의 상선. 그 누구도 제자로 들이지
않았던 그에게 화천골이 들어오면서 그의 마음속에서도 미묘한 파동이 생겨난다.

가면 되지 왜 군이 이렇게 큰 병원을 가야 하냐는 엄마의 잔소리도 귀에 들리지 않았다. 구차했다. 이렇게까지 해서 접점을 만들려고 하는 게 자존심이 엄청나게 상했다. 그럼에도 불구하고 계속 그렇게 매달린 것은 도윤의 눈빛 때문이었다. 복잡하고 미묘한 그 눈빛. 남자는 그렇게 계속 여지를 남겼고 나는…… 흔들렸지. 무의미한 희망을 품으며.

결국 그렇게 됐구나.

최우현, 그 애와.

애리는 깊은 한숨을 내쉬며 작가가 다시 건네준 큐시트로 시선을 옮겼다.

요즘 가장 핫 한 배우 정희연 마약 혐의 입건이 세 꼭지나 됐다. 유부남 재벌 3세와의 부적절한 내연 관계, 스폰서, 마약, 난교. 한 가지 키워드만으로도 충분히 난리가 날 사건인데 다 모아 놓으니 포털 사이트 실시간 검색어를 다 쓸어 버리고 있는 중이다. 출처를 알 수 없는 지라시에는 A양부터 Z양까지 등장했고 그 재벌 3세는 남성 편력도 상당하다는, 모 호텔 보안팀 요원의 증언이 곁들어지며 온갖 더러운 말들이 나돌았다.

재벌 3세, 남자 쪽은 애리에게도 꽤 익숙하다.

박정한. 런칭 파티에서 우현에게 더럽게 굴던 그 남자.

애리가 준 소스로 기자 선배는 결국 단독 특종을 잡았다. 미리 언질이라도 주지 그랬냐며 떠보자 검찰 쪽에서 엠바고를 요청했다고, 취재원을 보호해야 한다며 자세한 내막은 숨기면서 일이 마무리되면 언제 한번 밥을 사겠다고 인사했다. 국장에게도 애리가 준 정보에 대해 보고했다는 것을 보면 공치사 때문에 숨기는 것 같지는 않았다.

"박정한 이 새끼 때문에 나 주식 완전 망했어요. 대명 다 헐값 됐잖아요."

애리의 옆에 앉아 있던 남자 리포터가 너스레를 떨며 고개를 절레절레 저었다.

"메스암페타민이……."

애리가 말끝을 흐리자 리포터가 웃으며 말했다.

"뽕이요 뽕. 밀수하면 마약사범은 가중처벌이라던데, 마약 파티 하는 거 검찰에서 덮쳐서 현장 체포된 거면 아무리 재벌 3세여도 쉽게 못 빠져나갈 거 같아요. 그나마 변호사가 짱짱하니 불구속 수사지 별 볼일 없었으면 바로 철컹철컹 아닌가?"

"대명 안 그래도 총수 일가 갑질 수습하느라 난리였는데 아들까지 그렇게 됐으니 힘들긴 하겠네요."

"이서규 기자는 단독 어떻게 따 온 거래? 진짜 기자도 아무나 하는 거 아닌가 봐."

애리의 선배, 서규는 정한의 마약 혐의 단독과 함께 서울중앙지검 마약·조직범죄수사부 문형원 검사의 수사 외압 인터뷰까지 따 왔다. 올해 옷 벗고 대명그룹 법무 팀에 들어갈 예정이던 차장 검사 하나가 담당 평검사를 따로 불러 축소 은폐를 지시했다는 서규의 특종 덕분에 지금 법조계도 쑥대밭이었다.

"이 아나운서랑 이서규 기자 친하지 않아요? 뭐 들은 거 없어요?"

"자세한 건 못 들었어요."

리포터의 말에 애리는 적당히 대꾸하며 휴대폰을 만지작거렸다.

"그나저나 박정한은 최우현한테 그렇게 껄떡거리더니 정희연이라니. 꿩 대신 닭, 진통 대신 짭인가?"

데뷔 때부터 꾸준히 '최우현 닮은꼴'로 홍보했던 정희연을 두고 회의실 안의 누군가가 빈정거렸다.

"다행인 거지. 최우현 박정한이랑도 얽혔으면 진짜 재기 불능이야."

"최우현 팬들 사이에선 박정한이 이완용 급 쌍놈이래요."

말소리들, 가벼운 가십과 소문 들이 애리의 귓가를 스쳐 지나갔다. 대본을 읽어도 제대로 머리에 들어오지 않았다. 뇌리에 맴도는 것은 런칭 파티 때 잠시 마주쳤던 해준뿐이었다. 우현의 위험을 감지했을 때 창백해지던 그의 표정이 눈앞에 스쳐 지나갔다. 바늘이 아니라 송곳을 찔러 넣어도 미동 하나 없을 것 같은 남자의 세상이 무너져 버릴 것 같았던 순간, 그리고 맹렬한 분노. 그의 얼굴을 봤을 때의 충격이 아직도 생생하다.

박정한을 둘러싼 수많은 추문이 세상 밖으로 흘러나왔다. 대명그룹은 총수 일가의 사생활일 뿐이라며 선을 그었지만 이미 주가는 폭락했고 온라인상에서는 불매 운동 움직임까지 일었다. 그렇게 공들이던 코스메틱 라인은 사실상 재기 불능이라고 보는 편이 나을 거라고 했던가. 유명 명품 브랜드와의 컬래버레이션도 기다렸다는 듯 줄줄이 취소되었다.

과연 이 모든 것이 우연일까.

애리는 의문이 들었다.

시청역에 있는 프레스 센터에서 기자간담회를 했다. 우현은 대충 보도 자료 돌리고 마무리하면 안 되냐고 투덜거렸지만 언론 플레이를 좋아하는 성일은 굳이 해야 한다고 우겼다.

징계는 결국 6개월로 마무리가 되었다. 적발 시점부터 2개월이 지났으니 앞으로 4개월만 자격 정지였다. 몇 군데 팀에서 영입 제안이 왔고 만나고 싶다는 에이전트도 꽤 있었다. 기사가 날 때마다 지겹다거나 퇴물이라 퇴우현이라는 댓글이 달렸지만 이 정도쯤이야, 하며 웃어 넘겼다.

기자간담회를 마친 후 데려다주겠다는 성일의 제안을 약속이 있다며 거절하고 서울 시내를 좀 걸었다. 청계천 쪽으로 따라 걷다가 일민 미술관이 눈에 들어왔다. 고등학생 때 여기서 시현, 도윤과 와플을 먹었던 것 같은데 그 카페가 지금은 없어졌다.

[언니, 나 디타워 지유가오카 케이크 먹고 싶어.]

때마침 시현에게 문자가 왔다.

이걸 그냥 그때 죽일 걸 그랬다. 우현은 혀를 차며 광화문 우체국 앞에서 교보문고 쪽으로 건넜다.

케이크를 사기 전 서점에 들러 책을 몇 권 샀다. 《마이 웨딩 플래너》, 《예비 신부 가이드》, 기타 등등. 도윤의 어머니가 도와주고 있긴 하지만 그래도 알아 두는 게 좋을 것 같았다. 인터넷을 열심히 검색하고 예비 신부들이 많다는 카페에도 가입했는데 차라리 수능 공부를 하는 게 나을 것 같았다. 이건 너무 어렵고 챙길 것도 많다. 도윤은 대충 하지 뭔 정성이냐며 못마땅해했지만 그래도 마음이 그게 아니니까. 부모님 안 계시다고 무시당하지 않게, 책잡히지 않게 더 번듯하게 챙기겠다며 결심했다.

책을 들고 디타워 쪽으로 움직이는데 제법 무거웠다. 역시, 차를 가져올 걸 그랬다. 뭐하러 차 두 대로 움직이냐며 아직도 포기하지 않고 열심히 들이대는 성일이 거추장스러워 그러자 했는데 짐이 많아지니 좀 불편했다. 아…… 시내에서 주행하기 좋은 작은 차도 한 대 봐 둬야겠다. 장도 봐야 하고 곧 아이도 태어날 테니까 그게 낫겠지. 뭐가 좋을까 하다가 불쑥 근사한 스포츠카를 끌고 나타나던 한 남자가 떠올라 고개를 절레절레 저었다.

결국 집을 내놨다. 멀지 않은 곳에 있는 방 세 개짜리 아파트를 봤다. 이 정도면 되겠지, 하는 그녀의 물음에 도윤은 어깨를 다독거리며 고개를 끄덕였다. 아빠가 직접 지은 집이라 아쉬움이 컸지만 시현도 없는 집에 홀로 남는 것은 어쩐지 울적해져 밤마다 많이 외로울 것 같았다. 집을 잘 관리해 줄 것 같은 노부부에게 시세보다 조금 올려 받아 팔았다. 깔끔하게 잘 관리했다며 부동산 아줌마가 칭찬해 줬다.

케이크를 샀다. 새빨간, 매혹적인 버건디 케이크. 커피와 허브티는 집 근처 카페에서 사기로 하며 택시를 잡기 위해 두리번거렸다. 무심결에 사거리 맞은편에 있는 호텔이 눈에 들어왔다. 저기였지, 아마. 따뜻했던 남자의 체온이 떠올라 우현은 잠시 웃었다. 그땐 마음이 너무 허했다고, 남자의 유혹에 손쉽게 넘어갔던 자신에게 변명해 봤다.

순간, 순간 아주 사소한 것에서도 그를 떠올린다. 혹시나 미쳐서 연락을 할까 봐 해준의 번호도 지웠다. 지우고 나니 다행히도 그의 연락처가 떠오르지 않았다. 머리 나쁜 게 이럴 땐 도움이 된다.

며칠 전, 도윤은 해준에 대해 털어놨다. 해준은 우현을 자신과 만나기 전으로 돌려놓고 싶어 했다고 한다. 자신을 만나기 전의 상태로, 다른 스트레스 없이 재기에만 몰두할 수 있는 환경을 만들어 주고 싶으니 도윤에게 도와 달라고 머리를 숙여 부탁했다고. 타인에게 부탁이라는 걸 하는 김해준이라니 상상이 되지 않았다.

서늘한 가을바람이 우현의 목덜미를 스쳐 지나갔다. 하늘이 주홍빛으로 서서히 물들었다. 해가 짧아지긴 했다. 여름이, 벌써 이렇게 가 버렸구나. 두 달짜리 한 계절 연애가 이제 완전히 가려 하는구나 싶어 섭섭하다.

헤어지자고 하기 전에, 사랑한다고 말할 걸 그랬다.

아니, 아니다. 그랬다면 미련이 있어 보였을 거야.

그래도 말을 못 한 게 못내 마음에 걸린다.

안 그런 척한 거지, 나 사실 너 조금은 좋아했다고.

조금.

아주 조금.

이렇게 이따금 널 떠올릴 만큼은 사랑했다고.

가을이다.
여름이 끝났다.

르미즈 Remise

두 번째 공격 동작

"가방 오른손으로 들어 주세요. 상표 잘 보이게 이쪽 방향으로요."

스타일리스트의 말에 우현은 고개를 끄덕였다. 벤으로 이동해 인천 공항에 도착한 지 30분. 빨리 들어가서 면세점 구경하고 싶은데 아직 대기 중이었다. 그냥 들어가면 안 되냐니까 기자들한테 도착 시간을 오후 5시로 통보했다고, 아직 15분 더 기다려야 한단다.

우현이 팔을 내밀자 스타일리스트가 벨벳 박스에서 시계와 팔찌를 꺼내 채워 주고는 트렌치 소매를 두 번 접어 모양을 만들었다. 다음은 귀걸이. 한쪽만 할 거란다. 근데 귀걸이가 휴대폰만하다. 귀 찢어질 거 같다고 우현이 투덜거리자 스태프가 자기는 이거 하고 싶어도 못 한다며 달랬다. 점심부터 이 난리였지만 정작 사진 찍히는 것은 5분 남짓. 우현은 출국 수속만 마치면 라운지로 뛰어 들어가서 옷부터 갈아입겠다고 결심했다.

새로운 에이전트와 계약을 했다. 우현의 요구 조건은 최대한 운동에 지장 주지 않는 선에서 광고나 화보 등 행사에 참여하겠다는 것. 정 실장과 일할 때는 훈련이나 몸 컨디션에 따른 스케줄 조정을 배려받지 못해 스트레스를 많이 받았지만 새로운 에이전트는 그쪽으론 말이 잘 통했다.

우현은 정 실장을 상대로 소송을 제기했다. 배상받으면 후배들을 위한 장학금으로 기부하고 싶었는데, 정 실장이 탈세 혐의로 검찰에 들락거린다고 한다. 윤 변호사는 승소해도 돈을 못 받을 수도 있다고 설명했고 우현은 그건 그거대로 좋을 것 같다고 생각했다. 적어도 이 바닥에서 발 못 붙이게 한다면 그 나름대로 의미가 있겠지, 긍정적으로 바라보는 중이었다.

해외 화보는 잡아먹는 시간이 많아 거절하고 싶었는데 유방암 핑크 리본 캠페인의 일환이라 하기로 했다. 덕분에 지금 다른 스태프는 핑크색 패턴 스카프를 가방 손잡이에 멋들어지게 감고 있는 중이다.

"촬영 변동 사항은 없죠?"

우현의 질문에 태블릿 PC를 보고 있던 에디터가 미묘하게 웃으며 말했다.

"기대하세요. 최고의 스태프로 꾸려졌어요. 리조트도 선별했거든요. 요즘 날씨도 좋아서 프라이빗 비치가 정말 예쁘더라구요. 저희 의상 액세서리 전부 최고로 챙겨 왔어요!"

허풍이 심한 타입은 아니었는데 오늘따라 에디터의 오버가 과했다. 우현이 의아한 얼굴로 눈을 깜빡이는데 메이크업 아티스트가 화장을 점검하자며 그녀의 턱을 잡아 자신 쪽으로 돌렸다. 헤어 담당이 바람이 분다며 세팅한 머리에 스프레이까지 뿌리고 나니 이제 남은 시간은 5분. 잠깐 짬이 나자 우현은 휴대폰을 만지작거리며 메시지를 뭐라고 보낼까 고민했다. 처음 만나러 나가면서 기선 제압하겠다고 큰 소리쳤는데 제압당하는 바람에 다 망했다.

[5일 동안 외국 나갑니다. 시현이 잘 부탁합니다.]

메시지를 입력한 우현은 잠시 생각에 잠겼다. 이게 뭐라고 이렇게 어렵고 불편한지 모르겠다.

그때, 경호원이 창문을 똑똑 두들기며 내릴 준비를 하라는 신호를 했다. 스태프가 살짝 열린 창문으로 준비 끝났다고 하자 밖에서 벤의 문을 열었다. 우현은 재빨리 전송 버튼을 누르고 휴대폰을 가방에 넣었다. 자신을 향한 수십 대의 카메라. 그녀는 아찔하게 높은 하이 힐로 출국장을 걸으며 생각했다.

빨리 공항 런웨이 한판 하고 라운지 가서 뭐라도 퍼먹어야지.

"정말 아니야?"

동기의 질문에 도윤은 얼굴을 구겼다. 아니라고 다섯 번을 말한 것 같은데.

"아, 알았어. 아니라니까 믿어야지. 응. 아니야. 아닌 거 같아."

그러다가 또다시.

"근데 애 아빠는 어디 가고 네가 데려와?"

"……나, 아니라고."

"아니, 너 최우현이랑 결혼한다고 소문 다 났는데 갑자기 임산부 데려다가 접수시키니까 이상하잖아."

"걔 동생이고 사고 쳤어. 애 아빠는 지금 오는 중인데 길이 막히고. 저딴 거 줘도 안 가지니까 엮지 마."

도윤이 인상을 찌푸리며 빠른 속도로 말했다.

"아아, 속도위반."

그때서야 산부인과 동기가 고개를 끄덕였다. 적당히 하면 될 걸 특진까지 넣어 주고 그러기에. 아, 그러고 보니 최우현이랑 닮았네. 동기가 중얼거리며 사라졌다.

도윤은 굳은 얼굴로 의자에 앉아 있는 시현을 보며 깊은 한숨을 내쉬었다. 나 한국이라고, 사정이 있어서 미국에 안 갔다고, 잠깐 보자고 할 때부터 감이 좋지 않았다.

보자마자 최시현답지 않게 주절주절 말이 많아 이상했다. 생전 단둘이 만나자고 하는 일이 없던지라 더더욱. 느낌이 안 좋아 몰래 메시지를 보내 우현을 불렀다. 지금 자기 인생에 고마운 사람 TOP 3를 만나는 중이라나. 우리 언니만큼은 아니지만 오빠한테도 고맙고 미안하다는 최시현답지 않은 소릴 했다. 이상한 건, 그럼 자신과 우현 말고 다른 한 사람은 누구냐니까 그냥 얼버무렸다. 어쨌든 그럴 거면 평소에 잘하라는 도윤의 빈정거림에 시현은 맞다고, 다 자기 잘못이라며 엉엉 울다가 헛구역질을 해서 산통을 깼다. 매번 화려하게 네일을 하고 염색한 머리는 뿌리 나오는 걸 못 참던 성격이 어째서 저러고 나왔나 했더니. 시현이 헛구역질하는 순간 도윤의 불길한 예감은 현실이 되었다.

임신했다고.

환장하겠다는 말은 이럴 때 쓰라고 만든 게 분명하다.

뒤늦게 도착한 우현이 시현에게 물었다.

'애 아빠는 임신한 거 알아?'

'아니.'

'남자 친구야?'

'아니.'

'한국 사람?'

'응.'

'유부남?'

'언니 미쳤어? 아니야!'

우현은 미친 건 내가 아니라 너라는 소리와 함께 시현을 집에 끌고 가 온몸의 털을 다 밀어 버리겠다고 날뛰었다. 가슴까지 오는 시현이 머리가 어깨에 살짝 닿는 단발이 되어 버린 것은 아마도 최우현 짓일 것이다.

도윤은 얌전히 앉아 있는 시현에게로 다가갔다.

"애 아빠는 왜 아직도 안 나타나? 너 소박맞은 거 아냐?"

"아니거든. 출장 간 거거든. 공항에서 출발했다고 톡 왔단 말야."

시현이 도윤을 흘겨보며 입을 삐죽 내밀었다.

아르바이트하던 건축 사무소에서 만났다고 한다. 애 아빠를 만났던 우현 말로는 의외로 멀쩡하다고, 그리고 무섭다고. 처음엔 제부니가 막 대할 거라고 의기양양하게 나갔던 우현은 주구장창 '네'만 하고 왔다고 자존심 상해했다. 서른다섯 살, 사회생활 할 만큼 한 남자를 운동만 하고 산 최우현이 이길 수 있을 리 없었다. 뒷목 잡고 불을 뿜더니 시간이 지나자 터무니없이 긍정적인 최우현은 애 아빠 알고, 유부남 아니고, 결혼한다니까 된 거 아니냐며 차라리 저걸 보내 버려야 내 인생이 자유로워질 것 같다는 소릴 했다. 그래, 그건 맞는 말이다.

"어? 왔다."

시현의 말에 도윤은 무심결에 고개를 돌려 산부인과의 입구 쪽을 바라봤다. 훤칠한 키, 건장한 체격의 정장 차림 남자가 시현을 보고는 걸어오고 있었다. 말로만 들었을 땐 우현이 오버한다고 생각했는데 도윤은 왜 그녀가 겁먹었는지 알 것도 같았다. 뚝뚝 흐르는 냉기와 체격에서 오는 위압감. 최시현 정도 되는 불여시도 능숙하게 감당할 법한 타입.

"늦었습니다. 죄송합니다."

남자가 도윤을 향해 깍듯하게 목례를 하며 말했다.

"아닙니다. 진료 전에 오셔서 다행이네요."

도윤은 일이 있어서 같이 있어 주진 못한다며 짧은 인사와 함께 복도로 걸어 나왔다.

며칠 전 우현은 술에 취해 도윤의 어머니에게 괜찮은 사람 같다고, 다행이라며 눈물을 글썽였다고 했다. 너무 오냐오냐하기만 한 네 잘못이 크다는 어머니의 질책에 맞아요, 하다가도 그래도 세상에 가족은 쟤밖에 없지 않냐며 웃었다고, 남자 잘 못 만났다가 이러고 있는 나보단 낫지 않냐는 소릴 할 땐, 웃고 있지만 좀 쓸쓸해 보였다고. 아직도 저런 말을 하는 게 김해준을 잊지 못해서라는 걸 알기 때문에 도윤도 속이 썼다.

[미리 말씀 못 드려서 죄송해요ㅠㅠ]

우현은 비즈니스석 통로에서 아마도 에디터가 앉아 있을 이 코노미석 쪽을 바라보며 인상을 찌푸렸다.

묻는 말에 대답은 안 하고 허풍을 떤다 했더니……. 사람 그렇게 안 봤는데…….

"안 앉아? 다른 승객들 불편해 보이는데."

해준의 목소리에 퍼뜩 정신을 차린 우현은 애써 표정 관리를 하며 그를 지나 창가 쪽 자신의 좌석에 앉았다. 그러곤 창가 쪽으로 비스듬히 몸을 돌렸다. 하필이면 옆자리가 김해준일 건 또 뭐람.

[비체르스카야 작가님이 떡볶이 먹고 배탈 나서 비행기 못 탔다고ㅠㅠ 같은 갤러리 동료 소개 준다는데ㅠㅠ 그게 김해준 작가인 거예요ㅠㅠㅠㅠ 일정은 안 되고 그렇다고 그 정도 급 되는 작가 다시 섭외하기도 힘들고ㅠㅠㅠㅠ 죄송해요ㅠㅠㅠㅠ 절 남태평양에 수장하셔도 좋아요ㅠㅠ]

떡볶이. 배탈. 이유도 참 치졸하다. 우크라이나 사람이 갑자기 떡볶이는 왜 먹었단 말인가.

[김 작가님이 나쁘게 헤어진 거 아니라고 괜찮다고 하셨는데ㅠㅠ]

누구 마음대로 나쁘게 헤어진 게 아닌 거지. 우현은 최악으로 나빴다. 그냥 읽고 씹어 버려야 이 사람 마음이 더 불편하겠지 싶어 우현은 얼굴을 확 구기며 메신저를 닫았다.

"오랜만."

입술을 꾹 깨무는데 해준의 목소리가 들려왔다. 자는 척을 할까 했는데 창에 얼굴이 비쳤다. 비즈니스석이라 의자 간격이 좀 먼 데도 바로 귓가에 말하는 것처럼 그의 음성은 또렷했다.

"아, 응."

볼 것도 없으면서 휴대폰에 시선을 떼지 않고 무뚝뚝하게, 무성의하게 대꾸했다.

"콘티 약간 수정됐어. 참고해."

해준이 우현을 향해 태블릿 PC를 내밀었다. 잔뜩 의식한 사람 민망하게 그는 아무렇지도 않아 보였다.

비행기가 이륙하고 처음 몇 시간은 괜히 긴장해 기내식도 제대로 먹지 못했다. 화장실 가는 척 보니 해준은 책을 읽다가 잠이 들었는지 눈을 감고 있었다. 차분하고 평온해 보여 괜히 심술이 났다. 그래 너는 잠이 오는구나. 좋겠다. 좌석으로 들어가면서 괜히 그의 발끝을 툭, 건드려 봤다. 잠깐 깨는 것 같더니 해준은 안대까지 꺼내 쓰고 좌석을 완전히 뒤로 젖히며 다시 잠을 청했다. 불면증 있다더니 일곱 시간 내내 잘 건가. 잠들었으니 모르겠지 싶어 우현은 해준의 방향으로 몸을 돌렸다.

그 역시 우현의 방향으로 몸을 모로 세우고 있었다. 좌석을 뒤로 젖힐까 하다 그럼 잘 안 보일 것 같아 관두었다.

다만 커다란 비즈니스 좌석에 가려 얼굴은 보이지 않았다. 담요를 덮고 있는 몸의 굴곡과 살짝 나온 오른손만 보일 뿐이었다. 길쭉하고 매끈한 손가락. 검지 끝에 종이에 베인 것 같은 상처가 눈에 들어왔다.

순간, 해준이 몸을 움직이며 뒤척였다. 담요가 흘러내리며 남자의 어깨와 팔의 근육이 모습을 드러냈다. 그가 몸을 움직일수록 셔츠가 당겨지며 이미 그녀는 알고 있는 남자의 몸이 더 적나라하게 보였다. 안대 꼈으니까 훔쳐보는 거 모를 거야. 우현은 대담하게 그를 눈에 담았다.

단단하고 섬세한 근육이 물결치듯 어깨에서부터 팔, 손목으로 이어졌다. 펄떡이며 툭 튀어나온 핏줄이 시선을 사로잡았다. 손목을 감싸고 있는 시계는 섹시하면서도 흐트러지지 않는 단정한 느낌을 주었다.

카메라 셔터 위에 가지런히 올라가 있던 그의 손가락을 넋 놓고 보고 있던 적이 있다. 세팅을 바꿀 때마다 달라지는 사진의 느낌이 신기해서 이따금 카메라를 만지던 남자의 손이 생각이 났다. 특히나 기계를 다룰 때의 남자는 익숙하면서도 예민하고 날카로워 보였고 그 모습은 말도 못 하게 자극적이고 야했다.

갑자기 몸에 열이 오르는 느낌이 들어 우현은 몸을 꼼지락거리며 담요를 어깨까지 끌어올렸다. 반쯤 보이는 몸만 보고도 이러고 있다니, 헤어지자고 한 건 우현 자신인데 너무 질척거리는 것 같아 기분이 별로다.

시현이 그랬다. 3개월이면 다 잊힌다고. 하지만 3개월 지나도 못 잊겠으면 그냥 포기하라고. 그렇게 포기하고 시간이 흘러가다 보면 생각나는 주기가 점점 길어질 거고 그러다 보면 결국엔 이름도 기억 안 나는 순간이 올 거라고.

그 조언을 가슴에 담고 견디고 있었는데 애석하게도 시현의 말은 개뻥으로 판명되었다. 시현이 사귄 것도 아니라는 그 남자, 잊겠다고 아이 지우고 미국 가려고 했는데 계속 생각이 나서 망했다고, 병원도 못 가겠고 비행기도 못 타겠더라고 눈물 바람 하는 걸 보며 우현은 내 마음도 내 마음대로 안 되는구나 싶어 속상했다.

하루는 안 봐도 살 것 같다가, 또 하루는 보고 싶어서 눈물이 나다가, 또 다른 하루는 그래도 안 본다는 것에 익숙해지는 요즘이었는데.

그래도 조금은 의식해 주면 안 되나, 너 너무 아무렇지도 않은 것 아니니. 야속해하다가 우현은 다시 생각을 고쳐먹었다. 해준의 성격이라면 구질구질, 질척거리는 거 세상에서 제일 싫어할 것 같다. 묘하게 냉정한 구석이 있으니까.

'우리 결혼하자.'

도윤의 낮은 목소리가 귓가를 스친다.

'널 다 아니까, 차라리 내가 낫지 않을까.'

맞아. 너랑 결혼하면 편할 거야.

그런데 이런 마음으로 그게 맞을까.

우현은 억지로 눈을 감고 잠을 청했다.

발리에 도착하면 에디터한테 화부터 낼 거다.

옆자리에서 뒤척이는 움직임이 잦아들자 해준은 안대를 빼고 몸을 일으켰다. 고개가 불편하게 꺾여 있는 우현을 보곤 혀를 차며 시트를 뒤로 젖혀 주었다. 공항 사진에는 메이크업도 짙고 화려한 원피스를 입고 있었는데 라운지에서 전부 지우고 갈아입었는지 민얼굴이었다.

흘러내린 담요를 우현의 어깨 끝까지 덮어 주는데, 옅은 오렌지 향이 코끝을 스쳤다.

해준은 무표정한 얼굴로 몇 초쯤 잠이 든 그녀를 내려다보고는 승무원에게 물 한 잔을 청했다. 알약을 집어삼키고 시트를 세우고 앉아 태블릿 PC를 켰다. 오늘 아침에 발리에 가는 게 결정됐고 급하게 짐을 싸 공항으로 와야 했다. 그 바람에 엘레나가 보내 준 자료를 반도 체크하지 못했다.

촬영지의 사진과 의상을 확인하는데 옆자리 승객이 보고 있는 신문에 눈길이 갔다. 1면 탑뉴스는 황수영의 혐의가 8개에서 15개로 늘었다는 기사였다. 담당 검사는 유진의 죽음에 대한 재수사도 시작될 거라고, 살인 교사까지 추가된다면 아마 옥사하는 게 빠를 거라며 자신 있어 했다.

그런데 왜 하나도 기쁘지 않을까.

결국 이재선이 대선 불출마를 선언한 날도, 여론의 압박에 밀린 성한그룹에서 결국 아트센터에 걸려 있는 유진의 그림을 국립현대미술관에 기증했을 때도 감정의 파동은 그저 그랬다.

해준은 읽는 둥 마는 둥 했던 책을 다시 펼치다가 옆자리의 그녀에게로 시선을 던졌다. 잠이 든, 여자.

……결혼이라.

키가 크고 몸매가 늘씬해 갈리아 라하브 같은 과감한 백리스 디자인의 웨딩드레스도 잘 어울릴 것이다. 섹스할 때 뒤에서 바라본 여자의 등과 엉덩이 라인은 말로 표현하기 힘들 정도로 아찔했지.

해준은 조소했다.

며칠 전, 한 여자와 마주쳤다. 8시 메인 뉴스의 초대석 때문에 방송국을 방문했을 때였다.

최근 해준이 속한 갤러리 그룹에서 진행 중인 글로벌 캠페인을 소개하는 자리였다. 문턱을 넘기가 어렵다고 소문난 팀에 아시아권 작가로는 유일하게 해준이 속해 큰 화제가 되었고 한국에서 시작된 아시아권의 전시는 중국과 홍콩, 일본 등에서도 큰 성공을 거두었다. 여성과 아동 등 사회적 약자에게 행해지는 차별 등 다양한 인권 문제를 건드리는 전시 내용 때문에 논쟁도 상당했지만 팀에선 그 자체가 성공이라며 분위기가 좋았다. 이참에 그 잘생긴 얼굴 이용해서 여기저기 인터뷰도 하고 방송 출연도 하라며, 그래야 우리 캠페인이 더 글로벌해지지 않겠냐고 놀리는 동료도 있었다.

방송이 끝난 후 앵커는 그에게 우현에 대해 운을 떼었다.

'김 작가님과 저, 초면 아니에요.'

기억력이 좋은 편이라 힘들었는데 놀랍게도 해준의 머리에 그 앵커, 애리의 얼굴은 없었다.

'그날…… 우현이 위험했던 그 런칭 파티에서 마주쳤었어요.'

없을 만하다. 제정신이 아니었으니까.

'박정한 사건 단독 터트린 기자한테 정보 준 거 저예요.'

이서규 기자가 말했던 후배가 그 여자였나 보다.

'최우현, 서도윤과 결혼한다는 말 나오는 건 알고 있어요?'

아나운서 출신이라더니 발음이 너무 좋아, 내용과 여자의 목소리, 어조, 억양, 모조리 다 해준은 마음에 들지 않았다.

그때, 현실의 여자가 몸을 반대 방향으로 돌려 누웠다. 흰 티셔츠가 흘러내려가며 여자의 곧게 뻗은 쇄골과 어깨가 해준의 시야에 들어온다. 저 옷 속엔 그 아찔한 속살이 숨어 있겠지. 지나치게 빼어난 상상력이 발휘되며 서도윤의 얼굴이 떠오르자 순간 맹렬한 질투가 심장을 스쳤다.

해준은 저도 모르게 꽉 주먹을 움켜쥐었다. 뜻밖의 장소에서 뜻밖의 소식을 들은 후 단 한숨도 자지 못했다. 한없이 예민해져 금방 찌르면 터질 것처럼, 몸속에 폭탄을 품고 있는 것 같다.

넌 모르겠지. 내가 어떤 마음으로 이 비행기에 탔는지.

작정하고 유혹할 생각이다. 꿈에서도 나밖에 보이지 않도록. 확률은 따지지 않기로 했다. 원점으로 돌아간 것일 뿐. 그래서 파혼하면 좋은 거고 그럼에도 불구하고 결혼을 강행하겠다고 하면…….

스스로가 짐승 같단 생각이 든다. 태어나 처음 본 상대에게 맹목적으로 길들여진, 결코 그 곁을 떠날 수 없게 된 짐승. 내 심장에 이 여자가 개처럼 목줄을 채운 것은 아닐까 의심이 든다.

그는 사나운 눈빛과 날카로운 발톱을 숨기며 그녀를 바라보았다.

넌 내 주인.

그리고 먹잇감.

먼 곳에서 보이는 바다가 손끝에 묻어날 것처럼 새파랗다. 창으로 들어온 바람에 소금기가 묻어 있다. 얌전히 메이크업과 헤어 수정을 받고 있던 우현은 크게 숨을 들이마셨다. 바다 냄새. 기분이 좋다.

해외 일정 때문에 빼앗기는 훈련 시간과 어쩌다 마주친 해준이 신경 쓰이지만 확실히 나오니까 좋긴 했다. 가을 황사 때문에 우중충한 서울에 있다가 발리에 오니 시력이 좋아지는 기분이었다. 푹신한 침대에서 눈을 뜨고 몸을 돌리면 아름다운 발리의 비치가 한눈에 들어왔다. 이래서 여기로 허니문을 많이 오나. 안정기에 접어들기 전까지는 신혼여행은 꿈도 못 꾼다며 나 대신 사진 많이 찍어 오라는 시현의 한탄이 생각나 우현은 슬쩍 미소를 지었다.

마지막으로 바다를 보러 갔던 게 언제인가 가늠해 보다가……그만두었다.

제주도. 해준과 갔던 게 마지막이었다.

"최우현 씨, 인상 쓰지 마시라니까요."

그나저나 메이크업 애는 왜 이렇게 틱틱거린담. 모델처럼 늘씬하고 예쁘게 생겼는데 계속 까다롭고 뾰족하게 군다.

"10분 후에 촬영 시작하겠습니다."

포토 어시스턴트가 창문을 살짝 두들기며 말했다. 우현은 소리가 난 곳으로 시선을 돌렸다. 유리문 밖에선 가벼운 옷차림의 해준이 구도를 확인하고 장비를 세팅하며 스태프들과 대화를 나누고 있었다. 정말 미련이 조금도 남아 있지 않은지 너무나 평온한 김해준 작가의 프로페셔널한 자세 덕분에 촬영은 이렇게 수월하게 끝날 것 같았다. 다들 어찌나 쿨하신지 이 죄를 자기 목숨으로 갚기 위해 남태평양에 뛰어들겠다고 공헌한 에디터는 역시 김 작가님이 우현 선수 많이 찍어 봐서 잘 아시나 보다, 라는 아부를 떨었다.

유방암 캠페인 화보라고 죄다 가슴을 강조한 의상뿐이다. 그리고 마지막은 상반신 누드. 이건 엘레나 뭐시깽이라는 여자 사진작가가 작업한다고 해서 OK했던 부분인데 다시 무르고 싶다. 물론 여기서 최우현 누드 제일 많이 본 게 김해준이라곤 하지만. 그래서 가장 위험하다. 난 하나도 안 쿨한 사람이라 이건 도핑 테스트보다 더 굴욕적이야.

비키니 위에 붉은색 랩드레스를 입었다. 허벅지가 다 보일 정도로 파여 있어서 입으나 안 입으나 별 차이가 없어 보였다. 스타일리스트는 우현의 가슴을 한껏 모으고 매듭은 느슨하게 묶고는 만족스러운 듯 고개를 끄덕였다.

문제는 콘티다.

"저 수영 못 하는데요."

우현은 콘티의 가장 마지막 장을 내밀며 에디터에게 단호한 어조로 말했다.

"그냥 누워서 둥둥 떠 있기만 하면 돼요. 이거 드레스 패턴이 화려해서, 물 안에서 퍼지면 예쁠 거예요. 촬영하고 그래픽도 입힐 건데…… 이 컷이랑 마지막 상반신 누드가 이번 촬영 제일 포인트예요. 옆에 여기 리조트 안전요원 대동할 거구요."

"이전에는 없던 컷이잖아요. 누드까진 뭐, 뒷모습이고 취지가 그렇다니까. 그런데 갑자기 포터도 바꾸고 이런 요구 하시면 곤란하죠."

어지간하면 다 들어준다는 우현이 삐딱선을 타자 에디터는 물론 스태프들 모두 당황한 기색이 역력했다.

"우현 선수, 이게 김 작가님이……."

"전 안 할 거니까 작가 양반 설득하세요."

우현이 해준 쪽으로 고갯짓을 하고는 어깨를 으쓱했다. 에디터가 당혹스러운 얼굴로 한숨을 쉬고는 인피니티 풀 쪽에서 촬영 준비를 하고 있는 해준에게 다가가 무어라 설명을 한다. 그 역시 단호한 얼굴로 고개를 젓는다.

기싸움을 하시겠다 이건가. 우현 또한 져 줄 생각이 없었다. 수영 못 하는 거 알면서, 제주에서도 계속 물속에서 겁먹었던 거 뻔히 알면서 저러는 건 명백한 심술이다.

그때였다.

"대충 찍지 왜 쓸데없는 걸로 버텨, 짜증 나게. 지금 몇 명이 고생하고 있는데. 촬영 딜레이되면 쉬지도 못하잖아."

누군가가 들으라는 듯 투덜거렸다. 우현은 목소리가 들린 곳으로 시선을 옮겼다. 아까부터 묘하게 무례하게 굴던 메이크업 스태프였다. 또 다른 스태프가 그만하라는 듯 그녀를 쿡쿡 찔렀지만 그만둘 생각이 없어 보였다.

"맞잖아. 김 작가랑 작업하고 싶은 사람 널리고 깔렸는데 지가 뭐라고. 오만 스캔들에 도핑 사고까지 쳐 놓고 불러 주면 감사합니다 절해야 할 판 아냐? 김 작가랑 헤어져서 그래? 촌스럽게 사귀다가 헤어진 거 가지고 뭐 저렇게 유난이야?"

소란을 눈치챘는지 어시스턴트와 상의를 하던 해준 역시 작업을 중단하고 이쪽을 주시했다.

우현은 한숨 섞인 목소리로 입을 열었다.

"나 들으라고 한 말 같은데."

앉아 있던 우현이 천천히 자리에서 일어나 메이크업 스태프에게로 다가갔다. 매니저가 우현의 앞을 가로막으며 말리려 했지만 소용없었다.

"너 묘하게 말이 짧다?"

우현이 그녀를 바라보고 웃었다. 그러자 여자가 발끈하며 받아친다.

"나 너보다 나이 많거든?"

그 대꾸에 아아, 하면서 우현이 고개를 끄덕이고는 픽, 웃어 버렸다.

"꼰대도 아니고 무슨 나이 타령이야."

그러면서 우현은 살짝 몸을 굽혀 그녀의 어깨를 짚고는 귓가에 속삭였다.

"왜, 김해준 꼬셨는데 안 넘어와?"

메이크업 스태프가 자신의 어깨를 짚고 있는 우현의 손을 뿌리쳤다. 얼굴이 붉어지고 인상을 쓰는 꼴이 맞나 보다.

"죄송해요, 우현 선수. 제가 사전에 조율을 잘 했어야 했는데……."

분위기가 험악해지자 에디터가 뛰어와 메이크업 스태프와 우현 사이에 끼어들며 말했다. 우현은 한쪽에 놓인 비치 타월을 챙겨 어깨에 걸치며 말했다.

"난 몸이 재산이라 내 안전이 최우선이에요. 그리고 더 이상 사전에 합의되지 않은 요구 익스큐즈 못 하겠어요. 제대로 설명도 안 하고 촬영 스태프들 기다리니까 빨리하라는 거 협박 같거든. 민재 씨, 정리되면 불러 줘요."

우현은 매니저에게 말하곤 짐을 챙겨 촬영차 빌린 풀빌라를 빠져나갔다. 순간, 풀빌라의 기둥에 기대 팔짱을 끼고 있는 해준과 눈이 마주친 것 같은 착각이 들었다. 이게 다 자기 때문인데 관망하는 듯한 태도가 괜히 짜증이 난다.

후회가 스친다.

역시 비행기에서 김해준을 보는 순간, 도망치는 게 맞았다.

[오늘 촬영 접기로 했어요. 그 메이크업 스태프 울고불고 자기 한국 간다고 난리 부렸어요. 짐 싸는 거 에디터가 간신히 말렸나 봐요.]

알게 뭐람. 매니저의 메시지를 보고 우현은 입을 삐죽 내밀고 맥주를 들이켰다.

[무명 모델이었는데……. 먹고살려고 메이크업 일 시작한 사람이라 여러 가지로 쌓인 게 많았나 봐요.]

쌓인 게 많으면 남한테 막말해도 된답니까!

우현은 인상을 찌푸리며 휴대폰을 핫팬츠 뒷주머니에 찔러 넣었다.

숙소에서 혼자 뒹굴거리고 있는데 발리까지 와서 이러고 있는 게 너무 분하고 억울해 비치에 나왔다.

기쁘게도, 아니, 슬프게도 발리의 선셋은 황홀했다. 새파란 바다가 금빛으로 물드는 시간. 여유롭게 비치에 앉아 맥주를 마시고 대화를 나누는 커플이 제법 많이 보인다. 혼자 궁상떠는 사람은 우현 자신뿐인 듯싶었다.

애초에 김해준이 나타나지 않았으면 모든 것이 평화로웠을 휴식인데, 이제 간신히 마음 정리가 된 것 같은데 이럴 때 또 불쑥.

남자의 얼굴을 떠올리자 갑자기 속이 답답해 맥주 한 병을 다 비워 버렸다. 그리고 또 한 병을 따는데 먼 곳에서 웨딩 스냅 촬영을 하는 커플이 눈에 띄었다. 바람에 날리는 흰 원피스를 잡고 행복하게 웃는 신부와 다정하게 그녀의 어깨를 감싼 신랑. 허니문의 성지이긴 한가 보다. 시현이 자기는 뗬다고, 언니는 꼭 발리나 하와이에서 스냅 찍으라고 신신당부하던 게 기억난다. 그렇게 하고 싶은 게 많았는데 왜 사고는 쳤나 모르겠다.

적당히 올라온 취기에 볼이 붉어진 게 느껴졌다. 그래, 사람

인생은 모르는 거라고 여기서 완전 잘생기고 멋진 남자랑 우연히 마주치고 사랑에 빠지게 될지도 모른다. 그렇게 생각하니 괜히 기분이 좋아 우현은 맥주병을 챙겨 들고 조금 더 가까이 바다 쪽으로 걸었다. 풍성하고 따뜻한 바람이 불어와 몸을 감싼다. 낮은 파도가 몰려오며 발가락 사이를 간질인다. 발에 감기는 폭신한 감촉이 기분 좋다.

우현은 휴대폰 카메라를 꺼내 모래에 묻힌 자신의 발 사진을 찍었다. 그래도 발리인데 페디큐어는 해야 하지 않겠냐며 시현이 권했을 땐, 괜히 해준이 생각나 거절했다. 자신의 발을 감싸 쥐고 한없이 집중해 페디큐어를 발라 주던 김해준이 생각나서.

하지만 결국 했다. 하길 잘한 거 같다.

파도가 복사뼈를 훑고 지나갈 때는 저도 모르게 야릇한 기분이 든다.

사진을 몇 장 찍어 시현과 도윤의 어머니에게 전송했다. 소녀 감성의 도윤 어머니에게선 하트 이모티콘과 함께 힐링하고 돌아오라는 메시지가 왔다. 시현은 아직 읽지도 않았고……. 도윤에겐 보낼까 말까 잠시 망설였다.

'우리 결혼하자.'

역시, 안 보내는 게 나을 것 같았다.

그에게로 도망간다면 분명 마음은 편할 거다. 불같은 사랑, 절실한 마음은 아니지만 서로에 대해 잘 아니까 평화롭게 예쁘게는 살 수 있을 것이다. 함께 영화를 보고, 여행을 다니고, 아이를 낳고, 가정을 꾸리고. 부모님처럼 자매를 보살펴 준 시부모님과 행복하게.

……말했잖아. 난 네가 내 오빠거나 쌍둥이였으면 좋겠다고.

도윤과 키스를 나누고 섹스를 하는 상상을 해 봤다. 서로 입술을 맞대고 혀를 섞고 숨결을 나누고. 내 가슴을 내주고 몸을 열어 주고 세상에서 가장 부끄러운 곳까지 침입을 허락하고.

'못 하겠어.'

'왜?'

'근친상간 같잖아.'

우현의 대답에 도윤은 어이가 없다는 얼굴이었다.

그냥 자신에게로 도망쳐도 된다는 그의 말에 아직은 참을 만하다고 답했다. 일단은 다른 것보다 복귀하는 것에만 집중하고 싶어서, 혹시 그러다 국제 경기라도 나가서 내 운명의 남자를 만날 수도 있다고 허세를 떨었다.

다만 최우현도 사람이라 마음이 열 갈래로 흔들린다.

그때, 주머니에 찔러 둔 휴대폰 진동이 울렸다. 국제 전화, 도윤이었다. 받을까 말까 망설이다가 그냥 받기로 한다. 괜히 피하면 그거대로 어색해질까 봐.

— 왜 나한텐 사진 안 보내?

"아……. 엄마랑 같이 있었어?"

도윤의 심통에 우현은 황급히 화제를 돌렸다.

— 응. 외출하셨다가 잠깐 식사. 최시현 결혼 준비에 우리 엄마가 더 신났어.

"이제 뭐만 하면 되는 거지? 한복이랑 예단?"

우현의 질문에 도윤의 어머니가 전화 너머로 무어라 말하는 게 들려왔다. 도윤 하나뿐인 그의 어머니는 시현의 결혼 준비를 딸처럼 도와주고 함께 준비했다. 시현은 입덧한다고 앓아누워서 도윤의 어머니와 우현이 열심히 여기저기 돌아다니는 중이다.

― 예단은 생략하자고 그랬다며.

"그래도."

― 됐어. 혼수고 뭐고 알아서 할 테니까 다 괜찮다고 했다며. 집 판 돈 네가 다 챙겨. 이제 최시현한테 한 푼도 쓰지 마.

도윤이 단호하게 말하며 훈수를 두었다. 우현은 옅게 웃으며 먼발치에서 서로의 사진을 찍어 주고 있는 커플을 바라봤다.

그때, 제법 거센 파도가 몰아쳤다. 술기운 때문에 비틀거린 우현은 간신히 중심을 잡았다.

"도윤아, 잠깐."

― 왜?

"바다인데 갑자기 파도쳐서."

이번 파도는 허벅지까지 물이 튈 정도로 컸다. 맥주 두 병에 이렇게 취할 리가 없는데. 우현의 몸이 크게 흔들리며 뒤로 넘어가려 했다.

그때 누군가가 그녀의 허리를 잡아 붙들었다.

― 괜찮아?

우현은 자신을 잡은 남자를 바라보며 멍한 얼굴로 휴대폰을 쥐고 중얼거렸다.

"아…… . 응. 괜찮아."

남자, 해준이 그녀를 내려다보고는 빙글거리며 웃었다. 허리를 잡은 손을 뿌리치려 하자 남자는 더 바짝 끌어안고는 자신의 커다란 손으로 휴대폰을 쥐고 있는 우현의 손을 감쌌다. 몇 번을 뿌리쳐도 집요하게 그녀를 안는다.

— 왜 그래?

"아무것도 아니야. 맥주를 좀 많이 마셨나 봐."

심장이 쿵쿵, 거세게 뛰었다. 우현은 몸을 돌려 해준을 바라보았다. 간신히 무언가를 억누르는 얼굴이다. 금방이라도 베일 것 같은 칼날 같은 눈. 남자의 바다는 가늠할 수 없이 깊어 보였다.

"어쩌나."

해준이 키득거리며 우현의 귓가에 속삭였다.

"여긴 물에 빠져도 너 구해 줄 서도윤이 없는데."

목덜미에 남자의 숨결이 닿자 그녀의 온몸에 소름이 돋는다. 파도가 복사뼈를 간질인다. 물뱀이 발목에 똬리를 틀어 깊은 심연으로 끌어당긴다. 속절없이, 여자는 남자의 바다로 끌려 들어간다.

그의 커다란 손이 휴대폰을 쥐고 있는 그녀의 손을 끌어 내렸다.

잠시 후, 전화가 끊겼다.

코끝에 남자의 체향이 닿았다. 달콤하고 매혹적인 향이 비

246

강을 맴돌아 서서히 그녀의 온몸으로 퍼져 갔다. 깊이 들이켜자 정신이 혼미해졌다.

우현은 입술을 꽉 깨물며 간신히 이성을 부여잡았다. 본능적인 직감이 말한다. 위험하다.

"뭐 하는 거야?"

우현이 그의 어깨를 밀치며 말했다. 하지만 해준은 꼼짝도 하지 않았다. 그녀의 허리에 팔을 감고 바짝 몸을 붙였다. 벗어나려 했지만 몸에 힘이 들어가지 않았다. 그가 꽉, 손목을 붙들며 그녀를 바라보았다. 짙고 깊은 눈빛. 숨이 멎을 것 같다. 바로 몇 시간 전까지만 해도 무감각했던 남자의 눈빛이 노골적인 욕망을 드러내며 그녀를 바라보고 있었다.

"우현아."

해준의 부드럽고 나긋한 음성이 그녀의 귀밑머리를 스쳤다. 몸을 비틀어 빠져나오려 했지만 그는 놓아주지 않았다. 등 뒤에서 그녀를 안아 자신에게로 당긴다. 그의 탄탄한 가슴 근육이 어깨에 닿자 소름이 돋는다. 남자의 체온이 평소보다 높다. 금방이라도 녹아내릴 것처럼 뜨겁다.

파도 소리가 아득하게 먼 곳에서 들려왔다. 그가 결계라도 만든 듯, 먼 곳에서 들려오는 사람들의 말소리, 바람 소리가 튕겨져 나갔다. 이 공간만 시간이 완전히 멈춰 버린 것 같았다.

우현은 간신히 서늘한 어조로 말했다.

"이거 놔."

"싫어."

해준의 숨결이 목덜미로 쏟아졌다. 청량한 향이 그녀의 몸을 감싼다.

"보는 눈 많아."

그녀의 무의미한 저항을 그는 가볍게 무시했다.

"이 리조트 내가 골랐어. 한국 사람 별로 없어서."

해준의 목소리가 동그란 곡선을 그리며 그의 귓가를 간질였다.

"뭐 하자는 거야?"

우현이 그를 향해 몸을 돌리고 손목을 잡아 빼려 했지만 해준의 힘이 제법 거셌다. 아프지는 않았지만 은근한 힘이 느껴졌다. 우현은 그제야 깨달았다. 그동안, 남자는 그녀를 꽤 많이 봐주었다.

"이해해."

해준이 말꼬리를 길게 빼며 옅게 미소를 지었다. 그럼에도 불구하고 그는 놓아줄 생각은 전혀 없어 보였다.

"다른 방법을 찾고 싶은데……."

지나치게 가깝다.

"내가 시간이 없어서."

음성은 부드럽고 나긋했지만 그 이면에는 어마어마한 것을 숨기고 있는 듯했다.

해준의 시선이 그녀의 이마에서부터 천천히 미끄러져 내려왔다. 모조리 다 꿰뚫어 볼 것 같은 눈. 망설임이나 흔들림 따윈 없었다. 그의 눈길이 지나간 자리에서 불이 일었다. 어두워서 다행이었다. 분명, 얼굴이 붉어졌을 것이다.

남자가 명확한 눈빛으로 그녀의 입술을 바라보았다.

그러니까, 잡아먹힐 것 같다.

"정확히는 나 말고 너한테 남은 시간이 없어서."

"뭐?"

우현이 무슨 뜻이냐고 물으려던 찰나, 해준의 커다란 손이 그녀의 뺨을 감쌌다.

"서도윤이랑 결혼해?"

서로의 입술이 닿을 듯 말 듯 스쳤다.

결혼이라니.

우현이 무어라 입을 떼려던 그때 해준이 그녀의 허리를 안아 자신 쪽으로 당기며 깊게 키스했다. 타액이 정신없이 섞이고 혀가 뒤엉켰다. 시작부터 무자비한 입맞춤. 허리가 완전히 꺾이자 우현은 팔을 남자의 어깨에 둘렀다. 해준이 낮은 신음 소리를 흘리더니 단번에 혀를 깊이 삽입하고 혼이 나가도록 휘저었다. 그녀의 영혼까지 빨아들일 듯 강렬했다.

결혼하냐고 묻더니 이런 키스를 하는 남자라니.

"하면?"

간신히 해준을 밀어내고 살짝 벌어진 틈으로 우현이 속삭였다. 그러자 해준이 광기 어린 눈빛으로 말했다.

"파혼하거나 이혼하게 될 거야."

그가 오만한 어조로 말하며 차게 웃었다. 소름 끼치도록 퇴폐적인 미소. 아름다웠다. 이따금 해준이 웃을 때면 넋을 놓고 바라봤던 기억이 있다. 하지만 그 모든 기억을 죄다 뒤엎을 정도로 지금 눈앞에 있는, 현실 속의 그가 더 강렬했다.

시선이 얽혔다. 남자의 긴 눈매가 부드러운 곡선을 그리며 휘었다. 웃고 있지만 눈동자는 사납다.

"계속 고집부리면 사별하게 될 거야. 내가 서도윤 그 새끼 찢어 죽일 거니까. 시신도 못 찾게 갈기갈기."

우현은 아무런 말 없이 미소를 짓고 있는 해준의 얼굴, 깎아 놓은 듯 잘생긴 위험한 얼굴을 넋 놓고 바라보았다.

"원래 내가 치정극에 일가견이 있거든. 조기 교육 받아서."

남자가 다정하게 속삭이면서 다시 그녀를 끌어당겨 안고 자신의 몸을 밀착했다.

"못 가져서 납치하고, 죽이고, 뭐 이런 거."

사랑을 속삭이는 것처럼 달콤한 어조.

해준이 다시 꽉, 그녀를 안았다. 서로의 심장 박동이 느껴질 정도로 아주 가까운 거리. 그의 목에 굵은 핏발이 섰다. 그녀와의 접촉이 깊어질수록 남자의 목울대가 스멀스멀 움직였다. 우현의 가슴이 자신의 몸에 닿자 해준의 근육이 팽팽하게 긴장하며 후끈하게 달아올랐다.

그 순간 우현은 깨달았다.

이 남자는 지금…… 구애하고 있구나.

깨달음과 동시에 미묘한 쾌감이 그녀의 가슴을 채웠다. 그래, 이 남자는 날 원하고 있어. 위험한 충동이 그녀를 사로잡았다.

우현은 도발하듯 그에게로 바짝 자신의 몸을 밀착했다. 그리고 피스트 위에서 디스땅스를 재던 그 예리한 눈빛으로 해준을 바라보았다. 프리오리떼를 가진 건 우현 자신. 동물적인 본능이 말해 준다. 지금은 과감한 공격이 필요한 순간.

"어디 한번 해 봐."

우현은 흘러내린 자신의 머리를 뒤로 넘기며 희게 웃었다.

"너 별 볼 일 없으면 다른 남자랑 결혼할 거야."

아주 잠깐, 남자의 미간이 일그러졌다.

……재미있다.

남자와 함께 뛰어든 이 깊은 세계는 어둡고 아득했다. 분명 눈을 뜨고 있지만 감은 느낌. 나는 도대체 어디에 있는 걸까. 아무것도 알 수 없었다.

남자는 자신의 허벅지에 그녀를 앉혔다. 여자의 등 뒤에서 그녀를 안고 깊고 짙게 온몸에 입을 맞췄다. 육체, 영혼까지 전부 다 먹어 치울 것처럼 집요했다. 마치 짐승에게 습격당하는 기분. 입술을 강하게 빨리고 물릴 때마다 미약한 신음이 그녀의 잇새로 흩어졌다. 격렬한 욕정이 깃든 뜨거운 숨결이 피부에 닿을 때마다 여자는 몸을 퍼덕이며 떨었다.

허리를 안고 있던 남자의 오른손이 여자의 옷 안으로 거침없이 들어왔다. 브래지어를 가뿐히 침범하여 젖가슴을 꽉 움켜쥐자 감각이 파도처럼 출렁거렸다. 크게 움켜쥐고 아프게 주무르더니 어느덧 부드럽게 움직이며 손가락으로 가볍게 유두를 압박하면서 자극했다.

이번엔 손이 그녀의 속옷 안으로 성큼 들어왔다. 기다란 손가락이 조금도 주저하지 않고 수풀을 헤쳐 들어갔다. 우현은 그저 남자의 손길에 몸을 내던졌다. 가슴을 주무르는 손길은 우악스럽고 거칠었다. 침범한 손가락은 조금도 망설임이 없이 길을 찾아갔다.

굵직한 손가락이 자극적으로 움직였다. 처음에는 가볍게 문지르기만 하더니 점점 더 능란하고 빨라지는 손길에 그녀의 골반이 흔들렸다. 여자의 어디가 예민한지, 어떤 각도에 약한지를 너무나도 잘 아는 남자는 능란하고 난잡하게 그녀의 갈증을 채운다.

하지만 그녀는 그에게 주도권을 줄 생각이 전혀 없다.

우현이 몸을 돌려 남자의 목덜미를 핥았다. 입술을 가져다 대고 씹고 흡입하기를 반복할수록 남자의 몸이 예민하게 경련을 일으켰다. 이를 신호로 그녀 역시 한껏 민감하게 달아오르기 시작했다. 아직 더 깨어날 감각이 남아 있는 걸까. 이를 세워 깨물자 남자가 작게 욕지거리를 내뱉었다. 사납게 일그러진 그의 입술이 언뜻 보이자 기묘한 쾌감이 그녀의 가슴을 스쳤다. 다른 여자에겐 보여 주기 싫을 만큼 지나치게 색정적이다.

남자가 부지런히 손을 움직일 때마다 질척이는 소리가 났다. 우현은 낮게 신음하며 눈을 감고 고개를 뒤로 젖혀 남자의 어깨에 머리를 기댔다. 그러자 해준이 가슴을 애무하던 손으로 그녀의 턱을 잡아 정면을 응시하게 했다.

유리창에 비친 남자와 여자. 마구 흐트러져 서로를 탐닉하는 외설적인 모습이 고스란히 담겨 있다.

손가락이 몸 안을 길게 긁어내리자 그녀는 가늘게 몸을 떨었다. 그는 부러 그녀의 하체에 자신의 것을 밀착하며 마구 문질렀다. 그 박자에 맞춰 여자의 몸이 들썩였다. 음란하고 색정적인 몸짓이 이어졌다. 남자는 자세가 헝클어진 그녀의 허리를 잡아 자신의 허벅지 위에 고정했다. 남성이 닿는 느낌이 들자 여자의 붉은 입술이 살짝 벌어졌다.

그녀가 몸을 돌려 마주 보고 앉으며 그의 머리카락 안으로 자신의 손을 찔러 넣었다. 살짝 남자의 머리카락을 움켜쥐고 그의 입술에 키스했다. 고개가 뒤로 젖혀진 남자가 그녀를 올려다보며 미묘한 표정을 짓고 있었다.

"흥분돼."

우현이 그의 귓가에 속삭였다.

"몸은 너랑 더 잘 맞는 거 같아."

그녀가 빙글거리듯 말하며 해준의 팬츠 버클을 풀었다.

"도윤인 아직 잘 몰라. 내가 어떤 체위 좋아하는지……."

그녀가 입을 열 때마다 남자의 가면에 서서히 균열이 간다. 신난다.

"내 성감대가 어디인지."

당연히 모르지. 알면 큰일 난다.

바로 며칠 전, 친분 있는 기자가 우현에게 조심스럽게 물었다. 혹시 결혼하냐고.

헤어진 지 얼마 되지 않아 바로 결혼한다는 말이 돌아 막말하기 좋아하는 사람들 사이에서 안주거리가 될까 봐 걱정된다고.

"가슴 빨아 줘. 왼쪽."

우현이 나른하게 말하자 해준의 눈빛이 한밤중의 바다처럼 가라앉았다. 남자는 표정이 풍부한 편이 아니지만 이제 우현은 그의 눈을 보면 안다.

아파하는구나.

아파하는 걸 보니 넌 아직 날 사랑하는구나.

"안 해 줄 거야?"

그때 남자가 그녀를 거칠게 안아 자신의 몸 아래에 눕혔다. 그의 갑작스러운 몸짓에 놀란 우현이 짧게 비명을 내질렀다. 여자의 몸 위에 완전히 올라타 꼼짝도 못 하게 양다리로 찍어 누르고 그녀의 티셔츠와 브래지어를 차례대로 끌어올렸다.

벗길 거라는 그녀의 예상과는 다르게 남자는 여자의 손목을 묶어 버린다.

"이게 지금……!"

우현이 몸을 일으키려 하자 해준의 손이 그녀의 어깨를 꽉, 잡아 눌렀다. 커다란 손이 완전히 그녀의 어깨를 감싸 쥐었다. 압도적인 힘의 차이. 우현은 입술을 깨물며 남자를 노려봤다. 조명의 역광 탓에 남자의 얼굴이 잘 보이지 않았다. 남자가 단 번에 셔츠를 벗는 실루엣만 스쳐 지나갈 뿐이었다.

"너, 거칠게 하는 거 좋아하잖아."

점점 눈이 빛에 적응하자 남자의 표정이 분명하게 보였다. 웃고 있는데, 이상하게도 위협적이었다.

그때, 군살 하나 없이 운동으로 다져진 남자의 가슴팍이 서서히 다가왔다. 머스크향이 그녀의 코끝을 찔렀다. 익숙한 남자의 향기. 남자의 커다란 몸이 그녀의 몸을 완전히 감쌌다. 민감해진 유두 끝에 남자의 탄탄한 가슴팍이 닿자 한껏 희롱당해 촉촉해진 아랫도리가 또다시 젖어 드는 느낌이 들었다.

남자의 혀가 그녀의 귓바퀴를 더듬고 귓불을 깨물었다. 목덜미로 가는 듯하다 턱선을 타고 내려와 그녀의 입술을 살짝 머금고는 자신의 혀를 넣었다. 입안으로 뭉클하고 뜨거운 것이 가득 차올랐다. 망설임 없이 침범한 남자는 여자의 부드러운 살을 꼼꼼히 더듬으며 점점 자신의 영역을 넓혀 갔다. 잇몸을 부드럽게 애무하고 치아를 꼼꼼하게 매만졌다. 하나, 둘, 탐험하듯 섬세한 움직임에 여자의 정신이 저 깊은 어디론가 끝없이 가라앉았다.

타액이 흘러내리자 남자의 까슬한 혀가 턱에서부터 입술까지 핥아 올렸다. 그는 여자의 윗입술을 혀끝으로 부드럽게 훑고는 아랫입술을 자신의 입안에 넣고 오물거렸다. 그러다 갑자기 이를 세워 입술을 깨물고는 이번엔 먹어 치울 것처럼 거칠게 그녀의 입안으로 혀를 박아 넣었다.

성행위를 연상시키는 움직임. 우현은 몸을 떨었다. 순식간에 주도권을 빼앗겼다.

해준이 그녀의 다리를 자신의 어깨에 걸쳤다. 남자의 무게감이 생생하게 느껴져 우현은 저도 모르게 몸을 비틀었다. 하지만 도망갈 곳은 없었다. 해준이 그녀를 내려다보며 잠시 호흡을 골랐다. 묶인 손목을 풀어 보려 안간힘 쓰는 우현을 보며 싱긋, 미소를 짓는다. 무미건조하고 퇴폐적이며 기묘한 광기가 느껴졌다. 잠시 후, 그가 생생한 존재감을 드러내며 그녀의 안으로 진입했다. 충동을 풀어 놓듯, 단번에 꿰뚫는 몸짓에 우현은 저도 모르게 잠시 숨을 멈추었다.

머리로 알고 있었던 그의 부피감이 현실로 와 닿자 몸의 감각이 예민하게 반응했다. 남자가 허리를 움직여 무게를 싣자 그녀의 하체가 허공에 들리며 몸이 들썩였다. 아랫배에서부터 느껴지는 이질감과 그가 찔러 올 때마다 느껴지는 압박감이 상당했다. 우현은 입술을 깨물며 해준을 바라봤다. 그늘진 남자의 얼굴, 해준의 어깨에 매달려 그의 움직임에 흔들리는 발목이 한눈에 들어왔다.

"기분 좋아."

남자가 혼잣말을 하듯 중얼거리며 유연하게 허리를 움직였다. 강렬한 기세에 쾌감이 마구잡이로 정신없이 그녀를 덮쳤다. 우현은 현기증이 났다. 무작정 격렬하고 거칠지 않았다. 예측할 수 없는 박자, 가늠할 수 없는 속도로 그는 농락하듯 그녀를 점령해 갔다. 아래를 내려다보자 자신의 다리 사이로 그의 일부가 사라지는 게 생생하게 보였다. 이미 우현의 반응 지점을 속속들이 알고 있는 남자는 얕게 움직이는 듯하더니 단번에 밀고 들어와 혼을 빼놓았다.

누가 누굴 유혹하고 있는 것인지, 누가 당하고 있는지 가늠이 되지 않았다.

그래……. 상대는 김해준이다. 까다롭고 예측 불가능한 상대.

우현은 묶인 손을 뻗어 해준의 머리를 안아 자신 쪽으로 당겼다. 그러자 그의 무게가 그녀의 다리에 실리며 꾸욱, 남자의 일부가 몸 깊숙한 곳까지 꽂혀 들어왔다. 우위를 점하기 위해서였는데 괜한 짓이었다. 그 역시 그녀의 당혹스러움을 눈치챘는지 우현의 묶인 팔을 풀어 자신에게로 두르게 하고는 허리를 치대며 몸을 움직였다. 열점을 눌러 대는 몸짓이 반복되자 우현의 몸이 쾌락에 허덕였다.

작게 윙윙거리는 에어컨 소리, 시계의 초침이 움직이는 소리, 점막이 스치는 물기 어린 소리, 자신의 것이겠지만 어딘지 모르게 낯선 여자의 교성과 집중하지 않으면 들리지 않는 남자의 헐떡임이 차례대로 우현의 귓가를 울렸다. 살과 살이 부딪히고 불규칙하게 타액이 섞이는 소음이 이어졌다. 그가 일깨운 감각 때문인지 예민해진 청각은 집요하게 그 모든 소리를 그녀에게 전달했다.

그가 그녀의 다리를 잡아 내리더니 자신의 허리에 감았다. 남자의 이마에서 흘러내린 땀이 그의 뺨을 타고 내려와 그녀의 가슴으로 떨어졌다. 예민해진 우현의 몸은 가슴을 따라 땀방울이 흘러내리는 그 생생한 느낌에 몸서리를 쳤다.

체위를 바꾸자 또 다른 자극이 그녀를 덮쳤다. 무심해 보였던 그의 눈에는 이제 정욕만이 가득하다. 짐승처럼 사납게 숨을 몰아쉬던 남자가 몸을 굽혀 그녀의 젖가슴을 빨았다. 그는 부드러운 살을 한입 가득 물고 혀로 덧그리듯 유륜을 맴돌며 안달 나게 했다.

그는 그녀의 몸을 천천히 음미하고 마음껏 들이마셨다. 여유가 느껴져 괜히 성질이 났지만 속수무책이다. 짐승의 전리품이 되어 천천히 먹히는 것 같다. 정신이 아득해져, 해준의 어깨를 잡고 있던 우현의 손에 힘이 들어갔다. 그 와중에도 남자는 부지런히 허리를 움직이며 그녀의 몸 안을 정신없이 헤집어 놓았다. 사람을 미치게 만드는 움직임이었다.

"목이랑 가슴에 흔적 남기지 마."

그가 이를 세우며 목덜미를 물려고 하자 우현이 입을 열었다.

"드레스 가봉해야 해."

무심한 척, 간신히 말하자 해준의 눈매가 가늘어진다. 모르는 사람은 눈치 못 챌 정도의 미세한 변화지만 그녀는 눈치챘다. 그를 이길 방법이 입 놀리는 것밖에 없다는 게 좀 분하지만 어쩔 수 없다. 가장 효과적인 공격법이 이거뿐인걸.

그리고 완전 거짓말은 아니다. 들러리 드레스도 드레스이긴 하니까.

"스퀘어넥 A라인인데, 시댁 어른들 때문에 얌전한 스타일로 골랐거든."

우현이 그의 허리를 감은 다리에 힘을 주어 자신 쪽으로 당기며 말했다. 왜 드라마 속 악역들이 나쁜 짓을 하는지 알 것 같다. 내 발아래에서 내 말 한마디에 휘둘리는 남자라니.

"본식 드레스는……. 앗!"

말을 이어 나가는 찰나, 해준이 그녀의 몸을 잡아 뒤집었다.

엎드리게 하고는 그녀가 팔로 지탱하기도 전에 허리를 강제로 잡아 들어 단번에 꿰뚫어 버렸다.

"닥치고 나한테 집중해."

놀란 우현이 경련하며 몸을 떨었다. 그가 격렬하게 자신을 박아 넣을 때마다 그녀의 무게 중심이 앞으로 쏠렸다.

남자가 허리를 움직일 때마다 침대가 삐걱거리며 소음을 냈다. 그녀의 젖가슴이 리드미컬하게 허공에서 출렁이고 허벅지 안쪽의 근육이 팽팽하게 조여졌다.

김해준 화났구나.

더 열 받았으면 좋겠다.

맞은편 유리창으로 짐승처럼 네발로 뒤엉킨 남녀의 모습이 비쳤다. 잔뜩 성난 남자의 굳은 얼굴이, 그럼에도 불구하고 숨길 수 없는 정욕이 생생하게 느껴졌다.

먼저 접근한 것은 해준이지만 결국 유혹해 침대로 끌어들인 것은 그녀다. 조바심을 은근히 자극할 때마다 안달 내며 갈구하는 남자. 자신의 감정을 숨기는 것에 익숙한 남자가 어쩔 줄 몰라 하며 이를 가는 모습이 즐겁다. 그 어떤 섹스보다도 자극적이다. 살면서 이것보다 더 짙은 오르가슴을 느끼는 날이 올까 싶을 정도다.

남자가 그녀의 허리를 잡고 빠르게 움직이며 피치를 올렸다. 몸 안에서 작은 폭발이 간헐적으로 일어난다. 너무나도 오랜만에 느끼는 쾌감이다. 그가 그녀에게 알려주었던 그 감각.

순간, 남자가 그녀의 허리를 강하게 자신 쪽으로 끌어당겨 안으며 거친 신음을 터트렸다. 우현의 몸 안에서 터진 커다란 폭발이 하얗게 산화하며 여자의 몸을 뒤덮었다. 뜨끈한 체액이 울컥하며 터져 나오는 느낌이 생생했다.

여운을 맛볼 사이도 없이 남자는 헐떡이고 있는 그녀에게서 자신의 몸을 꺼내고는 신경질적으로 콘돔을 빼 침대 밑의 휴지통에 던져 넣었다. 해준이 굳은 얼굴로 곧장 샤워실로 향하려는 듯 몸을 일으키자 우현이 그의 손목을 잡아 붙들었다.

"키스해."

우현이 속삭였다.

"빨리."

누구 마음대로 벗어나려는 거야.

도도하게 명령하자 남자가 그녀의 머리카락을 움켜쥐며 자신 쪽으로 끌어당겼다. 곱게는 해 주기 싫다는 듯, 하지만 거부하진 않았다.

서로의 입술을 가볍게 핥는 행위가 이어졌다. 천천히 식어 가는 호흡. 그녀는 쾌락 후의 느슨한 여운을 즐기며 남자의 입술을 맛보았다. 심박이 제자리를 찾아가고 치솟았던 체온이 서서히 가라앉는다. 우현은 남자에게서 입술을 떼며 되었다는 듯 그의 어깨를 살짝 밀어냈다.

하지만 해준은 생각이 바뀐 듯했다.

우현이 베개에 얼굴을 묻고 이불을 뒤집어쓰려 하자 샤워하러 갈 거라는 예상과 다르게 그가 뒤에서 그녀의 허리를 안고 자신 쪽으로 끌어당겼다. 갑작스러운 움직임에 우현이 고개를 돌리려 했지만 해준이 그녀의 어깨에 이를 세워 박아 넣었다.

찌릿한 통증이 느껴졌다.

"야!"

놀란 우현이 뿌리치려 했지만 팔을 꽉 옭아매 안아 버리는 바람에 완전히 붙들려 버렸다. 발버둥을 쳤지만 남자의 묵직한 다리에 붙들려 옴짝달싹할 수가 없다. 남자의 근육이 팽팽하게 긴장하며 완전히 그녀를 압박했다. 엄청난 피지컬의 차이. 작정한 것 같다.

"야, 김해……. 아윽."

덫에 걸린 초식동물처럼 우현이 낮게 신음했다. 완벽하게 갇혀 버렸다.

"웨딩드레스가 다 뭐야."

쇳소리가 나는 음성. 잔뜩 갈라지는 낮은 목소리로 해준이 중얼거렸다.

"너 밖에 나돌아 다니지 못하게 할 거야."

잔뜩 갈라지는 낮은 목소리가 고막을 스쳤다. 그녀는 간신히 숨을 몰아쉬었다. 날것 그대로의 욕망이 서린 음성. 귀에서부터 온몸으로 소름이 돋고 덜컥 두려움이 엄습했다. 자신이 알던 해준이 아닌 것 같아 낯설었다.

그래, 얘가 성깔이 없는 남자는 아니었지.

해준은 그녀의 어깨에서부터 목까지 무자비하게 빨고 핥고 깨물었다. 살갗이 씹히자 알싸한 고통이 목을 타고 등줄기로 내려와 온몸으로 퍼졌다.

"아파."

고통 끝에 찾아온 쾌감에 몸이 이상해져 간다. 손끝이 오그라들고 감전된 것처럼 찌릿한 느낌. 힘으로 억누른 남자는 이번에는 정말로 봐줄 생각이 없는 것 같았다.

"해준아, 나 아파. 응?"

우현이 울먹이는 시늉을 해 봤지만.

"울어 봐. 더 꼴리게."

상스러운 말이 되돌아왔다.

약한 척하는 건 이제 안 먹히나 보다. 우현은 작정하고 몸부림을 치며 해준을 걷어찼다. 보통의 여자 같으면 어림도 없을 만큼 옭아매는 힘이 강했지만 애석하게도 최우현은 국가 대표 출신이었다.

결국 우현은 그를 밀쳐내고 품에서 벗어났다. 해준이 그녀의 어깨를 잡아 돌리려 하자 우현이 주먹질을 했다. 재빨리 피한 해준이 그녀의 허리를 안았다. 힘의 반동 때문에 두 사람은 함께 침대에 고꾸라졌다.

"비켜."

우현이 무릎을 세워 기어가려 하자 해준이 그녀의 발목을 잡아 자신 쪽으로 끌어당겼다. 어마어마한 남자의 힘. 처음부터 될 싸움도 아니었지만 우현은 포기하지 않고 발로 힘껏 그의 어깨를 걷어찼다.

퍽! 우현의 예상보다 요란한 소리가 났다. 힘 조절을 잘못했나. 우현이 입술을 질끈 깨물며 걱정스러운 얼굴로 어깨를 짚고 있는 해준을 바라보았다. 고통스러운지 그가 잠시 숨을 몰아쉬고는.

"이것도 나름 흥분되고 좋네."

싱긋, 웃었다.

잠에서 깨자마자 울긋불긋한 그녀의 어깨가 눈에 들어온다. 익숙하지 않은, 꿈같은 광경. 해준은 팔에 힘을 주어 우현을 더 바짝 끌어당겨 안고는 그녀의 뒷목에 입을 맞췄다. 세 시간 정도, 깨지도 않고 죽은 듯 잔 것 같다.

이렇게 자 본 게 얼마 만이더라. 팽팽하게 당겨져 끊어질 것 같던 신경이 느슨하게, 편안하게 풀어져 가라앉았다. 거짓말처럼, 순식간에, 그녀가 곁에 있다는 그 사실 하나로 인해.

해준은 우현의 허리를 안고 있던 손을 움직여 젖가슴으로 가져갔다. 손안에 차는 부드럽고 말캉한 느낌이 기분 좋았다. 꾸준히 훈련을 하고 있는지 우현은 전보다 근육이 더 늘어난 것 같았다. 탄탄한 그녀의 허벅지가 자신의 허리에 감기던 순간을 떠올리자 그의 손아귀에 힘이 들어갔다. 부드럽게 탄력 넘치는 가슴을 은근한 손길로 매만지자 가슴 끝이 선다. 부드럽다. 눈물이 날 정도로.

천국과 지옥, 넘지 말아야 할 선을 밟고 서 있는 기분이었다. 이미 우현이 다른 남자의 아내가 되었다 해도 결국 그의 선택은 하나였을 테지만, 넘치는 상상력은 그를 견딜 수 없게 만들었다. 다른 남자와 가정을 이루고 일상을 공유하고 사랑을

나누고 아이를 낳고. 그 꼴 보려고 이렇게 이 악물고 살았나,
자조적인 웃음이 튀어나왔다. 이럴 거였으면 그때 해령에게 살
려 달라고 애원할 게 아니라 약을 더 처먹고 죽어 버리는 게 나
았을 것을.

사회적 지탄, 알 바 아니다. 결혼을 앞둔 예비 신부를 유혹
해 침대에 끌어들였음에도 도덕적 책임감이나 양심의 가책 같
은 게 별로 느껴지지 않는 것을 보니 역시 생부가 이재선이 맞
는 듯했다.

해준의 손길을 느꼈는지 우현이 뒤척이며 그를 향해 몸을
돌려 누웠다. 감은 눈이 달싹거리다가 천천히 열린다. 새까만
눈동자, 그 안에 비친 자신을 마주하며 해준은 옅게 미소를 지
었다.

"좋은 아침."

퍽!

아침 인사 대신 우현이 발로 그를 걷어찼다. 한 번으론 부족
한지 또다시 발길질을 하려다가 으으, 앓는 소리를 내며 몸을
웅크렸다.

"너 죽여 버릴 거야."

이를 갈며 그녀가 중얼거렸다.

"얼마든지."

해준이 여유 있게 대꾸하며 미니바에서 물 한 병을 꺼내 왔다.

침대에서 몸을 일으키려던 우현이 어지러운지 픽 이불 위로
쓰러졌다. 몸을 가릴 정신도 없는지 그녀의 나신이 옅은 아침

햇살 아래 하얗게 빛이 난다. 해준은 가만히 그녀를 안아 자신의 가슴에 기대게 하고 물을 먹였다. 달게 마신 우현이 다시 폭삭 그에게로 완전히 기대며 몸을 늘어뜨렸다.

그때, 테이블에 아무렇게나 팽개쳐져 있던 우현의 휴대폰 진동이 울렸다. 그녀가 더듬더듬 일어나려 하자 해준이 됐다는 듯 직접 휴대폰을 가져다주었다. 서도윤이면 넘겨주지 않을 생각으로 액정의 발신인을 확인했지만 처음 보는 여자 이름이었다.

"어, 네. 엄마. 저 일어났죠. 안녕히 주무셨어요?"

우현이 헤드에 몸을 기대며 입을 열었다.

"도윤이요? 아, 네. 이야기 들었어요."

어머니, 서도윤. 누군지 알 만하다. 해준이 욕지거리를 내뱉으며 다가가 휴대폰을 빼앗으려 하자 우현이 휙, 몸을 피했다.

"저야 잘 모르니까……. 엄마 마음에 드시는 걸로 할게요."

말꼬리를 길게 끌면서 우현이 해준을 올려다보았다. 자신으로 인해 타들어 가는 너 따위의 속내는 알 바 아니라는 듯.

"신혼여행은 지금 상황이 상황이니까 나중에 다녀오는 게 나을 거 같아요. 안 그래도 여기 좋아서 빨리 이야기해 보려구요."

눈이 마주치자 우현이 해준을 향해 요부처럼 웃었다. 다른 남자와 밤을 보내고 그 남자와 요란하게 뒹군 침대에서 시모가 될 사람의 전화를 아무렇지도 않게 받다니. 우현과 어울리지 않아 어딘가 모르게 위화감이 들기도 했다.

해준은 우현의 몸을 가리고 있는 시트를 끌어내리고 그녀의 가슴에 머리를 묻었다. 닿을 수 있는 한 가장 깊은 곳까지 밤새 몸을 맞댔다. 때로는 느릿하게, 때로는 격렬하게, 당장이라도 서로를 죽일 듯이, 혹은 유리 세공품을 매만지듯 신중하게. 그 행위 속에서 해준은 새삼 깨달았다. 돌고 돌아 마침내 자신만을 위한 안식처를 찾았다. 당연히 자신에게 마땅히 주어져야 할 이 온기를 타인에게 빼앗긴다니 말이 되지 않는다.

"청첩장은 다음 주 중으로 나올 거예요."

우현의 심장 소리, 목소리가 그녀의 몸 안을 울리며 들려왔다. 그때, 그녀의 손가락이 그의 머리카락 안으로 들어와 가볍게 매만졌다. 손가락 끝으로 간질이다가 꾸욱 눌러 주다가 머리카락을 마구 헝클이다가, 이따금 전화 속 여자와 함께 웃다가.

부드럽고 다정한 손길인데도 해준은 채찍에 맞은 것처럼 아팠다.

악시옹 시뮐따네 Actions simultanees

선수가 동시에 공격한 상황

"그래서 그냥 냅뒀다고? 결혼하는 거 나라고 말 안 하고?"

"응."

세상에⋯⋯. 소파에 앉아 양손으로 케이크를 퍼먹던 시현이 우현을 보며 어이가 없다는 얼굴을 했다.

"걘 속상해하면서 화내는 것도 섹시하더라. 역시 잘생긴 게 최고야."

우현이 스트레칭을 하며 지금 틀어 놓은 TV 일일 드라마 이야길 하듯 말하자 시현이 케이크 접시를 한쪽으로 밀어 두며 물었다.

"언니는 무슨 생각이야? 다시 만날 거야?"

"나? 아무 생각 없는데."

그냥 헤준을 휘두르는 게 즐거웠다. 아파하고 속상해하고 열 받아 하면서도 결국 자신이 유혹하면 넘어오는 게, 그와의 섹스보다 더한 쾌감을 불러일으켰다. 내가 이렇게 남 괴롭히면서 재미있어 하는 사람이었나 신기할 정도다. 내가 몰랐던 또 다른 나를 발견한 기분이랄까.

"발리에서 무슨 이야기라도 했을 거 아냐."

"파혼하라 그러더라고."

"그래서?"

"일단 한번 하고 생각하자고 했는데."

"헐, 벌써 잤어? 언니가 넘어왔다고 생각하는 거 아냐? 남자들 보통 그러잖아."

"몇 번 잔 게 대수냐. 그리고 걔 그렇게 생각할 타입 아니야."

우현은 대수롭지 않다는 듯 말하며 플랭크 자세로 코어 운동에 매진했다. 아무리 생각해도 명색이 운동선수인데 김해준한테 체력으로 뒤진다는 건 자존심이 상했다.

……아 저런. 분위기에 휩쓸려서 도핑 징계 제소한 거 도와줘서 고맙단 이야긴 안 했다.

"참나, 무슨 마약에 성상납에 지랄 염병이다. 저러고 구속 안 되는 게 이상한 거 아냐?"

시현이 드라마가 끝난 후 이어지는 뉴스를 보며 혀를 찼다. 우현과도 안면이 있는 박정한의 마약 혐의와 연이은 추문에 대한 심층 보도가 이어지고 있었다.

"미친 새끼. 잘라 버려야 해."

"최시현 말 좀 곱게 해. 애기 듣는다."

우현이 한마디 했지만 시현은 구시렁거리며 욕을 아끼지 않았다. 말버릇 하고는. 저런 게 어떻게 결혼하고 아이를 낳아 키우겠다는 건지 벌써부터 걱정이 된다.

그래도 다행인 것은 제부 될 사람이 꽤 괜찮은 남자라는 것이었다. 좋은 스펙과 짱짱한 배경, 어마어마한 능력까지, 어쩌다 저런 사람이 최시현과 엮였을까 이상할 정도였다. 우현은 진심으로 제부 될 사람을 존경했다. 그만하지, 혹은 적당히 하지, 이런 말로 쫑쫑거리는 최시현의 입을 다물게 할 수 있는 사람이 세상에 존재한다니.

우현이 예비 제부에 대해 감탄할 때마다 시현은 무어라 입을 달싹거리다가 꾸욱 다물어 버렸다. 두 사람 사이에 무언가 어마어마한 비밀이 있는 것처럼 굴기에 할 말 있으면 해 보라고 해도 내가 말을 말자며 치워 버리곤 했다.

"저 새끼 언니한테도 질척거렸잖아."

"응."

어깨뼈는 잘 붙었나 몰라. 비 올 때면 좀 시리긴 하겠네.

"내가 그때 보냈던 그 영상 박정한이야."

"무슨 영상. ……그 흉물 야동 영상?"

영상이 떠올랐는지 시현이 미간을 일그러뜨렸다.

"응. 얼굴도 찍혔는데 제대로 안 봤나 봐."

"Oh my gosh. 보자마자 지워 버렸는데 어디 커뮤니티에 올려 버릴걸."

시현이 또다시 못 볼 꼴을 봤다는 듯 인상을 찌푸리며 케이크 먹기에 열중했다.

우현은 자신이 조각낸 남자의 어깨뼈를 떠올렸다. 더 두들
겨 패고 싶은 와중에도 복귀를 생각해 골절로 끝낸 게 좀 아쉬
웠다. 그때 남자가 내놓은 그 흉측한 성기를 잘근잘근 밟아 줬
더라면 대도 끊어 버리고 좋았을 것을. 인류 평화에 기여할 수
있는 기회를 놓쳤다는 게 아까웠다.

아름답다.

커다란 모니터 속 여자의 사진을 보며, 해령은 새삼 생각했
다. 처음엔 최우현이 뭐라고 저렇게 절절해서 어쩔 줄 몰라 하
나 했는데 꽂힌 포인트를 알 것 같다.

탐미耽美이다.

"발리에서 찍은 거야?"

"응."

해령의 물음에 해준은 시선을 태블릿 PC에 고정한 채 간략
하게 대꾸했다.

우현이 화려한 레드 패턴의 실크 드레스를 입고 발리 우붓
의 정글을 배경으로 그네에 앉아 카메라를 응시하고 있었다.
절개된 드레스 틈으로 흰 다리가 살짝 보이는 것을 제외하고는
온몸을 꽁꽁 싸맸음에도 사진에 담긴 그림은 가슴속 미묘한 욕
망을 긁어내는 느낌이었다. 잎이 커다란 정글의 울창한 나무
들, 초록의 틈으로 옅게 깔린 안개, 투박하게 꼬아 만든 그네.
그 자체로도 훌륭하지만 결국 이 컷을 완성시킨 건 오만한 얼

굴로 우아하게 앉아 있는 저 여자였다.

몸매의 굴곡이 고스란히 드러난 실루엣의 화보도 인상적이었다. 마르기만 한 게 아니라 탄탄하고 매끈하게 자리 잡은 근육의 라인이 발리 태양의 역광에 생생하게 담겨 있는 모습이 감탄이 절로 나온다.

"이거 두 개가 제일 예쁘네."

"응."

기계적인 답변. 사촌의 무성의한 태도가 괘씸했지만 해령은 지금 이 순간만큼은 봐주기로 했다.

그러니까 딱 1분 전, 김해령은 김해준을 지옥 불에서 구해 줬다.

"이거 확실해?"

해준이 태블릿 PC를 테이블에 올려놓으며 조금 상기된 어조로 말했다. 평소에 해준은 무표정이 기본 장착이었지만 지금은 진실한 미소를 숨기지 못하고 있었다.

"그럼 이 판국에 내가 너한테 거짓말하겠냐."

해령은 해준에게 핀잔을 주고는 커피 머신에서 아메리카노 한 잔을 내렸다. 커피가 소울 푸드라도 되는지 개수대에는 검은 얼룩이 묻은 머그잔이 꽤 많이 쌓여 있었다. 쯧. 해령은 혀를 차며 해준의 집을 둘러보았다. 거실 한쪽에 아무렇게나 팽개친 캐리어, 테이블에 쌓여 있는 스케치북, 뒤집힌 채로 처박혀 있는 캔버스. 결벽에 가까운 해준과는 어울리지 않은 풍경이었다.

"박정한은 다음 주쯤 영장 재청구할 거야."

혼자 체스를 두고 있었나. 해령의 시선이 소파 옆 사이드 테이블에서 멈췄다. 나이트가 퀸을 둘러싸고 있는 모습이 어쩐지 웃음이 났다. 그의 퀸은 어지간한 나이트를 다 이겨 먹을 정도로 칼 휘두르는 데에는 일가견이 있지 않은가.

"응, 기사 나온 거 봤어."

해준이 방금 들어온 메일을 확인하며 고개를 끄덕였다. 오랜 친구에게서 온 메일을 확인하곤 해준은 피식 웃었다. 엘레나다. 자기가 발리 촬영에 빠져 준 보람은 있는 것인지 궁금한 모양이었다.

해준은 '넌 내 생명의 은인'이라 답했다.

동생의 남편 될 사람, 정혁은 정말이지 특이했다.

여자치고 큰 키인 우현조차도 까마득히 올려봐야 할 정도로 키가 컸고 몸도 컸다. 덩치가 크다, 이런 말로는 묘사가 부족했다. 기골이 장대하다. 이런 말이 더 어울릴 사람이었다. 그러니 천하의 최우현이 기선 제압하겠다며 분기탱천해서 나갔다가 90도 인사를 하고 왔지.

거기다 입을 떼면 세 마디를 넘어가는 법이 없을 정도로 말이 없었다. 시현이 백 마디 하면 정혁은 한마디 한다. '적당히 하지.' 혹은 '최시현, 그만.' 어떤 의미로 그 둘은 잘 만났고 잘 어울렸다.

"괜찮습니다."

소위 말하는 동굴 속 목소리로 정혁은 우현의 제안을 거절했다. 이럴 줄 알았지. 우현은 차가운 레몬에이드를 한 모금 마시며 결의에 찬 얼굴로 정혁을 바라보았다. 오늘만큼은 결코 물러날 생각이 없었다.

"이 정도 성의는 표할 기회를 주세요."

"저는, 괜찮습니다."

어절 사이에서 잠시 말을 끊은 정혁이 우현을 똑바로 응시하며 다시 한 번 낮은 어조로 말했다.

카페 안 사람들이 우현의 테이블을 힐끔거리는 게 느껴졌다. 190센티미터에 가까운 키 덕분에 가만히 있어도 지나치게 눈에 띄는 남자였다. 거기다 딱 떨어지게 차려입은 스리피스 슈트 핏 때문에라도 한 번쯤 돌아보게 만드는 사람이었다.

"사돈어른께도 뭐 하나 제대로 한 게 없는데."

"안 하셔도 됩니다."

"아직 졸업도 안 한 대학원생 며느리 흔쾌히 허락해 주신 것만으로도 얼마나 감사한지 몰라요."

"제가 내놓은 자식이라 부담 안 가지셔도 됩니다."

"어쨌든 이 정도는 제 맘대로 하게 해 주세요. 시현이랑 같이 오려고 했는데, 애가 입덧이 심해서요."

혼수 문제에서 이번만큼은 우현이 고집을 부리자 정혁이 잠시 무언가를 생각하는 듯했다. 시계와 정장 몇 벌 해 주겠다고 이렇게 비굴하게 사정을 해야 한다니. 우현의 이야기를 들은 유부녀 대표 팀 선배는 네 동생 완전 봉 잡은 거라며 그런 집이

어디 있냐고 부러워했다.

그런 거 같긴 하다. 재벌가 방계의 3남, 어디선가 들어 본 식품 회사의 사주 집안. 아침에 우현이 계란프라이에 뿌려 먹은 케첩도 이 사람의 아버지 회사에서 만든 것이다. 우현은 정말 의문이었다. 최시현의 주장에 따르면 혼전 임신을 한 것도 정혁이 원했던 것이며 잠시 헤어졌을 때 일방적으로 매달린 것 역시 자신이 아니라 정혁이란다. 동의를 구하는 시현의 눈빛에 정혁은 맞습니다, 라며 고개를 끄덕였다. 그렇다고 그렇게 시현을 좋아하는 건가, 생각하기엔 우현이 보는 앞에서 정혁은 꿀 떨어지게 애정을 표현하는 타입은 아니었다.

결국 정혁을 설득한 우현은 그와 함께 백화점 1층, 미리 봐 둔 시계 매장으로 향했다. 골라 입은 정장과 넥타이만 해도 까다롭게 고른 티가 나서 겁먹었지만 옷도 아니고 시계가 거기서 거기지 뭐.

"이쪽 컬렉션은 어떠신가요?"

……거기서 거기가 아니었다. 더럽게 많다.

괜히 나서서 이것저것 권하던 우현은 결국 자신은 이런 쪽으로는 영 센스가 없으니 직접 고르라며 한발 물러섰다. 정혁이 시계를 차 볼 때마다, 흰 셔츠 사이로 손목이 살짝 보일 때마다 이상하게도 우현은 해준이 궁금했다.

그러고 보니 정장 입은 것을 본 기억이 없다. 키 훤칠하고 팔다리 길고, 비율 최고지. 워낙 몸매가 잘 빠져서 뭐든 다 잘 어울릴 것이다.

신중하게 시계를 고르는 정혁을 바라보다가 우현은 해준에게 메시지를 보냈다. 올 수 있냐고 하자 그는 지금 어디냐고 되물었다. 예물 시계를 사러 백화점에 왔다고 답하자 몇 시까지 가면 되겠냐더니 곧장 지금 출발하겠다는 메시지가 왔다.

……오늘은 이야길 해야겠지.

기뻐할까. 아니면 왜 속였냐고 화를 낼까. 화를 내는 것도 좋을 것 같다. 분노를 삭이기 위해 호흡을 고를 때, 쇳소리가 나던 목소리로 '우현아'라고 신음할 때의 그는 말도 못 하게 섹시하니까.

너무 쉽게 받아 주는 걸까 싶지만 애초에 문제의 발단은 황수영이 미쳐서, 라고 합리화를 시도했다. 거기다 그 많은 위약금에 소송 비용에……. 무엇보다도 발리에서 우현을 바라볼 때마다 일렁이던 그 눈빛이 뇌리에 남아 견딜 수가 없었다. 눈을 감아도, 꿈에서도 해준이 보였다. 비록 그 꿈은 살색으로 가득 찼지만 말이다.

시곗줄을 조정해야 하기 때문에 다음 주에 다시 오기로 날짜를 잡았다. 우현은 수천만 원을 지불했지만 마음은 뿌듯했다. 다시 물러도 된다는 듯 정혁은 마지막 순간 카드를 내미는 우현을 물끄러미 바라보았고 그녀는 과감하게 내질렀다. 혼수라고 할 것도 없이 침대랑 화장대 정도만 해 주는데 이 정도 못 해 줄라고.

헤어지려는데 문득 생각나는 게 있어 우현은 정혁을 붙잡았다. 남자 선물을 함께 골라 달라는 우현의 부탁에 그는 흔쾌히 고개를 끄덕였다.

"남자분 피부색은 어떻습니까?"

"흰 편이요."

그러자 정혁의 눈빛이 순간 미묘해진다. 서도윤은 까맣다고
는 할 수 없지만 결코 희다고도 할 수 없으니 선물의 그 남자가
도윤이 아니라는 것쯤은 정혁도 눈치챘을 것이다.

"평소 옷 입는 스타일은?"

"정장 잘 안 입는데……. 선물하고 싶어서요."

'시현의 결혼식에 그가 올 수도 있으니까' 따위의 말은 혼자
삼켰다.

우현의 대답에 정혁이 잠시 무언가를 생각하더니 앞장서 한
매장 안으로 들어갔다.

건축가라더니 이쪽도 한 꼼꼼한가 보다. 언젠가 시현이 '이
거 그 사람이 한 거야'라며 보여 준 저택이나 빌딩, 어떤 기업
의 신사옥도 외관만 봐도 대단하긴 했다.

정혁은 넥타이의 패턴을 살펴보고 우현에게 몇 가지를 더
묻더니 세 개 정도로 그녀의 선택 폭을 좁혀 주었다. 정혁이 디
자인했다는 건축물만큼 그가 고른 넥타이는 클래식하면서도
촌스럽지 않았다.

세 개 다 마음에 들어 무얼 골라야 할지 모르겠다. 그냥 다
사 버릴까.

"슈트 잘 안 입는 분이라면 이쪽이 나을 겁니다."

사실 아까 해준에게 어울릴 만한 시계도 봐 뒀다. 보기 좋게

근육이 잡힌 팔 라인에 금빛 롤렉스. 기가 막히게 잘 어울려 가끔 몰래 훔쳐보곤 했지.

"바쁘신 분 오래 붙잡아서 죄송해요."

직원이 건네주는 주홍빛 쇼핑백을 받으며 우현이 정혁을 향해 말했다.

"야근하면 됩니다."

보통은 시간이 비어서 괜찮다거나 처형이 부르는데 당연하죠, 뭐 이런 말을 하지 않나. 정말 살가움이라고는 조금도 없는데 그게 무례해 보이지 않으니 참 특이한 캐릭터다.

"시간 내주셔서 감사해요. 아, 저 오늘 집에 안 들어갈 거예요."

우현이 목소리를 한 톤 낮추며 말하자 무슨 말인지 접수했다는 듯 정혁이 피식, 미소를 지었다.

백화점 지하 주차장으로 들어서는데 때마침 검정색 세단 한 대가 먼 곳에서부터 요란한 소리를 내며 두 사람이 서 있는 입구 쪽으로 진입하고 있었다.

"시현이⋯⋯."

잘 부탁한다고 말하려던 그때, 그 요란한 세단이 두 사람과 멀지 않은 곳에서 멈췄다. 어지간해서는 자신의 감정을 드러내지 않는 정혁 역시 놀랐는지 눈이 조금 커졌다. 먼 곳에 있던 주차 요원이 정차하면 안 된다고 외치며 세단으로 다가가 창문을 두드리던 그때, 운전석에서 내린 해준이 빠르게 걸어와 우현의 손목을 잡고는 정혁이 들고 있던 쇼핑백을 향해 눈짓했다. 정혁과 만나기 전, 우현이 쇼핑한 것들이었다. 정혁이 미묘한 표정으로 쇼핑백을 건네자 해준은 그것을 받아 들고 그를 향해 고개를 까딱하더니, 그녀의 손목을 채가 조수석에 태웠다.

순식간에 일어난 일이라 우현이 저항할 틈도 없었다. 행동은 재빠르고 잡힌 손목에선 강한 힘이 느껴졌지만 그녀를 조수석에 태우는 손길은 조심스러웠다.

잠시 후, 차가 빠르게 주차장을 벗어나자 정혁은 팔짱을 끼며 피식 웃었다. 다른 남자였다면 막아섰겠지만 순순히 보내준 이유는……. 저 남자, 피부가 희다.

넥타이 주인인가 보다.

저 남자인가.

해준은 우현과 함께 엘리베이터에서 내리고 주차장으로 들어서는 남자를 찬찬히 살펴보았다. 딱 떨어지는 맞춤 정장이 잘 어울리는 남자였다. 우현이 연신 싱글벙글 웃으며 남자에게 무어라 말을 건넸다. 가만히 생각해 보니 최우현 남자 얼굴 엄청 밝히는 것 같다. 해준은 룸미러에 반쯤 보이는 자신을 힐끔 살펴보았다. 반반하네, 이정도면.

다정하게 대화를 나누는 게 꼴 보기 싫어 요란하게 차를 몰아 두 사람 앞에 멈췄다. 우현을 태우고, 쇼핑백을 뒷좌석에 싣고. 해준의 모든 행동이 물 흐르듯 자연스러웠다.

"누구?"

"아는 사람."

우현이 입을 삐죽 내밀며 대꾸했다.

"저건 뭐고."

"옷 샀어."

내가 사 준 옷은 동생 줘 버리더니.

해준은 터져 나오려는 불만을 목 아래로 삼키고 아무런 말 없이 우현을 응시했다. 옅은 코랄 빛 립글로즈 하나만 바른 우현은 오늘따라 더 하얗고 맑아 보였다.

"파혼은?"

짐짓, 안부를 묻는 척 해준이 입을 떼었다. 떠보는 의도가 다분한 질문이었다.

"아직."

우현이 어색한 어조로 대답하고는 새침하게 고개를 돌려 버렸다.

"나랑은 여전히 바람이고?"

해준이 우현의 왼손을 끌어와 잡으며 물었다.

"글쎄."

해준이 깍지를 끼자 우현이 손에 힘을 주었다. 손가락이 얽히고 손바닥이 틈 없이 결합했다. 그 느낌이 좋아 해준은 저도 모르게 엄지로 그녀의 손을 가볍게 더듬었다. 가벼운 손장난, 작은 접촉에서 시작된 열기가 손끝에서부터 온몸으로 퍼져 나갔다.

"어디로 갈까."

"나 초밥 먹고 싶어."

우현의 대답에 해준이 빈정거렸다.

"내연남이랑 밥도 먹어 주고 최우현 후하네."

그러자 우현이 손을 홱 빼 버리더니 그를 노려보았다.

"너 운전 안 했으면 나한테 맞았어."

"이따 침대에서 실컷 때려. 난 너한테 맞으면 흥분되더라."

해준이 빙글거리며 말하자 우현이 어이가 없다는 얼굴로 헛 웃음을 지었다.

두 사람이 향한 곳은 최근 리뉴얼을 마친 광진구의 호텔 일 식당이었다.

로비에 들어서자 800년 된 시칠리아산 올리브 나무가 두 사 람을 반겼다. 캐주얼한 인테리어의 로비 한가운데 커다란 고목 이 서 있는 모습이 어쩐지 시선을 잡아끌어 우현은 잠시 그것 을 넋 놓고 바라보았다.

나무 위, 천장에는 빛으로 이루어진 영상이 투사되며 신비 로운 느낌을 만들어 냈다. 붉고 노란 원색의 색감이 흩어졌다 합쳐지며 다양한 그림을 그렸다. 다채로운 색감의 영상. 형태 가 일정하지는 않았지만 가을의 느낌이 물씬 난다.

"프로젝션 맵핑Projection Mapping이야."

해준의 설명에 우현은 멍하니 영상을 바라보며 고개를 끄덕 였다. 가상과 현실의 경계를 넘나드는 영상은 난해함 없이, 충 분히 예술적이었다.

"이런 게 팝아트야?"

"응. 다음 뉴욕 패션위크에서 프로젝션 맵핑으로 쇼 하나 디렉팅 하기로 했거든. 그거 대비해서 손 풀 겸 시험 삼아."

"이거 네가 한 거라고? 너 포토그래퍼 아냐?"

우현이 눈을 동그랗게 뜨고 자신과 나란히 선 해준을 바라보았다.

"굳이 따지자면 이쪽이 전공인데. 사진은 부업이고."

맞다. 김해준, 최시현 동문이라고 했었다.

"사실 프로젝션 맵핑으로 하고 싶은 건 따로 있는데……."

해준이 말꼬리를 길게 늘이며 우현의 눈을 똑바로 바라보았다. 그의 다갈색 눈동자가 미묘한 빛을 띠며 반짝인다.

"나중에 보여 줄게. 완성되면."

해준이 웃으며 말하곤 그녀를 일식당 쪽으로 이끌었다.

때때로 해준이 찍은 사진을 볼 때면 이상한 기분이 들었다. 사진 속 이 낯선 여자는 분명 최우현이지만 자신이 아닌 것 같을 때 느껴지는 가슴속 일렁임 같은 것들. 그의 눈으로 본 나는 이런 모습이구나 생각할 때면 느껴지는 심장 박동, 손끝이 저리고 귀 끝이 붉어지는 몸의 변화 같은 것들. 예술가 김해준의 시선으로 바라본 세상을 엿볼 때면 몸이 화끈거릴 때가 있다.

우현은 이제야 좀 알 것 같았다. 왜 난다 긴다 하는 여배우들이 포토그래퍼, 혹은 아트 디렉터 김해준과의 작업을 열망하는지. 화보 촬영을 즐기는 것은 아니지만, 때때로 훈련하고 휴식할 시간을 빼앗는 것이 짜증스러울 때도 있지만 해준과의 작업은 결과물에 대한 기대로 가득했다.

이런 남자의 뮤즈가 된다는 것.

어떤 의미일까.

음식은 맛있고 대화는 즐거웠다. 우현은 구글에서 해준의 작품을 찾아 가며 의미나 작업 방식을 물었고 그는 쉽고 간략하게 설명을 해 주었다. 싱싱한 회와 곁들이는 사케. 노곤하게 올라오는 취기가 기분 좋았다.

운전해야 한다며 술을 거절하던 해준을 꾀어 냈다. 여기 투숙하면 되잖아. 내가 쏠게. 술기운에 볼이 붉어진 우현의 말에 해준은 결국 그녀가 건네는 잔을 받아 들었다. 종알거리며 무언가를 계속 떠들었던 것 같다. 사실 아까 너 주려고 넥타이를 샀어. 잘 안 할 거 알지만 그냥 정장 입은 남자 보니까 네 생각이 나서. 하마터면 시현이 결혼식 때 그거 하고 올래? 하려다가 그녀는 자신의 손으로 입을 틀어막았다. 위약금과 변호사 선임 등에 대해 도움을 준 문제나 사실 결혼은 헛소문이라는 진지한 이야기는 맑은 정신으로 차분하게 이야기하고 싶었다.

우현은 점점 몸이 달아올랐다. 더 가까이 있고 싶은데, 그의 몸에 기대앉아 물어보고 싶은 게 많은데 테이블을 두고 마주 앉은 거리감이 싫었다.

"해준아."

은근한 어조로, 유혹하듯 입을 뗀다.

"나 키스하고 싶은데."

그의 눈빛 역시 열기를 품기 시작한다.

약속이나 한 것처럼 두 사람은 나란히 일어나 계산을 하고 로비의 프런트로 향했다. 기분 좋게 취한 우현이 내가 쏘겠다며 가방에서 지갑을 더듬거리자 해준은 됐다는 듯 그녀를 소파에 앉혔다. 체크인 하고 차에서 점을 가져오겠다기에 우현은 헤헤, 웃으며 고개를 끄덕였다.

가만히 천장을 바라보자 해준이 작업한 영상이 쏟아질 듯 우현의 시야 가득 펼쳐졌다. 밤에는 영상이 바뀌는 걸까. 이번에는 끝없는 하늘, 쏟아질 것 같은 별과 행성, 우주가 펼쳐졌다.

저 우주 속에서 그와 내가 만났다는 게 기적 같다. 사랑에 빠진다는 게 이런 건가 보다. 함께한 시간보다 함께할 시간으로 더 가슴 떨리는, 그런 것. 내 말 한마디에 미소를 짓는 그가, 그의 말 한마디에 가슴 설레는 내가 더할 나위 없이 기꺼운 관계. 우현은 붉게 달아오른 자신의 뺨을 양손으로 매만졌다. 적당히 올라간 체온은 더 뜨거워지기만을 기다리고 있는 것 같다.

행복했다.

"저 새끼랑 뒹구는 건 쉬운데 왜 나한테는 그렇게 비싸게 굴었어?"

불쑥 끼어든 목소리가 우현을 방해하기 전까지는.

익숙한 목소리에 우현은 고개를 들어 상대방을 바라보았다. 오늘 아침에도 뉴스에서 본 인물이었다. 지금도 아마 포털 사이트 뉴스 메인에 걸려 있을 인물.

박정한.

상대가 누구인지를 인식하자 우현은 퍼뜩 정신을 차리며 자리에서 일어났다. 잔뜩 흐트러진 옷차림, 실핏줄이 터진 눈, 초점이 맞지 않은 동공, 그리고…….

손에 들고 있는 칼.

위험을 눈치챈 우현 주변의 투숙객들이 황급히 소파에서 일어났다. 웅성거리는 기운을 느꼈는지 호텔 직원들이 하나 둘 우현과 정한이 있는 쪽으로 몰려들었고 보안 요원들이 무전을 치는 소리가 들렸다.

우현은 작게 욕지거리를 내뱉었다. 이럴 줄 알았으면 술 마시지 말걸. 취한 탓에 몸이 생각처럼 움직일 것 같지가 않다.

"그 늙은 년 말을 믿는 게 아니었어."

우현은 알아들을 수 없는 말을 하며 정한이 허공에 나이프를 휘둘렀다.

"헤어졌다더니 왜 또 붙어먹어? 난 시궁창에 빠졌는데 니들은 재미보고, 좋아? 4일 전에는 저 새끼 집에서, 엊그제는 차에서, 오늘은 대 놓고 호텔 방 잡고 놀게? 나도 끼워 주지그래?"

"흉기 내려놓으세요!"

보안 요원이 외쳤지만 정한의 귀에는 들리지 않는 듯했다.

우현은 덜컥 겁이 났다. 가벼운 현기증과 함께 등줄기를 타고 공포가 밀고 올라왔다. 술기운과 두려움이 마구잡이로 섞였다. 아니……. 아니야, 할 수 있어. 그녀는 자세를 바로잡았다.

그와 동시에 남자가 우현을 향해 칼을 휘둘렀다. 그녀가 간신히 피했지만 자세가 무너져 몸이 갸우뚱했다. 그 찰나를 놓치지 않고 남자가 나이프를 빗겨 잡아 휘두르는 광경이 슬로 모션처럼 천천히 이어졌다. 조명에 반사된 나이프가 반짝였다.

그리고 그 순간, 그녀의 앞을 가로막는 한 사람.

남자는 주저하지 않고 우현과 자신 사이에 끼어든 해준의 복부에 나이프를 꽂아 넣었다.

해준이 숨을 헐떡이며 쓰러지고 누군가의 찢어질 듯한 비명 소리가 뒤따랐다. 이 모든 게 너무나도 비현실적이었다.

남자가 다시 쓰러진 해준을 향해 칼을 휘두르려 하자 우현은 그의 앞을 가로막았다. 그녀가 정한의 손목을 잡아 꺾자 그의 요란한 비명 소리와 함께 피 묻은 나이프가 바닥에 떨어져 나뒹굴었다. 이를 신호로 보안 요원들이 몰려와 남자를 제압했다.

우현은 황급히 몸을 돌려 쓰러진 해준에게 다가갔다. 그가 신음하며 헐떡일 때마다 복부에서 울컥 피가 쏟아지고 셔츠의 반은 이미 붉게 물들었다.

"해준아."

창백한 안색. 그녀의 손이 덜덜 떨렸다.

"의사입니다. 응급 처치 할게요, 비켜 주세요."

흰 정장 차림의 여자가 침착하게 말하며 해준에게 다가왔다. 여자가 직원이 가져다준 타월로 그의 복부를 지혈하고 능숙하게 바이탈을 체크했다. 과다 출혈로 안색이 파리한 해준이 눈을 뜨려고 안간힘을 썼다.

우현은 애써 터져 나오려는 눈물을 참으며 주변을 두리번거렸다. 보안 요원들에게 제압당해 바닥에 엎드려 결박당한 정한

이 그녀를 보며 웃고 있었다.

태양을 삼킨 것처럼 몸이 뜨거워졌다.

"⋯⋯죽여 버릴 거야."

저 아래에서부터 치받는 격렬한 분노. 우현은 정한을 똑바로 바라보았다. 그녀는 그의 눈에서 통쾌함과 기쁨을 읽었다.

"물러서세요! 안 돼요!"

우현이 정한에게로 달려들자 누군가가 외치며 그녀를 붙잡았다. 하지만 이미 이성을 잃은 그녀에겐 들리지 않았다.

역시 그때 죽여 버릴 걸. 아니, 어깨가 아니라 아예 팔을 못 쓰게 불구로 만들어 버렸다면 이런 일 따윈 없었을 거야. 수많은 가정이 그녀의 머릿속에 정신없이 맴돌았다. 그러다 갑자기 시야가 흐릿해지고 공간이 뒤틀리며 온 세상이 핏빛으로 젖어들었다.

탈진한 우현은 그대로 바닥에 주저앉았다. 언제 도착했는지 구급대가 해준을 들것에 싣고 산소마스크를 씌우고 있었다. 그녀는 넋이 나간 얼굴로 간신히 몸을 일으켜 그에게 다가갔다. 아직 의식이 있는지 해준은 안간힘을 쓰며 숨을 몰아쉬고 있었다.

"⋯⋯해준아."

우현이 작게 읊조리자 그가 무어라 입술을 달싹인다.

"환자 옮길게요. 보호자 동행해 주세요."

구급대원이 우현을 막아서며 들것을 밀었다.

해준이 멀어져 간다.

모든 것이 비현실적인 현실이다.

뉴스 화면이 나가는 도중에 AD가 황급히 애리에게 A4용지를 건넸다.

"지금 시청자 제보 영상 편집 중이에요. 다다음 꼭지…….
여성 공중 화장실 몰카 피의자 구속 뒤에 넣을게요."

서울 모 호텔. 박정한, 김해준, 최우현. 흉기에 찔려 병원 이송. 도대체 이게……. 원고를 읽은 애리의 표정이 굳었다.

"방금 들어온 소식입니다. 필로폰 투약과 밀수, 성범죄 혐의로 불구속 수사 중인 대명 코스메틱 박정한 상무가 서울의 한 호텔에서 흉기 난동을 벌여 현장에서 경찰에 체포됐습니다. 이서규 기자 단독 보도입니다."

애리의 리포팅에 이어 시청자 제보라는 이름으로 스마트폰 카메라로 찍은 장면이 공개됐다. 영상은 박정한이 우현을 흉기로 위협하며 무어라 고함을 치는 것으로 시작됐다. 우현 대신 칼에 찔리는 해준, 박정한을 제압하는 우현과 체포 순간까지. 로비에 있던 누군가가 찍은 영상에는 당시의 현장 상황이 고스란히 담겼다. 영상 속 박정한이 휘두른 칼은 모자이크 되었지만 해준의 핏자국만큼은 완벽하게 지우질 못했다.

메인 뉴스가 마무리되고 날씨와 스포츠 뉴스로 이어지자 애리는 데스크에 정신없이 펼쳐진 서류를 정리하며 입술을 물어뜯었다. 어디부터 무엇이 잘못된 걸까. 직접 뉴스를 전했지만 사실 같지가 않았다. 분명 우현은 도윤과 결혼할 거라고 했는데, 김해준이 다시 붙잡은 걸까. 그리고 박정한은 도대체 왜.

"선배, 저 이애리예요. 지금 어디 계세요?"

보도국 스튜디오를 벗어난 애리는 곧장 서규에게 전화를 걸었다.

— 나 지금 경찰서 가는 중이야. 호텔이랑 김해준 실려 간 병원이랑 세 팀이 나눠서 움직였어.

제일 노련한 서규가 경찰서로 움직인 모양이었다.

"저 지금 그쪽으로 갈게요."

어차피 조사 중이니 당장 경찰들도 코멘트를 하지 못할 것이다. 잠깐 얼굴 볼 시간 정도는 되겠지. 애리는 서둘러 자신의 차에 올랐다.

일련의 장면들이 전파를 타자 포털 사이트 실시간 검색어와 SNS, 온라인 커뮤니티에는 서울 한복판에서 벌어진 사건에 커다란 관심을 보냈다. 마약과 성범죄 혐의로 불구속 수사를 받고 있던 재벌 3세, 열애와 결별로 연예 뉴스란을 뜨겁게 달군 포토그래퍼와 미모의 스포츠 스타. 드라마가 아니고선 하나로 엮기도 힘든 조합이다.

관할 경찰서에 도착하자 방송국 보도 스티커를 단 차량이 주차장에 빼곡했다. 현관에서부터 사진기자들이 깔아 둔 사다리가 가득했고 기자들 몇몇은 열심히 어딘가에 전화를 돌리고 있었다. 잠시 후, 검정색 세단에서 정장 차림의 남자가 내려 경찰서 건물 안으로 들어가자 정신없이 스트로보가 터졌다.

"저 남자 누구야?"

"박정한 쪽 변호사요."

"얼굴 썩었네, 썩었어."

기자들이 떠드는 소리를 뒤로하고 애리는 서규에게 도착했다는 메시지를 보냈다.

"안 그래도 문형원 검사 인터뷰 때문에 그 라인 다 뒤집히게 생겼는데 흉기 난동이라니 망했죠 뭐. 김해준 상태는 어떻대요?"

"지금 수술 중이래."

"걔도 참 팔자 사납네요. 선배, 웃긴 게 지금 여기 사회, 스포츠, 연예부 기자들 다 와 있어요."

"안 그래도 우리 부장들 지금 서로 자기 거라고 싸우고 있대. 사회부는 박정한이 피의자니까 자기 거다, 스포츠는 최우현이 제일 유명하지 않냐, 연예는 김해준이 피해자니까 우리가 가겠다. 야, 나 치킨 다리 입에 넣으려다가 연락받고 뛰쳐나왔어. 아니, 최우현이랑 김해준은 왜 호텔에 있던 거야? 둘이 헤어지고 최우현 그 의사랑 결혼한다며."

"결혼하는 거 동생이랍니다. 다시 만나나 보죠."

서규를 기다리며 포털에서 뉴스를 체크하던 애리의 손이 순간 멈칫했다.

"이애리."

그때, 먼 곳에서 서규가 빠른 걸음으로 다가와 그녀에게 손짓을 했다. 서규는 애리를 경찰서 구석에 주차한 자신의 차로 데려갔다.

"어떻게 된 건지 설명해 주세요."

애리가 담담하게 입을 열자 서규가 낮게 한숨을 내쉬었다. 어디까지 이야기해야 할지 고민하는 눈치였다.

처음 시작은 애리가 정보를 준 박정한이었지만 결국 그가 최후에 도달한 곳은 황수영이었다고 했다. 10년에 걸쳐 지속적으로 황수영은 자신이 가진 돈과 권력을 이용해 최우현을 압박했다고.

"그러니까……. 황수영이 최우현을 박정한한테 팔아넘기려고 한 거네요."

애리의 말에 서규가 덧붙였다.

"하지만 최우현은 안 넘어갔고. 거절을 거절이라고 생각 안 하고 튕기는 거라고 착각하는 찌질한 새끼들 있잖아. 그게 반복되다 보니까 비정상적으로 집착하게 되고. 박정한 그 새끼는 극단으로 몰리니까 그냥 다 최우현 탓이다! 해 버린 거 같아."

김해준은 비록 헤어졌지만 최우현에게 남은 위험 요소를 정리하길 원한 것 같다고 했다. 황수영의 구속이 개인적인 원한이라면 박정한을 정리하려고 한 건 그런 의도일 거라고. 서규의 추측에 애리 역시 고개를 끄덕였다.

"취재하다가 그날 런칭 파티 현장에 있던 보안 요원 인터뷰를 했어. 이거다 싶어서 김해준 쪽에 컨택을 했는데 알려지길 원치 않더라고."

"왜요?"

"아직 한국 사회에선 여자인 최우현 쪽이 입을 피해가 더 크다고, 운동에만 전념하게 해 주고 싶다나."

서규는 담담한 어조로 말하던 해준을 떠올렸다.

'기자님이 아시다시피 우린 헤어졌고 이제 전 나서서 우현일 보호해 줄 자격도 없습니다. 우현이 열아홉 살 때 부모님 잃고 혼자 모든 걸 판단하면서 살았어요. 물질적으론 부족한 것 없었겠지만 많이 버거웠을 겁니다.'

피해자가 왜 숨어야 하냐고, 정당방위를 주장하면 되지 않냐고, 독단적이고 비겁한 판단 아니냐며 서규가 자극하자 해준은 현실적으로 그게 가능하냐며 반문했다. 첫사랑, 그 후 자신 때문에 10년을 생부의 아내에게 시달렸는데 더는 원치 않는다는 말에 서규는 입을 다물 수밖에 없었다.

"단독 욕심났지만…… 그 말도 맞으니까. 최우현 도핑 스캔들 때 그렇게 시달렸는데, 이제 복귀해서 올림픽 준비해야 하는 애인데 뒤늦게 보도 나가면 하등 도움 안 되는 것도 맞고."

그래서 김해준은 박정한을 치워 버리기로 한 것이고.

"마침 김해준 쪽에서 어떤 경로를 통해 박정한한테 약물 문제가 있을 거라는 이야길 들었나 봐. 실제로 박정한이 필로폰을 했고……. 아, 박정한 수사할 때 외압 있었다고 인터뷰 한 문형원 검사, 김해준 사촌 김해령 검사 동기야."

서규의 말에 애리는 낮은 한숨을 내쉬며 지끈거리는 미간을 꽈악 눌렀다.

"그래서 선배가 숨겼군요."

"후배 공과 가로채려 한다고 생각했니?"

"아뇨. 그냥 이상했어요. 평소의 선배답지 않아서."

애리의 말에 서규는 이해한다는 듯 고개를 끄덕이며 말했다.

"일어나자. 나 가 봐야 해."

"혹시 김해준 경과 들어오는 거 있으면 시간 늦어도 상관없으니까 메시지 주세요. 저도 좀 신경 쓰여서요."

"그래. 그건 걱정 말고."

서규에게 오프 더 레코드를 약속하고 애리는 자신의 차에 올랐다.

건대를 지나가는데 병원 쪽으로 방송 차량 몇 대가 보였다. 해준이 이 병원으로 이송되었나 보다. 애리는 속도를 늦추고 잠시 응급실 쪽을 응시했다. 어깨에 카메라를 건 기자 몇몇이 모여 있는 것이 눈에 들어왔다. 무사해야 할 텐데. 저도 모르게 중얼거렸다.

몇 번을 망설이다 해준에게 우현의 결혼에 대해 아느냐며 말을 던졌다. 그때 남자의 눈에 비친 절망이 며칠 동안 뇌리에 남아 잊히지가 않았다.

피곤에 절어 길가에서 담배를 피우고 있는 의사가 눈에 들어왔다. 자연스럽게 애리는 도윤을 떠올렸다.

너도 이제 내 심정을 조금은 알지 않았을까. 이런 상황에도 결혼은 동생이 하는 거라는 말 한마디에 세상을 다 얻은 것 같은 내 마음을.

애리의 차는 영동대교를 건네 강변북로에 진입했다. 어수선한 마음을 떨쳐 내고자 라디오를 컸는데 자정 뉴스에 해준의 사건이 흘러나와 순간 심장이 덜컥 내려앉았다. 아직 수술 중이라는 것 외엔 알려진 게 없나 보다. 살아 있다는 거니까, 하며 애리는 애써 긍정적으로 생각하려 노력했다.

그런 사랑을 한다는 것은 어떤 심정일까.

차마 가늠할 수가 없어 마음이 저 아래 깊은 곳으로 침잠해 갔다.

꽁뜨르 아따끄 Contre-attaque

역공

　중환자실, 해준은 드라마에서나 보았던 기계들에 둘러싸여 있었다. 핏기 없이 창백한 얼굴과 굳게 닫힌 눈. 유리처럼 파리하다.

　급하게 병원에 온 해준의 외삼촌과 숙모는 울지도 못하고 몸을 떨고 있는 우현에게 따뜻한 담요와 차를 건넸고, 의료진이 중환자실 면회는 가족만 된다고 하자 해령은 우현을 약혼녀로 소개하며 병실로 밀어 넣었다.

　중환자실에 들어오기 전에는 한없이 나쁜 생각만 들었는데 얼굴을 보니 오히려 차분해졌다. 그래, 늘 깊은 잠을 자지 못했지. 우현이 불면증이냐고 물을 때면 해준은 그냥, 너 보면 잠이 잘 안 온다며 얼버무리곤 했다.

　그러니까 해준은 지금 긴 잠에 빠졌다.

서서히 자가 호흡도 하고 바이탈도 안정을 찾아가고 있다고 했다. 할 수 있는 모든 것을 다 했으니 이제 기다리는 방법밖에 없다고 그랬다.

그러니까 깨어나겠지.

만나자마자 이야기할 걸 그랬다. 헤어졌는데도 네가 생각나서, 꿈에서도 네가 보여서 미칠 것 같은데 다른 남자와 결혼이라니 말이 되냐고. 괜히 안 하던 짓을 해서는 이렇게 되고 말았어. 허탈한 웃음과 함께 우현의 눈가가 붉어졌다. 하지만 눈물을 흘리지는 않았다. 그래서는 안 될 것 같았다.

공허함이 깃든 빈 눈동자로 수영은 멍하니 창밖을 응시했다. 햇살이 쏟아지는 화창한 가을. 정신이 혼미하고 현기증이 일었다. 요즘 부쩍 심해진 비문증 탓에 시야가 흐릿하고 선명하지가 않았지만 아크릴 벽을 사이에 두고 마주 앉아 있는 여자만큼은 분명하고 또렷하게 인식되었다.

"면회 거절할 줄 알았는데 의외네요."

보자마자 욕설을 하고 고함을 칠 것이라는 수영의 예상과는 다르게 우현은 차분했다. 수영은 우현을 똑바로 바라보며 면밀하게 훑어보았다. 평소보다 수척하고 다소 피곤해 보이긴 했지만 특유의 분위기는 여전했다. 윤기 나는 머리카락, 새까맣게 빛나는 눈동자, 깨끗하고 흰 피부와 고집스러운 입매. 도저히 부러질 것 같지 않았던 당당한 그 얼굴, 때때로 수영의 속을 뒤집었던 그 모습 그대로다.

"이렇게 마주 앉아서 이야기하게 될 줄은 몰랐어요."

지금도 이따금씩 불쑥 질투의 감정이 올라올 만큼, 눈앞에 있는 그의 여자는 여전했다.

"해준이…… 들으셨죠? 변호사가 계속 들락거릴 테니까."

우현이 바로 본론으로 들어가자 수영의 눈동자가 조금 흔들렸다.

"의식은 돌아왔니?"

"아직요."

수영이 변호사에게서 해준의 사고 소식을 들은 게 벌써 5일 전이었다. 알아본 바로는 수술은 성공적이며 전체적으로 빨리 회복 중이라는데 도통 환자가 눈을 뜨지 않는다고.

우현이 그녀를 빤히 바라보다가 피식 미소를 지었다.

"얼굴 많이 안 좋네요. 예전엔 우아하고 기품이 넘쳤는데."

약 올리려는 건가. 내용은 빈정거림과 적의를 담고 있었지만 우현의 어조는 평온했다. 여태껏 최고의 환경에서 누릴 수 있는 모든 것을 다 손에 쥐고 살았던 수영이었다. 매일 접견 변호사가 들락거리며 보좌하고 있지만 최소한의 생활만 유지되는 구치소에서의 생활이 평탄할 리 없다.

"모욕을 주려는 거면……."

그만하라는 듯 수영이 자리에서 일어나려 하자 우현이 미묘한 표정으로 입을 뗐다.

"기억나세요? 저 세계 선수권 끝나고 인천 공항 떨어지자마자 바로 성한전자 행사 불려 간 거. 허리 부상 때문에 한국 오는 비행기에서 내내 아파서 울었는데, 도살장 끌려가는 소처럼 정 실장한테 멱살 잡혀 끌려갔어요. 황수영 회장님 지시라고. 진통제 때문에 통통 부어서 기사 사진 찍히고, 임신했다고 악소문 돌고."

우현의 음성은 노래하듯 나긋했다. 오히려 그 모습이 더 위화감이 들어 수영은 굳은 얼굴로 수의의 바짓단을 살짝 움켜쥐었다.

"웃기지 않아요? 난 몸 상태 조금만 이상해도 다음 날 바로 임신했대. 도대체 내가 모르는 애를 몇이나 중절했는지 모르겠네."

우현의 말을 끝으로 잠시 침묵이 들이찼다.

"지라시 유포자 잡았어요. 성한증권 직원이더라고요."

모두 수영이 비서실장을 통해 은밀하게 지시한 일이었다. 어차피 세상은 진실에 관심 없다. 예쁘고 매력적인 젊은 여자의 은밀한 성생활과 추문. 손가락으로 만든 적당한 상상력, 상황의 도움만 있으면 돈 안 들고 사람 하나 흠집 내기 딱 좋은 소스였다.

"돈 받고 마약하면서 섹스하고 그러다 찍힌 포르노 유출되고. 내가 진짜 박정한이랑 잤으면 그 영상 날 닮은 애가 아니라 나였겠지. 남자들 많은 인터넷 커뮤니티에 그 동영상 공유 한다 그러면 순식간에 댓글이 몇 백 개가 달렸대요. 제발 좀 보내달라고."

그렇다던데, 그거 아니래, 그럼 말고.

그 가벼운 흥미에 10년을 시달리고 상처받았다.

"박정한 운전기사가 그랬어요. 그냥 한번 대 주고 말지 너 때문에 피곤하다고, 어차피 이놈 저놈 다 물리고 다닌 몸 뭘 아끼냐고. ……개새끼. 죽이려다 올림픽 때문에 참았네."

우현이 욕지거리를 내뱉자 수영의 미간이 살짝 일그러졌다. 차마 듣지 못할 것을 들었다는 듯, 천박하고 더러워 상종도 못 할 것 같다는 듯한 수영의 태도에 우현이 코웃음을 쳤다.

"왜 그래요? 본인이 한 짓인데."

수영이 무언가 입을 떼려다가 꽉 다물어 버렸다. 여전히 여왕처럼 구네. 우현은 빙글거리는 얼굴로 몸을 부들부들 떨고 있는 수영을 보며 헛웃음을 지었다.

황수영을 만나기 위해 이곳에 오면서 우현은 많은 생각을 했다. 가장 앞섰던 감정은 역시 분노다. 고작 그런 대단한 이유 때문에 여자인 자신이 당할 수 있는 모든 정신적 폭력을 자행했냐는 원망과 분노. 그것도 모자라서 도핑 조작까지.

"저한테 한 짓 아주 구체적으로 설명 잘 들었구요. 황 회장님이 외모는 우아하고 품격이 넘치시는데 그렇게 추접한 사람일 줄은 몰랐어요. 그러니까……."

우현이 한숨 쉬듯 말했다.

"평생 거기서 썩으세요. 옥사하면 더 좋고요."

수영은 실핏줄이 터진 붉은 눈으로 우현을 바라보았다. 당장 욕설을 퍼붓고 그대로 되갚아 주겠다고 울부짖을 줄 알았는데, 수영의 예상과는 다르게 우현은 침착하고 냉정해 보였다.

차갑게 분노하는 모습이 그 옛날 유진을 닮았다.

"해준이 못 일어나면 나도 내가 무슨 짓을 할지 몰라요."

가방을 챙기고 일어나며 우현이 입술을 깨물고 울음을 참고 있는 수영을 향해 서늘한 시선을 던졌다.

"안 그러면 내가 당신 죽일지도 몰라. 알잖아요, 칼 휘두르는 거 나보다 잘할 사람 세상에 드물다는 거. 그러니까 황수영 씨, 그냥 거기 있어요."

수영의 눈에서 눈물 한 방울이 흘렀다. 우현은 후회의 눈물일 거라고 생각하지 않았다. 그저 분하겠지. 우습게 알았던 어린 계집애한테 모욕을 당했다는 서러움, 사회에서 누리던 자신의 지위, 돈, 명예, 그 모든 것을 다 빼앗기고 내던져졌다는 울분.

면회실을 나선 우현은 들어왔던 길을 따라 다시 구치소 밖으로 나왔다.

생각했던 것보다 후련하지는 않았다.

어두운 밤, 해준은 긴 꿈을 꾼다. 어둡고 고요해서 황량하기 짝이 없는 그의 정원에 침입한 소녀. 나뭇가지 사이로 쏟아지는 햇살의 한가운데에서 그녀는 홀로 서서 소년이 된 그를 기다리고 있다.

해준은 손을 뻗어 그녀를 잡는다.

곁에 있어 줘.

그의 마음을 눈치챘는지 그녀가 발꿈치를 들어 키스한다.

가볍게 입술이 닿았다 떨어진다.

짧은 입맞춤. 입안에서 설탕이 녹아내리는 느낌이다.

아쉬운 마음에 해준은 소녀를 품에 가득 안는다. 체온이 높아 따뜻하고 아늑하다. 닿는 살결이 기분 좋아 그는 몸을 비빈다. 조용히 심장 박동이 빨라진다. 고장 났던 그의 시계가 천천히 움직인다. 그녀가 웃자 째깍거리며 돌아간다. 손을 잡자 똑딱거리는 소리가 귓가를 울린다.

함께 발걸음을 옮길 때마다 정원에 붉은 장미가 피기 시작한다. 새빨갛고 탐스러운 꽃송이가 따스한 바람에 흔들리고 오후의 나른한 햇살이 두 사람의 어깨를 감싼다. 그녀가 환하게 웃을 때마다 하나로 올려 묶은 머리카락이 흔들리고 해준은 그 광경을 넋 놓고 바라보다가 손을 뻗어 끝을 살며시 움켜쥐어본다. 매끄럽고 부드러운 감촉. 가슴속 무언가가 일렁거리며 간질인다. 그녀를 닮은 바람 때문인지, 이 아찔한 장미향 때문인지, 아니면 우현, 그녀 때문인지.

바람이 불 때마다 나무가 흔들리고 가지가 부딪히며 소음을 만들어 낸다.

처음 우현을 만난 후 며칠 동안 자꾸 눈앞에 그녀의 얼굴이 아른거리는 이상한 경험을 했다. 밤마다 목 안에 최우현이라는 이름이 맴돌고, 두 눈 가득 그 흰 얼굴이 차오르고, 그러다 문득 정신 차렸을 때 어느새 그녀는 그의 제일 깊은 마음속까지 와 버렸다.

갑자기 이름이 부르고 싶어 해준은 무어라 입술을 달싹이려

했지만 목소리가 나오지 않는다. 그저 멍하니, 넋 놓고 장미꽃을 바라보며 등을 보이고 서 있는 우현을 바라본다.

장미꽃과 그녀.

참을 수 없어 찰칵, 사진을 찍는다.

놀란 눈으로 그녀가 그를 응시한다.

해준은 빠른 걸음으로 그녀에게 다가갔다. 허리를 안고 입을 맞추고 몸을 맞댄다. 처음도 아니면서 조급하게, 서툴게, 서로의 호흡을 나눈다.

해준이 입술을 깨물자 우현은 달뜬 신음을 내뱉으며 그의 어깨를 안는다. 손이 얽히고 혀가 얽혔다. 체온이 뒤섞이고 땀방울이 뒤섞인다. 시공간이 일그러지며 세상의 모든 것들과 멀어지는 느낌이다.

그래, 여긴 오직 너와 나에게만 허락된 또 다른 세상. 어느새 찾아온 밤의 하늘엔 수많은 별이 두 사람을 향해 쏟아진다. 이제 우린 눈부시고 아름다운 이야기만 나눌 거야. 처음 해준이 마주쳤던, 그리하여 사랑에 빠지고 영혼을 빼앗기고 말았던 그 소녀가 그의 귓가에 속삭인다. 우현아, 라고 부르자 소녀는 고개를 끄덕이며 수줍게 그에게 입을 맞춘다.

바람이 분다. 따스하고 부드럽다. 아마도 너를 닮은 것 같다고 말하자 그녀가 볼을 밝힌다. 그 모습이 너무나도 사랑스러워 해준은 쪽 소리 나게 입을 맞춘다. 너무나도 아찔해, 녹아내릴 것 같다.

현실 같은 꿈, 꿈같은 현실.

그는 눈을 뜬다.

　제일 먼저 해준의 눈에 들어온 것은 소파에 누워 잠이 든 우현이었다. 푸른빛이 창으로 스미는 것을 보니 새벽 같았다. 잠시 천장을 보며 눈을 깜빡이다가 반쯤 몸을 일으켜 주변을 둘러보았다. 반대편 간이침대엔 처음 보는 중년의 여성이 옅게 코를 골며 잠들어 있었다. 간병인인가. 간병인까지 고용할 정도면 도대체 얼마 동안 깨어나지 못한 걸까. 그는 아직 멍한 머릿속을 천천히 정리해 본다.

　그날따라 유독 우현은 기분이 좋아 보였다. 자꾸 말할까 말까 입술을 달싹거리다가 입을 가리고 웃는 게 어린애 같았다. 혼자만의 어마어마한 비밀을 품고 있는 것처럼. 그러다 이따금 무언가 걱정스러운 얼굴을 하기도 했다. 아마도 해준이 왜 숨기고 말하지 않았냐고 화를 낼 거라고 생각하는 듯했다.

　결혼한다는 게 헛소문인 것, 이미 알고 있는데. 백화점에서 같이 있던 그 남자가 동생의 남편이 될 사람이라는 것도.

　몸을 움직이려 하자 배가 뻐근하게 당기며 미약한 고통이 느껴졌다. 작게 신음하자 그 소리에 우현이 뒤척이다가 벌떡 소파에서 몸을 일으켰다.

　"김해준?"

　"……응."

"너 깼어?"

우현이 침대 맡에 있는 스탠드를 켰다. 눈이 부시다. 살아 있긴 한가 보다.

"어, 잠깐만. 아, 간호사! 간호사 불러야지!"

벨이 바로 옆에 있음에도 불구하고 우현이 후다닥 병실 밖으로 뛰어나갔다. 잠시 후, 의료진이 몰려와 해준의 상태를 체크했다. 우현은 한 발자국 떨어져 입술을 잘근잘근 깨물었고 어느새 잠에서 깬 간병인이 '아이고! 정신 들었네!' 하며 부산스럽게 외쳤다.

언제 아침이 왔는지 가을 햇살이 깔려 들어와 그를 감쌌다.

의료진이 그의 상태를 확인하고 자리를 뜨자 우현이 살며시 그의 손을 자신의 양손으로 감싸 잡고 눈을 감았다.

"해준아."

"응."

"김해준."

"⋯⋯응."

점점 눈가가 붉어지는 것 같더니⋯⋯.

결국 우현은, 울고 만다.

"근데 너, 나 결혼한다는 헛소문 언제 알았어?"

"발리에서 한국 오자마자."

"아, 나 쪽팔리게 왜 모른 척했냐."

우현이 묻자 해준은 그저 어깨만 으쓱했다. 괜히 부끄러워

우현은 볼에 바람을 넣고 인상을 찌푸렸다. 도대체가 표정으로 뭐 읽히는 게 있어야지. 또 혼자 북 치고 장구 치고. 어쩐지 발리에선 다 죽을 것처럼, 미친놈처럼 굴다가 한국 오니까 미묘하게 태도가 바뀌긴 했다. 그냥 이건, 최우현이 눈치가 없어서 벌어진 참사.

해준이 눈을 뜨자 우현은 대성통곡을 하며 결혼 같은 거 안 한다고 거짓말해서 미안하다고 머리를 박고 울었다. 내가 널 두고 어딜 가냐고 눈이 붉어져 훌쩍이는데 칼 맞은 게 이렇게 보람찰 수 있나 그는 잠시 고민이 되었다.

우현은 얼굴을 붉히며 헤어드라이어를 꽂고 해준의 머리를 말리기 시작했다.

해준은 의식을 차리고 일주일 후인 오늘, 퇴원했다. 빨리 해도 됐는데 우현이 잘못될지도 모른다며 더 있으라고 고집을 부렸다. 의사는 평소에 체력 관리를 잘 해 둬서인지 회복이 빠른 편이지만 큰 수술을 했으니 당분간은 식사 잘 챙기고 쉬라고 당부했다. 덕분에 우현은 자신의 짐을 다 싸 들고 해준의 집에서 지내겠다며 쳐들어왔다. 훈련 때문에 낮에는 집을 비우겠지만 그래도 혼자 있는 것보다는 낫지 않냐기에 해준은 흔쾌히 받아들였다. 당연히 좋지. 계속 같이 있을 수 있는데.

머리카락이 어느 정도 마르자 우현이 해준을 일으켜 침실로 잡아끌었다. 이불을 걷어 주고 여기 누우라는 듯 탁탁 친다. 소꿉놀이 하는 것 같네. 해준은 얌전히 우현이 하자는 대로 침대에 몸을 뉘였다.

"너도 누워."

해준이 침대에 걸터앉은 우현의 손목을 잡아끌며 말했다.

"안 돼, 나 잠버릇 험해. 배 걷어차면 어떡해."

우현이 단호하게 말하자 해준이 잡은 손목을 잡아당겼다.

"안 험해. 그리고 다 아물었다니까."

"그래도 위험해. 내가 너 덮칠지도 몰라."

그녀가 단호하게 말하자 그는 낮게 한숨을 내쉬었다.

"……그래, 그럼."

해준이 나직한 어조로 말하며 우현의 손목을 놔주고 반대편으로 몸을 돌려 등지고 누웠다. 더는 대화하지 않겠다는 듯 이불을 올려 덮자 침대가 작게 출렁였다. 우현이 몸을 움직여 더가까이 다가온 모양이었다.

"화났어?"

역시 그의 예상대로다.

"해준아. 응? 화내지 마."

우현이 이불 안으로 들어와 등 뒤에서 그의 허리를 안았다. 부드러운 가슴이 견갑골에 닿자 해준은 수술 부위가 뻐근해져 잠시 몸을 웅크렸다. 갑자기 근육이 긴장하고 몸에 힘이 들어가면서 체온이 조금 오르는 듯한 느낌이 들었다. 미약했던 성적 흥분이 점점 거세지기 시작했다. 해준은 미동도 없이 누워 헛웃음을 지었다. 누가 누굴 덮친다고 걱정인지 모르겠네. 아무튼 최우현 웃긴 구석이 있다.

해준이 묵묵부답이자 우현은 그의 티셔츠를 걷고 수술 자국이 있는 허리춤을 살살 더듬었다. 그가 그녀의 손을 감싸 떼어 놓자 화가 나서 그런 거라고 생각을 했는지 우현이 또 해준의 허리를 꽉 안으며 아까보다 더 몸을 밀착했다.

"그만해."

"너 걱정되니까 그런 거잖아."

우현이 풀 죽은 어조로 중얼거렸다.

"김해준, 김해준 작가님, 김 작가, 해준 씨."

그녀가 연거푸 그의 이름을 불렀다. 말을 할 때마다 입김이 목덜미에 닿아 찌릿하다.

"해준 오빠."

아, 이건 좀 새롭네.

슬며시 미소가 나오려는데 우현이 그의 어깨를 잡아 자신 쪽으로 돌리게 했다. 침대 옆 작은 조명만 켜 둔 까닭에 또렷이 보이진 않았지만 분명 그녀의 눈동자가 반짝였다. 장난기 어린 눈, 어쩐지 유혹하는 듯한 미소.

"화 풀렸지?"

애초에 화난 적도 없는걸.

"……아직."

그는 마음과는 다른 대답을 했다.

"뭐야. 어떻게 해야 풀리는데."

몸을 일으켜 침대 헤드에 기대앉은 해준이 우현의 머리카락을 매만지며 느슨한 목소리로 말했다.

"가슴 보여 줘."

의외의 대답인지 우현의 눈이 조금 커졌다. 하지만 풉, 웃더니 몸을 일으켜 머리카락을 올려 묶었다.

"좋아, 스트립쇼를 보여 주지."

우현이 휴대폰으로 음악 어플리케이션을 만지작거렸다. 잠시 후, 라틴 리듬의 팝이 흘러나왔다. 중독성 있는 리듬이 반복되며 섹시한 음색의 여가수가 나른하게 하바나로 가고 싶다고 외친다. 우현이 리듬에 맞춰 살랑거리며 입고 있던 블랙 진부터 벗었다. 춤 잘 춘다, 하다 해준은 작년에 우현이 스페인의 바르셀로네타 해변을 배경으로 찍은 스마트폰 CF를 떠올렸다. 붉은 드레스를 입고 탱고를 추던 CF는 한국뿐 아니라 해외에서 큰 화제가 되었다.

우현이 몸을 움직일 때마다 매끈한 허벅지가 어른거린다. 언뜻 보이는 속옷에 점점 아랫배가 뻐근해지는 느낌이었다. 허공에서 시선이 얽히자 그녀의 입매가 부드럽게 휘었다. 그 순간, 발끝에서부터 전기가 일며 올라와 온몸을 휘감았다.

우현이 팔을 등 뒤로 둘러 후크를 풀고 티셔츠는 입은 채로 브래지어만 빼냈다.

"계속할 거야?"

해준의 물음에 우현은 대답 없이 가볍게 몸을 흔들다가 팬티마저 벗어 버렸다.

"최우현."

잠 험하게 자는 것보다 그게 더 수술 부위에 안 좋다는 것은 모르나 보지.

우현이 천천히 다가와 덮고 있던 이불을 치워 버리더니 마주 본 자세로 그의 허벅지 위에 걸터앉았다. 해준의 티셔츠를 벗겨 버리고는 장난스럽게 입술을 깨물며 유혹하는 듯한 표정을 지었다.

우현이 몸을 숙여 그의 수술 흉터를 핥았다. 말랑한 가슴이 허벅지를 스칠 때마다 점점 그의 몸도 달아올랐다.

흉터에서 시작된 그녀의 뜨거운 숨결이 배를 타고 올라와 가슴에서 쇄골로 목덜미로, 그러다 그의 입술에 도착했다. 해준은 양손으로 그녀의 뺨을 감싸고 뜨겁게 입을 맞추었다. 입술이 닿고 서서히 두 사람의 심장 박동이 같은 박자로 움직였다.

어둠이 두껍게 쌓였다. 하지만 해준은 외롭거나 두렵지 않았다. 그 끝없는 밤을 충동을 억누르며 보냈다는 것이, 날뛰는 정신을 붙들어 묶는 데에만 썼단 것이 믿기지 않을 정도다.

지금까지의 시간이 꿈처럼 아득했다.

그는 하고 싶은 말이 너무나 많아서 오히려 아무런 말도 할 수가 없었다.

처음 우현이 결혼한다는 말을 들었을 때를 떠올렸다. 옥사하는 게 빠를 거라는 여자, 대선을 포기하고 재기 불능 상태로 나락에 떨어진 남자. 모든 것을 다 이루었는데도 그가 전혀 기쁘지 않았던 건 그녀를 잃었기 때문이었다.

……결혼을 한다고 한다.

다른 남자와, 네가.

10년 동안 가장 두려워했던 남자와, 그녀가.

모든 피가 남김없이 빠져나가는 느낌이 이런 걸까. 순간 차곡차곡 쌓아 두었던 감정의 둑이 속절없이 무너져 내렸다. 끓어오른 마음은 가눌 수 없이 넘쳐 도무지 감당이 되지 않았다. 그때부터 좀 미쳐 있었던 것 같다. 어떻게든 붙잡고 싶어서, 그래서.

"나 버리지 마."

해준이 그녀의 어깨에 이마를 기대며 간절하게 말했다.

"사랑해."

해준의 목소리가 선명하게 공간을 울렸다.

"알아."

우현은 그녀답게 대답했다. 그리고 그의 뺨을 매만지며 다시 입을 열었다.

"나도 사랑해."

그가 낮게 숨을 몰아쉬었다.

우현은 손을 뻗어 남자를 깊이 안았다.

두려워하지 마. 어디 안 가.

난 네 곁에 있을 거야.

네가 불길이어도, 난 널 원해.

그동안 애리는 두 번 소개팅을 했고 세 번 선을 봤다. 마음에 드는 남자는 없었다.

그리고 오늘은 세 번째 하는 소개팅. 어디 중견 기업 둘째 아들이라고 했던가. 이름도 기억이 나지 않는다. 그냥, 괜찮으면 한 번 더 보고 아니면 말고.

예약한 샵에서, 애리는 헤어 클리닉을 받으며 잡지를 집어 들었다. 평소에는 샵에서 잡지를 잘 보지 않는데 초록이 가득한 숲을 배경으로 붉은 실크 드레스를 입고 있는 우현의 커버 때문에 무심결에 펼쳤다.

……예쁘네.

몇몇은 그럴 거면 연예인을 하지 그랬냐며 우현을 두고 빈정거리지만 확실히 그쪽과는 다른 오라가 있다. 거기다, 잘하잖아. 화보를 아무리 멋지게 찍어 놔도 경기장에서 기자가 찍은, 조명 하나 없고 메이크업도 하지 않은 사진들이 더 유명할 정도다. 얼마 전엔 남자 선수와 연습 게임을 하는 영상이 SNS에 떠돌아 애리가 뉴스에서 소개를 할 정도로 화제가 되었다. 외신에서도 스캔들에도 무너지지 않은, 여전히 건재한 사브르 여제라며 꽤 비중 있게 다루었다고 했다.

짤막한 인터뷰는 핑크 리본 캠페인의 취지에 맞춰 유방암 검진과 운동선수로서 몸 관리 노하우로 채워져 있었다.

화보는 퇴폐적이면서도 나른한 분위기가 물씬 느껴지는 컷들이 많았다. 노출이 많지 않은 의상임에도 불구하고 조금씩 가슴을 강조하는 포인트 때문인지…… 느낌이 미묘하다. 가장 시선을 끄는 것은 발리의 선셋과 함께 담긴 실루엣. 금빛에 휘감긴 여자의 몸매 라인이 꽤 적나라하다.

"그거 옷 입은 거래요."

그때 불쑥 헤어디자이너가 끼어들었다.

"최우현 화보요. 요즘 그거 누드냐 아니냐 가지고 밝기 밝혀 보고 난리도 아니잖아요. 우리 샵 메이크업 아티스트가 그 화보 작업했거든요."

"아, 네."

그러다 문득 마지막 단락에서 애리의 시선이 멈췄다.

SHOT BY HAEJUN KIM.

해준의 사고 후 우현은 공식적으로 '결혼은 루머'라고 보도 자료를 냈다. 결혼은 동생이 하며 부모님이 안 계시다 보니 가까운 친구의 어머니가 준비를 도와주신다고, 더 이상의 억측과 소문은 자제해 달라고.

애리는 시선을 미끄러뜨려 자신의 휴대폰을 바라보았다. 결혼하는 것도 아니라면서…… 그렇게 나는 아닌 걸까.

인터뷰는 괜히 샘이 날 것 같아 읽지 않았다.

"끝에 웨이브 살짝 넣어서 말아 드릴게요. 여성스럽게."

디자이너의 말에 애리는 건성으로 고개를 끄덕이며 입술을 깨물었다.

자존심이 상한다.

얼마나 더 매달려야 해.

"많이 취한 거 같은데."

몸을 제대로 가누지 못하는 도윤을 보며 동기들이 고개를 절레절레 저었다. 새로 부임한 교수의 환영식을 겸한 오랜만의 회식 자리였다. 말술이라 취한 적 없는 서도윤이 오늘따라 무슨 일이냐며 다들 흥미로운 기색이 역력했다.

　"먼저 들어가. 찬바람 맞으면 괜찮으니까."

　도윤이 병원 뒤쪽에 있는 벤치에 앉아 손을 휘휘 저었다.

　"너 그 소개팅녀한테 차였냐?"

　"아니라니까."

　"적당히 있다가 들어와. 이런 데서 잠들면 입 돌아간다."

　동기의 말에 도윤은 알았다는 듯 고개를 끄덕이고는 벤치 등받이에 완전히 몸을 기댔다. 이제 제법, 바람이 차가웠다. 하늘을 보니 달이 밝았다. 가로등도 다 꺼진 어두운 곳인데도 달빛 때문인지 사물이 선명하다.

　지난주 관리해 주던 주식, 펀드를 전부 정리하고 현금화해 우현에게 건넸다. 의대 졸업하고부턴 제대로 움직이지를 못했지만 이 정도면 나쁘지 않았다고 본다. 우현은 뒀다가 전문의 따고 개업할 때 보태지 그랬냐며 속 편한 소릴 했지만, 어차피 계속 학교 병원에 남아 있을 생각이라 크게 욕심이 나지는 않았다. 나중에 나 결혼할 때 축의금이나 많이 내라고 하자 우현은 대답 없이 우물쭈물거리기만 했다. 그리고 어머니를 통해 이 정도는 받아 달라며 외제 차 앰블럼이 선명하게 빛나는 스마트 키를 보내왔다. 이렇게 돈 욕심이 없어서야. 차 버린 남자한테 외제 차 선물이라니 너무한 거 아닌가 싶었지만 받기로 했다. 이건 그동안 자길 아껴 준 친구에게 하는 성의 표시겠거니. 우현은 어릴 적부터 남한테 뭐 주는 걸 좋아했으니까.

어머니는 30년을 그렇게 징하게 붙어 있었는데도 아닌 거면, 정말 인연이 아닌가 보다며 다 네가 못난 탓이라고 심술을 부렸다. 이 기회에 마음 확실히 접고 결혼하라고 잔소리 안 할 테니 제대로 된 연애부터 하라는 조언에 도윤은 그냥 웃기만 했다.

……제대로 된 연애라.

우현은 제대로 된 연애를 하는 중인지 모바일 메신저의 프로필 사진이 시도 때도 없이 바뀌었다. 제주도의 바다, 근사한 인테리어의 카페, 새파란 가을 하늘과 특이한 모양의 구름, 단풍이 떨어진 길. 처음엔 엉망진창이던 사진 실력이 갈수록 일취월장 중이었다. 누구 영향인지 알 법해서 괜히 기분이 이상해지고 심술이 났다.

변호사 수임료, 위약금 전부 김해준이 내줬다는 말에 빚지고는 못 사는 최우현은 그 돈 다 갚을 때까지 결혼 안 한다는 소리를 해 그 새끼를 환장하게 했다고 한다. 어차피 결혼하면 돈 갚는 게 무의미하고 별 차이 없어지는 거겠지만 최우현은 그런 게 중요한 성격이 아니니까.

어느 정도 취기가 가라앉자 도윤은 길게 기지개를 켜며 몸을 일으켰다. 깊게 숨을 들이마시자 차가운 공기가 몸 안을 도는 느낌이 들었다.

병원을 향해 걷는데 검정색 하이힐이 그의 앞을 가로막았다. 여자의 얼굴도 제대로 확인하지 않고 비켜서 피해 가려는데 그녀가 탁, 그의 팔을 잡아 세웠다.

"오늘이 마지막이야."

도윤의 귀에 익은 목소리였다.

"서도윤."

이애리.

"나랑 자자."

여자에게선 미약하게 술 냄새가 났다.

평소처럼 헤어, 메이크업, 의상까지 모든 것이 완벽하게 세팅되어 있었지만 미묘하게 흐트러졌다. 술에 취한 남자와 여자, 적당히 나른한 공기. 사고 치기에 모든 것이 완벽한 조건이긴 하다. 도윤은 피식 웃으며 애리에게 잡힌 팔을 빼냈다.

"무슨 일이야?"

도윤의 물음에 애리가 그를 올려다보며 한 걸음, 다가왔다.

"자자니까? 무슨 뜻인지 몰라?"

애리의 말에 도윤은 한숨을 쉬며 그녀를 찬찬히 바라보았다. 가로등도 꺼진 깊은 밤, 달빛 덕분에 그녀의 얼굴만큼은 선명하게 보였다. 높은 힐을 신었지만 여자는 도윤보다 한참 작았다. 가느다란 어깨와 작은 체구, 톡 치면 금방이라도 부러질 것 같다. 성격도, 외모도 모두 우현과는 정반대의 여자.

"이애리."

"너 나한테 관심 있었잖아. 아니야? 계속 여지만 주고, 그러면서 메시지는 다 씹어 버리고. 넌 뭐가 잘나서 그렇게 버려?"

도윤은 울 것 같은 얼굴로 자신을 향해 쏘아 붙이는 애리를 보며 희미하게 미소를 지었다. 늘 단정하고 흐트러짐이 없는 여자였다. 어지간해서는 표정에 감정을 내비치는 일이 없었던, 조금은 의뭉스러운 구석이 있던.

"최우현한테도 차였잖아!"

애리가 버럭 소리를 지르자 도윤은 고개를 끄덕였다.

"맞아. 차였어."

"이제 거리낄 이유 없겠네. 사귀자고 안 해. 그냥 한 번 자. 너 영 별로면 이번엔 내가 찰 거니까."

이게 그 이애리 입에서 나오는 말이 맞나. 그동안은 도무지 상상조차 할 수 없었던 말을 내뱉는 그녀를 보며 도윤은 그저 웃기만 했다. 솔직하게, 있는 그대로, 마구잡이로 퍼붓는 모습이 이젠 좀 사람 같다.

"내가…… 너 때문에 무슨 짓까지 한 줄 알아? 너 최우현 포기시키려고?"

애리가 비틀거리자 도윤은 그녀의 팔을 잡아 부축했다.

"뭘 했는데?"

도윤이 멈칫하며 물었다.

"최우현이랑 김해준 제주도에서 사진 찍힌 거 내가 기자한테 알려 준 거야."

최우현한테 약 먹인 미친 아줌마도 있는데 뭘. 도윤이 대수롭지 않다는 듯 고개를 비스듬히 하며 애리의 얼굴을 살폈다.

"난 그게 너무 자존심 상했단 말야. 내가, 정말 이렇게까지 해야 하나 싶어서……. 질투 때문에 추접스럽게, 나 자신이 너무 싫어서……."

말끝을 흐리며 애리가 눈물을 흘렸다. 처음에는 차분하게 말해서 와인 한두 잔이겠거니 했는데 생각보다 꽤 취한 모양이었다.

그때, 애리가 팔을 뻗어 그의 품에 안겨 왔다. 도윤이 뿌리치려 하자 양팔에 힘을 주어 저항한다. 부드럽고 따뜻한 여자의 몸. 달콤한 체향이 코끝을 스친다. 본능적으로 몸 안에서 뜨거운 기운이 올라오려 한다. 그래……. 오늘 다 끝내 버리는 게 차라리 나을지도 모르겠네. 도윤은 가만히 서서 그녀의 어깨를 안았다.

"오늘도 남자 만났는데, 정말 재수 없게 네 생각밖에 안 나는 거야. 나랑 호텔 갈래? 아님 내 차에서 할까?"

품에 안기며 몸을 부딪쳐 오는 여자를 내려다보며 도윤은 달래듯 그녀의 어깨를 가볍게 토닥거렸다.

"8시 뉴스 앵커가 못 하는 말이 없네."

"처음부터 내가 너무 고상한 척을 했나 봐. 그냥 몸으로 들이댈걸. 나 섹스 잘해. 못하지 않아……."

"그만해."

도윤이 그녀를 자신 쪽으로 당겨 안았다. 그러자 애리의 몸이 가늘게 떨리다 온몸이 흔들렸다. 우는 건지, 앞섶이 축축해진다.

소리 없이 우는 여자. 애리의 심장 소리가 아주 가까이에서 들렸다. 도윤은 애리의 어깨를 다독거리다가 문득 하늘로 시선을 옮겼다. 어둡고, 어둡고, 이 와중에 달은 밝고.

도윤이 살며시 자신의 품에 안겨 있는 애리를 떼어 냈다. 본능이 이끄는 대로 여자를 끌고 가고 싶은 마음 반, 그리고…….

도윤은 애리의 손을 끌어당겨 잡았다. 잘 정리된 손톱, 핑크빛 네일, 여자의 손은 굳은살 하나 없이 작고 고왔다. 깍지를 끼자 도윤의 손안에 다 들어온다. 그 손을 잡고 도윤은 그녀를 병원 건물 안으로 데려왔다.

병원 로비는 최소한의 조명만 켜진 채 조용했다. 공기가 저 아래로 가라앉은 느낌. 애리의 구두 소리 외엔 아무것도 들리지 않았다. 애리는 아무런 말 없이 그의 뒤를 따랐다. 다만, 얽혀 있는 손가락에 힘을 주어 꽉 붙들었다.

도윤은 가장 한적한 곳, 이따금 힘들 때마다 앉아 햇볕을 쬐곤 했던 의자에 그녀를 앉혔다. 도윤이 손을 놓으려 하자 애리는 손가락에 힘을 주어 놔주질 않았다. 그가 다른 손으로 그녀의 손등을 부드럽게 쓰다듬자 그제야 애리의 손가락에서 힘이 빠졌다.

도윤이 몸을 굽혀 애리의 앞에 한쪽 무릎을 꿇고 그녀의 구두를 벗겼다. 뒤꿈치에선 피가 나고 있었다. 스타킹은 이미 쓸려 올이 나갔고 상처가 깊어 도윤이 손을 대자 애리가 낮게 신음했다.

도윤이 잠시 있어 보라는 듯 그녀의 어깨를 토닥이고는 어딘가에서 드레싱 도구를 가져왔다. 스타킹을 보곤 잠시 난감한 표정을 짓다가 능숙하게 뒤꿈치에 소독약을 바르고 밴드를 붙여 주었다.

"힐 신지 마. 너 이거 족저근막염 초기 증상이야."

도윤은 따뜻한 수건으로 그녀의 발등을 감싸고는 꾹 누르며 조용히 말했다.

"이따금…… 네 생각이 났어. 예쁘고, 똑똑하고, 다정하고. 나한테 넌 그런 여자야."

갑자기 애리의 눈에서 뜨거운 눈물이 흘러내렸다. 도윤이 무슨 이야기를 하려는지 직감한 듯, 그녀의 심장 소리가 점점 커졌다.

"널 추접스럽고 구차하게 만들고 자존심 상하게 하는 남자 말고 널 아름답게 만들어 주는 남자 만나. 넌 그럴 수 있는 사람이야."

손을 잡아 그녀를 일으켜 주고는.

"잘 지내."

여자의 동그란 이마에 입을 맞추고 싶은 충동을 간신히 누르며 도윤은 냉정하게 뒤돌아섰다.

무슨 페스티벌이라도 하는지 시청 광장 쪽이 시끌벅적했다. 부스가 길게 늘어서 있고, 사람들 손에 맥주가 들린 것으로 봐선 꽤 재미있을 것 같다. 해준에게 전시회 보고 구경 가자 해야겠다고 생각하며 우현은 길게 기지개를 켰다.

날씨가 좋아서 그런가. 괜히 설렌다.

주차하러 간 해준을 기다리며 우현은 가방에서 작은 카메라를 꺼내 덕수궁 대한문의 사진을 찍었다. 왜 이렇게 시퍼렇게 찍히지. 아직 휴대폰 카메라가 더 익숙하지만, 조작법의 반의반도 익히지 못했지만 그래도 전보다는 나아진 줄 알았는데.

우현은 카메라랑 씨름을 하다가 문득 고개를 돌렸다. 서울 광장 쪽, 횡단보도 건너에서 해준이 전화 통화를 하며 신호를 기다리고 있는 것이 보였다. 인파가 굉장히 많은데도 한눈에 들어온다. 훤칠하게 큰 키 때문인지, 모르는 사람이 봐도 혹할 만한 잘생긴 얼굴 때문인지. 해준의 옆에서 신호를 기다리던 교복 입은 여학생 둘이 그를 힐끔거리며 자기들끼리 속닥거리며 웃는다. 그래, 한창 잘생긴 거 좋아할 나이지. 아마 저 맘 때 해준을 처음 만났던 거 같다.

신호가 바뀌자 그가 우현을 똑바로 보고는 곧장 빠른 걸음으로 다가와 그녀의 어깨에 팔을 둘렀다. 무언가 중요한 이야기라도 하는지 아직도 전화 통화 중이었다. 내가 옆에 있는데 도대체 무슨 통화를 이렇게 길게 하는 거람. 혹시 여자 아니야? 우현은 까치발을 하고는 해준의 휴대폰에 귀를 가져다 댔다.

남자 목소리다. 그것도 꽤 나이 든 남자.

"이 의원님."

……아.

누군지 알 만하네.

자리를 피해 줘야 될 것 같다는 생각에 우현이 조심스럽게 몸을 뺐지만 해준은 그녀의 허리를 잡아 다시 자신 쪽으로 끌어당겼다.

"이제 와서 핏줄, 도리 운운하며 감정에 호소하기엔 이 의원님이나 저나 너무 멀리 왔습니다."

해준의 어조는 정중하지만 칼 같았다.

전화 속 남자, 재선은 의원직도 사퇴하겠다고, 다 내려놓고 미국으로 떠나겠다며 그만하자고 한숨을 지었고.

"내려놓지 마세요. 다 짊어지고 가셔야죠."

해준은 웃음기 섞인 목소리로 대꾸했다.

인파 중 몇몇이 두 사람을 알아봤는지 힐끔거리기 시작했다. 이제 익숙해졌고 신경 쓰지 않기로 했다. 우현은 보란 듯 그의 팔에 안겨 통화하고 있는 해준을 올려다보았다. 어쩐지 가라앉아 보여 그녀는 그의 어깨를 살짝 토닥였다.

"미국 못 가실 텐데요. 오늘 아침 뉴스에 출국 금지 됐다고 나오던데."

해준이 휴대폰을 고쳐 잡으며 미간을 살짝 찌푸렸다.

맞아, 김해준 저럴 땐 좀 무서워.

우현은 짐짓 모르는 척하며 다시 자신의 카메라를 꺼내 대한문을 찍기 시작했다.

"그건 검찰 가서 하실 말씀 같습니다. ……전화 끊겠습니다."

잠자코 남자의 말을 듣던 해준이 신경질적으로 전화를 끊어 버리고는 그녀의 카메라를 빼앗아 갔다.

"너 화이트 밸런스 확인 안 했지?"

해준이 혀를 차며 카메라 세팅을 다시 하고는 우현에게 건네주었다. 그녀가 사진을 찍어서 보여 주자 마음에 들지 않는지 직접 셔터를 누르고 내밀었다.

"똑같은 카메라인데 왜 이래?"

사진 퀄리티 차이가 너무 난다. 우현이 짜증을 내자 해준이 피식 웃으며 그녀의 손을 잡았다.

"나랑 결혼하면 알려 주지."

해준이 얄밉게 말하자 우현은 괜히 심술이 나 손을 뿌리치려 했지만 그가 꽉, 세게 잡고 있어 실패했다.

해준은 그녀의 손을 잡아끌고 어두워진 덕수궁 안으로 들어갔다. 이제 확실히 해가 짧아지긴 했는지 벌써 사위가 어둡다. 관람객들이 모두 퇴장하고 난 덕수궁 안은 조용하고 고즈넉했다. 미술관 쪽으로 향하는 길은 은행잎이 덮여 노랗게 물들었다. 발걸음을 내딛자 낙엽 밟는 소리가 기분 좋게 들려온다.

"윽, 나 은행 밟았나 봐."

해준의 그녀는 지나치게 솔직하고 이상한 고집을 부리며 여전히 아이같이 굴 때가 있지만.

"옷 얇게 입고 왔나. 추워."

팔짱을 끼고 안겨 올 때는 심장 떨릴 정도로 예쁘다.

미술관 계단을 오르는데 큐레이터가 해준을 향해 꾸벅 목례를 했다. 덕수궁은 어두웠지만 미술관 건물만큼은 환하게 빛을 밝히고 있었다.

이제 마무리 점검만 하면 된다고 했던가.

인부들은 건물 외벽에 커다란 현수막을 거느라 정신없었다. 곧이어 펄럭이는 소리와 함께 현수막이 펼쳐지고 인부들이 고함을 외치며 재빨리 끈을 고정시켜 매달았다. 현수막에 새겨진 '김유진'이라는 이름을 보며 해준은 잡고 있던 우현의 손에 살짝 힘을 주었다.

내일부터 두 달 동안 이곳에서 유진의 전시회가 열린다.

잠시 현수막을 바라보던 해준은 천천히 미술관 안으로 발걸음을 옮겼다.

내부는 전시회 준비가 완벽하게 끝나 있었다. 잠시 둘러보겠다는 해준의 부탁에 큐레이터는 흔쾌히 허락하며 30분 정도 시간이 된다고 말하곤 자리를 비켜 주었다.

유진이 죽고 유골을 바다에 뿌린 탓에 그 후로 기일이면 해준은 그녀를 대신해 담배 한 대를 피우고 말았다. 이럴 줄 알았으면 유언이고 나발이고 그냥 납골당에 모실 걸 싶기도 했었다. 그리울 때 찾아갈 곳이 없다는 게 이렇게 허전한 것일 줄은 몰랐다.

그러니까……. 어쩐지 이 전시회는 유진의 추모식 같달까. 어쩌면 그녀에게 우현을 소개하는 느낌이기도 했다. 고모, 아니, 엄마에게 여자 친구를 소개하는 자리.

사실 해준은 아직 유진을 '엄마'라고 부르는 것이 어색했다. 친모라는 걸 인식하자마자 그녀가 세상을 떠났기 때문일지도 모르겠다. 김해준에게 김유진은 무섭고 제멋대로인, 때때로 너무 싫었던 그림 선생님이었으니까.

해준이 이끄는 대로 우현은 그의 곁을 조용히 지켰다. 분명 미술 같은 거 관심 없을 텐데 우현은 그림을 차근차근 보는 해준을 말 없이 기다려 주었다.

그가 기억했던 것보다 훨씬 더, 유진의 화풍은 자유롭고 과감했다. 스테인드글라스 같은 총천연색, 강렬한 색감을 새삼 마주하며 해준은 해령이 '네 사진은 고모 그림 같다'고 했던 말이 기억났다. 그런가. 그런 것 같다. 의식하지 않았는데 느낌이 통하는 걸 보니 역시 김해준은 김유진의 아들이 맞나 보다.

"와……."

마지막, 커다란 캔버스 앞에 멈춰 섰을 때 우현은 저도 모르게 탄성을 내질렀다.

〈My Sun〉

성한아트센터에 걸려 있던 그림이었다. 얼마 전, 해준이 되찾아와 현대미술관에 기증한 것.

"네가 찍은 발리 선셋 사진보다 더 아름다워."

우현이 멍한 얼굴로 말하며 한 발짝 그림으로 다가갔다. 그동안은 적당히 봐 놓고선 그녀는 이 그림이 꽤나 마음에 드는지 붓의 결까지 자세히 살펴본다.

이 그림의 원제는 〈My son〉이다.

태양의 가운데 눌린 자국은 어린 시절 해준이 도와주겠다며 설치다가 낸 손자국을 유진이 다시 물감으로 덮은 것이고.

"그림이 따뜻해."

우현이 해준을 보고 웃으며 말했다. 그 미소가 말도 못 하게 예뻐서 해준은 몸을 굽혀 그녀의 입술을 훔쳤다. 두 입술이 살짝 부딪혔다 떨어졌다. 그 찰나가 아쉬워 해준은 그녀의 허리를 안고 조금 더 짙게 키스를 했다. 해준은 잡고 있던 손을 풀고 우현의 등을 안았다. 몸이 맞닿고 체온이 섞이자 나른한 안도감이 그의 가슴에 들이찼다.

"내일은 훈련 없지?"

"응."

해준의 물음에 우현이 고개를 끄덕였다.

해준이 꿰고 있는 우현의 일과는 단조롭기 짝이 없었다. 기상 시간은 7시. 훈련은 9시부터 3시까지. 주 3회는 웨이트 트레이닝을 한 시간씩 더 하고 돌아온다. 집에 돌아와선 가볍게 스트레칭으로 몸을 풀고 30분쯤 낮잠을 잔다. 그러지 않는 날엔 9시면 잠이 들어 버리고 말아 해준은 잠자코 낮잠을 자는 그녀의 곁에서 말똥거리며 알람 시계 노릇을 한다.

힘들지 않으면 운동을 제대로 한 게 아니라나. 체력을 바닥까지 다 긁어서 훈련을 하고 올 때면 우현은 인형처럼 누워 꼼짝도 하지 못했다. 나랑 놀 에너지는 남겨 놔야 하는 거 아니냐며 해준이 항변해 봤지만 별 소용은 없었다. 밤은 너무 길고 긴데 우현이 일찍 잠들어 버리면 잠 없는 해준은 심심해 죽는다.

해준은 버릇처럼 우현의 손을 만지작거렸다. 그러고 보니 우현의 손이 더 거칠어진 것 같다. 손가락 아래, 늘 굳은살이 박여 있던 곳이 더 딱딱해졌다.

징계가 이제…… 세 달 조금 넘게 남았나. 우현이라면 손쉽게 국가 대표 선발전을 통과할 것이고 벌써 세 번 우승한 세계선수권 정도는 또다시 제패할 것이다. 그리고 올림픽에선 가장 높은 곳에 설 테고……. 그렇게 되기까지, 죽어라 연습하겠지.

이렇게 자주 얼굴 볼 수 있는 날도 얼마 안 남은 것 같은데.

해준은 그녀의 손목을 잡고 부드럽게 주물렀다. 손에서 손목으로 이어지는 쪽의 인대를 꾸욱 누르자 우현이 아, 하며 작게 신음하였다. 검을 쥐는 오른손 인대가 약해져서 요즘 들어 감각이 오락가락한다나. 피곤하면 더 심하다고.

우현의 눈을 보자 졸음이 가득하다. 오늘은 훈련 끝나고 여기 오느라 낮잠도 자지 못했을 것이다.

"가자."

"응? 아, 잠깐만. 나 도록 살 거야."

우현이 생각났다는 듯 도록과 엽서를 챙겼다. 뭘 그렇게 많이 사냐는 해준의 질문에 꼭 보내 줄 사람이 있다고 했다.

우현의 손을 잡고 미술관을 나서기 전, 해준은 뒤를 돌아 어머니의 흔적들을 물끄러미 바라보았다.

따뜻한 태양이 두 사람을 향해 있었다.

도윤은 여고 동창들과 여행을 떠나는 어머니를 위해 쇼핑을 하러 백화점에 들렀다. 스페인은 햇볕이 강하니 선글라스가 꼭 필요할 것이다. 멋도 부려야 하니까 스카프도 골랐다. 이제 여유 있게 걸을 수 있는 편안한 단화만 사면 될 것 같았다.

구두 코너에 가서 직원에게 도움을 청하자 몇 가지 모델을 보여 주었다. 다 괜찮은 것 같은데, 다 사면 되나. 예쁜 건 이건데, 쿠션이 좋은 것은 이거고, 색은 이쪽이 더 마음에 들었다. 시현에게 메시지를 보내 묻자 도윤의 예상대로 가장 예쁘고 불편해 보이는 모델을 꼽았다. 우현에게도 물어볼까 싶어 잠시 메신저 대화창을 바라보다가 도윤은 휴대폰을 재킷 주머니에 넣어버렸다.

결국 착화감이 가장 좋은 모델을 골랐다. 명색이 정형외과 의사인데 발 건강이 최고지.

직원이 새 상품을 찾아오겠다며 자리를 뜨자 도윤은 무심결에 반대편 섹션의 구두 매장으로 시선을 옮겼다. 고양이 발톱 같은 앞코의 아찔한 스틸레토 힐부터 작은 리본이 달려 있는 플랫 슈즈까지, 하나같이 발 건강에는 좋아 보이지 않는 것들뿐이었다.

저러니까 요즘 2, 30대 여성 무지외반증과 족저근막염 환자가 늘어나는 거라니까. 도윤은 구두를 훑어보며 혀를 차다가 문득 한손에 다 들어오는, 힘을 주면 부러질 것 같았던 여자의 작은 발을 떠올렸다.

이따금 이렇게 그녀가 생각이 나곤 했다. 우현과 통화하는 그의 주의를 끌기 위해 힐로 바닥을 톡톡 두들기던 순간, 그러다 접질려 퉁퉁 부어오른 흰 발, 도윤이 살피기 위해 만졌을 때

오그라들던 발가락 같은 것들. 부드러울 것 같은 희고 매끈한 다리나 구두에 까져 상처가 난 뒤꿈치도. 가끔 이런 기억들이 뇌리를 스칠 때면 혹시 페티시가 생긴 것은 아닐까 의심스럽기도 했다.

깊은 밤, 피로감에 몸이 가라앉을 때면 그녀와 헤어졌던 그날을 떠올렸다. 몇 번을 망설였던 순간을, 잡을까 말까 고민하던 그 찰나를, 결국 놔 버리기로 한 그때로 되돌리고 싶다는 후회도 꽤 했던 것 같다.

하지만…….

다시 누군가를 사랑한다면 완전히 마음을 다 비운 채 처음부터 채우고 싶다. 어중간한, 확신 없는 흔들림보다는 온전히 그 여자만 사랑할 수 있는 그때부터.

그때는 주저하지 않을 수 있을 것 같다.

"고객님, 상품 준비됐습니다."

직원이 도윤에게 다가와 말을 걸었다.

"네."

알았다고 고개를 끄덕이면서도 그의 시선은 발레리나의 토슈즈 같은 구두에서 떠나지 않았다.

그녀와 잘 어울릴 것 같았다.

가을에 접어든 후로 수영의 건강은 부쩍 안 좋아졌다. 이따금 마른기침을 하고 급격히 살이 빠지는가 하면 한숨도 자지 못할 정도로 악몽에 시달렸다.

김유진과의 싸움에서 이겼다는, 훈장 같았던 그 그림은 결국 그녀의 아들이 되찾아 갔다. 수영은 그래서 결국 나에게 무엇이 남았나 가늠하다가 그만두었다.

남편은 결국 대선 불출마를 선언하며 자신의 꿈을 접었다. 강제로 꺾였다는 표현이 더 맞을 것 같다. 그 후 그래도 일말의 연민이 있는 모양인지 자신이 변호를 하겠다고 나섰지만 수영은 한사코 거절했다. 첫눈에 반했던 남자다. 늘 완벽하고 아름다운 모습만 보여 주고 싶었는데 지금 이 거울 속의 여자는 늙고 추악해 그의 앞에 설 자신이 없었다. 아니……. 가면이 벗겨졌을 뿐이다. 유진을 질투했던 그 순간부터, 그녀의 모든 것에 욕심을 냈던 그때부터 스스로 만든 지옥에서 가장 잔혹한 악마가 되지 않았던가.

이제는 익숙해진 구치소의 독방, 책상 위에 얌전히 놓인 봉투를 바라보며 수영은 허탈한 웃음을 지었다. 서류 봉투 안에 담겨 있는 것은 유진의 전시회 도록과 기념품으로 파는 엽서였다. 기죽는 법이 없던 그 맹랑한 여자애는 이렇게 생각지도 못한 방법으로 수영의 약을 올렸다.

이따금 접견 변호사를 통해 해준의 근황을 전해 들었다. 사고 후, 날카롭고 예민했던 남자는 한결 가볍고 여유로워졌다. 아마도…… 그 애의 영향이겠지. 며칠 전 신문을 통해 봤던 우현을 떠올리며 수영은 쓴웃음을 지었다.

처음엔 우현이 터무니없이 밝아서 싫었다. 10년을 숨죽이며 사랑한, 그래서 수많은 충동을 억누르며 버틴 해준의 마음이 차마 가늠되지 않아서 그녀가 더 싫었다.

그런 사랑은 절대 내 것이 될 수 없을 것 같아서.

수영은 유진의 전시회 도록을 가장 깊숙한 곳에 넣어 두고 또 다른 봉투를 열었다.

접견 변호사는 돌아가는 상황이 심상치 않다고 전했다. 재선에 대한 검찰 내사가 시작되었다는 말이 돈다며 당 내부에선 탈당과 의원직 사퇴 압박도 상당하다고 했다. 건설 인허가 비리와 채용 비리 관련 수사라는 접견 변호사의 말에 수영은 자연스럽게 재선에게 줄줄이 딸린 시댁 식구들이 떠올랐다. 그 거머리 같은 형과 형수부터 정리하라고 했는데, 정치하며 처가 돈 가져다 쓰는 걸 굉장히 굴욕적으로 생각했던 재선이니 로비에 응하고 뒷돈을 챙겨서라도 수영에게서 독립하려고 들었던 것 같다.

그녀는 심연처럼 가라앉은 눈으로 자신을 응시하던 해준을 떠올렸다. 무엇 하나 파고들 틈이 보이지 않았던 눈빛. 한번 마음 정하면 가차 없는 성격이니 이제 와서 핏줄이니, 생부니 하는 것들 신경도 안 쓸 것이다. 기어코 자기 손으로 재선을 완벽하게 정리하려 들다니 그 애 다웠다.

부부가 나란히 수감되었다며 자극적인 헤드라인으로 뒤덮일 뉴스를 떠올리자 뒷목이 뻣뻣해지는 느낌이 들었다.

수영은 봉투 안에서 꺼낸 서류를 물끄러미 바라보며 쓰게 웃었다.

이혼.

이제 그만 이 지긋지긋한 집착을 놔 버릴 때였다.

— 국내 최대 쇼핑 단지인 센트로폴리스 인허가에 개입해 시행사 측으로부터 금품을 수수하고 부당한 압력을 행사한 혐의로 검찰 소환 조사를 받은 이재선 전 의원이 구속됐습니다. 이 전 의원의 신병을 확보한 검찰은 추가 금품 수수 의혹 등에 대한 전방위적인 수사에 나설 계획입니다.

커피 머신 소리가 들렸다. 달그락거리는 소리, 물을 끓이는 소리가 이어졌다. 우현은 눈을 감은 채로 몸을 웅크리고 이불을 머리끝까지 끌어 올렸다. 해준은 벌써 일어난 모양이었다.

거실에서 뉴스를 보던 해준이 우현의 뒤척임에 TV 볼륨을 조금 낮추었다.

— 검찰은 구속된 이 전 의원을 상대로 이 전 의원의 형과 형수 계좌에서 30억 원가량의 돈이 수시로 입·출금된 경위와 돈의 출처 등에 대한 고강도 조사를 예고했습니다.

살짝 열린 창으로 들어오는 서늘한 기운에 마음도 맑아지는 것 같은, 여유로운 주말 아침이었다. 따뜻하고 포근한 이불 속에서 몸을 웅크리고 한참을 게으름 부리다가 아쉽게 잠에서 깨자 커튼 틈으로 햇살이 눈부시게 비쳤다. 코끝에 찡하게 냉기가 도는 것이 가을은 가을인가 보다.

"깼어?"

일어나라고 괜히 TV 켜고 소음 내는 거 모를 줄 알고?

우현은 해준의 물음에 어이가 없다는 듯 피식 웃었다.

"응, 깼어."

우현은 나른하게 답하며 눈을 감은 채로 해준에게 다가오라는 듯 손을 까딱거렸다. 그제야 그는 TV를 끄고 부엌으로 가 차를 준비했다. 해준은 우현에게 따뜻한 허브티 한 잔을 내밀었다. 페퍼민트티를 한 모금 마시자 입안에 풀을 머금은 것같이 청량한 기운이 맴돌았다. 세 모금을 마셨을때 해준이 찻잔을 빼앗아 침대 옆 협탁에 두었다.

그리고.

"……우리 좀 짐승 같지 않아?"

우현은 얌전히 해준의 품에 끌려가 안기며 속삭이듯 말했다. 움직일 때마다 침대 스프링 소리가 삐걱거리는 소리가 요란했다. ……바꿔야 하나. 하긴, 중학생 때부터 쓴 침대니까, 오래 쓰긴 했지.

"응?"

영문을 모르겠다는 듯 해준은 그녀의 목덜미에 입을 맞추고 손을 움직여 그녀의 몸을 만지며 나른한 정사의 여운을 즐겼다.

우현의 훈련이 없는 토요일 아침은 꼭 이렇게 시작한다.

"아침부터 이러고 있으니까 짐승 같아."

그와 나누는 사랑은 늘 격렬하고 또 놀랍다. 사고 회로가 정지되고 세상에 둘만 남아 있는 것 같은 놀라운 순간.

"넌 밤에 잠만 자잖아."

"아……. 그만 좀 만져."

남자의 커다란 손이 또 슬금슬금 가슴으로 향한다. 해준은 우현의 몸을 만지는 걸 좋아한다. 자기 말로는 불운한 유아기와 청소년기를 보내서 애정결핍이 심해서 그렇다는데, 프로이트가 어쩌고저쩌고 뻔뻔한 얼굴로 장황하게 설명을 했지만 물론 우현은 알아듣지 못했다. 어디서 들어본 외국인 이름이긴 한데 정확히 그 사람의 업적은 모르겠어서, 그냥 해준이 그렇다니까 그런 건가? 하는 정도. 원래 모르는 건 고집 안 부리고 인정 잘하는 최우현이다.

"너 왜 너희 집에 안 가?"

해준의 손을 피하려다 결국 포기한 우현은 얌전히 그에게 몸을 맡겼다.

"또 올 건데 뭐하러 가?"

새로 이사 온 아파트, 옆집 할머니는 둘이 신혼부부인 줄 안다.

"일 안 해?"

"안 해."

요즘 해준은 백수 생활을 영위 중이었다. 잘나간다더니 일이 없나 걱정했는데 시현 말로는, 그냥 본인이 쉬고 싶다고 저러고 있는 거라며 신경 쓰지 말라 그랬다. 평생 놀고 먹고 살아도 생계에 지장 없을 사람이라며.

"돈, 몸으로 갚아."

또 저 소리다.

"한 번에 1억. 58번 하면 되겠네."

"너 죽는다."

베개 옆에 놓인 쿠션으로 해준의 머리를 후려치며 우현이 눈을 흘겼다. 역시 사람은 오래 두고 봐야 한다고. 안 그런 줄 알았는데 좀 뻔뻔스럽고 느물거리는 것 같기도 하다.

하늘에 계신 엄마 아빠가 첫째 딸은 발랑 까져서 남자 친구랑 반동거 상태고 둘째 딸은 속도위반으로 결혼을 앞뒀다는 걸 알면 통탄해할 것이다. 특히 아빠. 우현이 고등학생이 되면서부터 남자 친구는 나중에라도 사귈 수 있으니까 운동에 전념하라고, 운동하는 애들이 성적으로 문란하다는 소문을 듣고는 밤마다 전화해서 신신당부를 했었다. 국가 대표 되려면, 올림픽 나가서 메달리스트 되려면 잠깐의 짐승 같은 욕망은 컨트롤 할 수 있는 여자가 되라고 했었는데.

……지금 생각해 보니 참 고등학생 딸한테 못 하는 말이 없네, 우리 아빠.

아니, 아니다. 그동안 메달 딴 게 몇 개인데 이 정도는 봐줘야 하는 거 아닌가.

"나 배고파."

해준이 중얼거렸다. 하긴, 이제 10시인데 둘 다 아직 아침을 안 먹었다.

"뭐 먹고 싶어?"

우현이 옷을 챙겨 입으며 묻자 해준이 잠시 고개를 갸웃하다가 생각났다는 듯 말했다.

"된장찌개."

뭐, 그 정도야 껌이지. 며칠 전 장을 봐 둬 재료도 충분할 것 같다.

원래 해준은 한식을 잘 안 먹었다. 아니, 딱히 배만 채우면 그만이지 식사에 크게 구애받는 편은 아니었는데 최우현 입이 잘못했다.

'하하, 나 의외로 요리 잘해. 서도윤은 파는 것보다 내가 해 준 떡볶이가 더 맛있다고 그랬는데.'

그 후로 얼굴만 마주치면 서도윤은 해 주는 밥 나는 안 해 주냐며 밥 타령을 해서 넌 내가 밥으로 보이냐며 한판 거하게 싸웠다.

샤워를 하고 나와 밥을 안치고 멸치를 넣어 육수를 내고 채소를 다듬는데 해준이 기웃거리더니 아예 식탁 앞에 앉아 구경을 했다.

"너 요리 잘하는 거 의외야."

능숙하게 칼질을 하는 게 신기한 모양이었다. 애호박, 두부, 양파, 대파를 깔끔하게 손질하고 육수에 된장을 풀고 젓는데 갑자기 해준이 냉장고에서 계란을 꺼내더니 팬에 기름을 둘렀다.

"뭐 하게?"

"계란말이. 너 훈련 갔을 때 유튜브 보고 연습했어."

……김해준, 정말 백수의 삶을 살고 있구나.

심지어 꽤 잘한다.

국물이 끓자 우현은 채소를 차례대로 넣고는 한 걸음 물러서 열심히 계란을 말고 있는 해준을 바라보았다. 촬영을 할 때보다 더 진지한 얼굴로 해준이 계란을 말고 또 물을 부어 주기를 반복하다가 문득 그녀와 시선이 마주친다. 희미한 미소가 그의 입가에 맴돈다. 그 모습이 평화로워 오히려 꿈같다. 그녀는 무어라 말을 하려 입술을 달싹거리다가 그냥 그를 바라보기로 한다.

그러다 퍼뜩 생각이 나 우현은 거실 테이블에 놓아 둔 작은 카메라를 들고 와 그의 곁에 섰다.

"김해준."

그가 이쪽을 바라보는 순간 셔터를 누른다.

"오, 이것 봐. 나 좀 잘 찍은 거 같아."

우현은 꽤 그럴듯하게 나온 사진의 액정을 해준에게 보여 주었다. 잘했네, 하며 그는 자유롭지 않은 양손 대신 그녀의 입술에 키스하는 것으로 칭찬을 대신했다.

입술에 쪽, 하고 끝내려 했는데 어느덧 키스가 깊어졌다.

그날, 해준의 계란말이는 다 타 버렸다.

에필로그

"진짜 헤어진 거 아닐까요?"

도쿄 올림픽 여자 사브르 단체전 결승이 한창인 마쿠하리 멧세 홀. 경기를 관람하던 PD가 전광판에 잡힌 우현을 보며 중얼거렸다.

"설마. 개인전 끝나고 결별 기사 나온 거 부인했다며."

부장의 말에 PD가 고개를 절레절레 저었다.

"헤어진 게 아니고서야 김해준이 올림픽 관전하러 안 오는 게 말이 돼요? 더군다나 지금 이 단체전이 사실상 최우현 은퇴 경기라고 소문이 자자한데 아직도 안 나타났잖아요."

특집 뉴스와 메달리스트의 인터뷰를 진행하기 위해 도쿄에 온 애리는 PD의 말을 잠자코 들으며 전광판에 잡힌 우현의 얼굴을 응시했다.

우현이 웜업 룸에서 몸을 푸는 모습이 잡힐 때마다 관중들의 환호가 경기장을 가득 메웠다. 지리적으로 가까워서 그런지 태극기를 들고 원정을 온 한국 팬들도 심심치 않게 눈에 띄었다. 서른한 살이면 아직 은퇴는 이른 게 아닐까 싶지만 쉬고 싶은 마음도 이해는 되고.

올림픽 개막 전, 우현은 인터뷰에서 이번이 자신의 마지막 올림픽이라는 뉘앙스로 말해 눈길을 끌었다. 개인전보다도 가장 욕심이 나는 것은 여자 사브르 단체전 금메달이라고. 이번 올림픽을 마지막 기회라 생각하고 열심히 훈련 중이라고. 그녀의 말에 한국 언론은 물론 개최국인 일본 언론까지도 꽤 비중 있게 다뤘다고 한다. 덕분에 지금 경기가 열리고 있는 홀은 사브르 여제의 은퇴 경기를 보러 온 관중들로 가득 차 일본 선수가 출전하지 않는 경기로는 드물게 매진을 기록했다. 경기장 앞에서 심심치 않게 팔리던 암표도 동이 났다니 말 다했다.

한국 여자 펜싱 최초로 그랜드 슬램을 달성한 우현이지만 유일하게 올림픽 단체전 금메달이 없다. 아, 물론 3일 전 있었던 개인전에서 최우현은 이변 없이 압도적인 기량으로 금메달을 목에 걸었다.

"제가 주워들었는데, 김해준 어제까지 파리였대요. 보아하니 올림픽 끝나고 결별 인정할 거 같아요. 이 앵커는 어떻게 생각하세요?"

갑자기 PD가 묻자 애리는 미묘한 미소를 지었다.

"안 헤어졌을 거 같은데요."

"내일 오전에 최우현 단독 인터뷰 잡혔잖아요. 거기서 이 앵커님이 유도 질문 좀 해 주세요."

PD가 신나서 떠들었지만 애리는 싱긋 웃으며 대답 없이 시선을 피했다.

"야, 너 선수단 발대식에서 최우현이랑 언쟁한 일간지 기자 인스타그램 초토화된 거 몰라서 그래?"

부장이 작작하라는 듯 말을 잘랐지만 PD는 아랑곳하지 않았다.

"촉이 온다구요, 결별의 촉. 제 손모가지 걸게요."

PD가 말을 마치자마자 갑자기 경기장 입구 쪽이 웅성웅성 시끄러워졌다. 그리고 웜업 룸의 우현을 비추고 있던 전광판이 경기장 관중석 화면으로 바뀌었다. 딱 봐도 공항에서 바로 온 게 분명한, 피곤한 기색이 역력한, 기가 막히게 수려한 남자의 얼굴이 전광판을 가득 채웠고, 관중들의 술렁거림이 이어진다.

"이 새끼 개똥 촉 어쩌면 좋냐."

부장이 쯔쯔 혀를 찼다.

"정 PD 손모가지 잘라야겠네요."

애리가 덧붙였다.

김해준, 그가 왔다.

"잘 들어."

첫 주자가 피스트 위로 오르기 전, 후배들을 모은 우현이 기묘한 미소를 지으며 입을 뗐다. 다정함과는 거리가 먼, 서늘하다 못해 냉기가 뚝뚝 떨어지는 표정에 후배들이 움찔하며 입술을 꽉 깨물었다.

"오늘 금메달 못 따면 너희 다 죽여 버리고 나도 따라 죽을 거야."

객관적인 전력은 이탈리아가 앞선다. 세계 선수권부터 월드컵까지, 한국 여자 사브르 팀의 전패. 결승까지 올라와도 번번이 이탈리아에 가로막혀 은메달에 머물러야 했다. 실력에서 뒤진다고는 생각하지 않지만, 경험 부족이 컸다.

"할 수 있어."

우현이 긴장을 잘 하는 탓에 매번 얼어서 경기를 말아먹는 후배의 어깨를 툭툭 쳐 주었다.

발대식 인터뷰에서 노골적으로 그녀를 '구멍'이라고 칭하며 무례한 질문을 하는 기자에게 우현이 끼어들어 언쟁을 벌인 사건이 있었다. 그 후 이 기자는 우현이 인터뷰를 방해한다며 공개 저격 기사로 사과를 요구했다. 이에 우현은 에이전트를 통해 팀 주장으로서 후배 선수를 보호하는 것은 당연하다며, 언론인의 기본적인 매너부터 갖추라고 대응했다. 올림픽 개막 전부터 떠들썩한 화젯거리였다.

첫 번째 선수가 피스트에 올랐다. 대기 선수의 좌석에 앉은 우현은 가볍게 심호흡을 하며 맞은편 전광판을 응시했다. 화제성 때문인지 아까부터 노골적으로 우현과 해준을 번갈아 가며 비추는 게 영 거슬렸지만 이렇게라도 얼굴을 보니 좀, 아니, 꽤 많이 반갑기두 했다.

3개월 만인가.

조금 빠진 듯한 볼살과 피곤함이 뚝뚝 묻어 있는 눈매. 그마저도 잘생겼다.

우현이 올림픽을 앞두고 독일 전지훈련에서 돌아오자마자 진천 선수촌에 감금되는 바람에 통 얼굴을 보지 못했다. 세 달 동안 잠들기 전 10분, 길면 20분씩 통화하는 게 다였다. 해준은 두 달 전부터 꽤 큰 브랜드의 캠페인을 전담하며 프랑스에 머물렀는데, 엄청나게 바쁘다는 이야길 주워들었는데도 한국 시간 밤 10시면 칼같이 시차를 맞춰 우현에게 전화를 했다. 거기는 대낮, 한창 바쁠 시간일 텐데도.

그래, 오늘 이 경기면 다 끝난다.

완벽한 마무리, 최고의 시작을 위해선 그녀에겐 금메달이 필요했다.

프러포즈 링은 다이아몬드여야 하는 것처럼, 은메달은 폼이 안 나니까.

우현은 해준에게 단체전 결승전 티켓, 딱 한 장만 보냈다. 개인전은 자신이 챔피언이 되는 게 당연하니까 굳이 일정 무리하게 조절할 필요 없이 단체전이나 보러 오라는, 자신만만한 통보였다.

우현이 자신의 실력에 대해 어마어마한 자신감을 내비칠 때면 그 역시 흥분이 일었다. 자만하지 말라고, 겸손을 배우라는 기사들도 심심치 않게 보였지만, 이제는 소수에 불과했고 사브르 여제는 이번에도 실력으로 자신의 가치를 입증했다.

인터뷰마다 '퀸이 바뀔 때가 되었다'며 우현을 도발해 온 랭킹 2위의 독일 선수는 결승전에서 우현에게 완패하고 눈물을 쏟아 냈다. 우현은 꼭 한 번쯤은 이기고 싶었다며 우는 그녀에게 다가가 포옹을 했고 그 모습을 담은 사진은 국내는 물론 주요 외신 1면을 차지했다.

장내 아나운서가 선수들을 소개했다. 그리고 마지막, '최우현'의 이름이 나오자 가장 큰 환호가 경기장을 울렸다. 한국에서 원정 응원을 온 팬부터, 태극기와 우현의 플래카드를 들고 있는 외국인들도 눈에 띄었다. 일본 언론에서 선정한 '올림픽 미녀 스타 TOP 10'에서 우현이 2위를 했다고 했다. 1위는 일본 탁구 선수다. 웹에서는 차마 최우현을 1위로 하기에는 자존심이 상하니까 자국 선수 밀어 올린 거 아니냐는 논쟁도 벌어졌다.

이번에도 단체전 마지막 주자는 우현이었다. 보통 마지막에 나서는 선수가 팀의 에이스다.

아주 짧은 순간, 중계 카메라가 우현과 해준을 번갈아 잡았다. 몰래 관람하는 것은 불가능하다고 예상하긴 했는데 어떻게 경기장 들어오는 순간부터 들켰는지. 덕분에 해준의 등 뒤로 기자 몇몇이 맴도는 것이 느껴졌다.

"김해준 작가님, 더 리포트의⋯⋯."

"경기 끝나고 하죠."

관람석을 파고들어 온 남자 하나가 결국 해준에게 말을 건넸고 그는 매섭게 끊어 버렸다. 질문 내용은 보나마나 뻔했다. 해준은 개인전 관람을 할 수 없었고—표가 없었다—다음 날 기다렸다는 듯 두 사람의 결별 기사가 떴다.

왜 개인전에 오지 말라고 했는지도 이해는 되었다. 우현은 대회 미디어 데이 행사나 경기 후 믹스트 존에서까지 기자들이 질문 포커스를 해준과의 열애에 맞추는 것을 극도로 싫어했다. 펜싱 국가 대표 팀 미디어 데이 행사에서 올림픽 후 결혼 계획에 대해 묻는 기자를 앞에 두고 오늘 연예 매체도 불렀냐며 불편한 심기를 드러내는 영상이 공개되며 화제를 모으기도 했다.

선을 넘지만 않는다면 그녀는 대체로 미디어에 호의적인 편이었다. 방송국의 다큐멘터리 촬영도 하고 훈련을 공개하기도 한다. 에이전시에서 운영하는 인스타그램이긴 하지만 꼬박꼬박 SNS를 통해 팬들과 소통하기도 하고. 덕분에 이제 펜싱은 더 이상 비인기 종목이 아니라는 말을 듣는다.

서로의 검을 전자 슈트에 대며 센서를 점검하는 간단한 절차 후 경기가 시작되었다.

양상은 올림픽 직전에 열렸던 월드컵 결승전과 비슷했다. 즉, 한국이 밀렸다.

단체전은 총 4명, 3명의 주전과 1명의 후보로 구성된다. 우현의 대표 팀 경쟁자이자 단체전 동료인 지연은 준결승에서 발목 부상으로 제외되었다. 결국 이번이 첫 올림픽인 후배 둘과 우현이 결승전에 나섰다.

아직 경험이 부족한 신예 둘이 점수를 까먹으면 최우현이 따라잡는 식이었다. 언젠가 우현이 '내가 은퇴하면 쟤가 다 해먹을 것'이라고 했던 스물한 살 앳된 얼굴의 후배는 아직 몸이 덜 풀렸는지 잔실수가 많았다.

한국이 7점 차로 뒤지던 3바우트. 우현이 피스트에 올라왔다. 카메라가 화면 한가득 그녀를 클로즈업하고 우현은 마스크를 쓰기 전 렌즈를 정면으로 바라보며 살짝 미소를 지었다. 마치 자신을 바라본 것만 같은 착각에 해준은 낮은 한숨을 내쉬며 자세를 고쳐 앉았다. 장난기가 묻어 있는 그 미소. 너무나도 싱그러웠다. 처음 그를 사랑에 빠지게 만들었던 그때처럼, 아니 그보다 더.

그 언젠가 그를 사로잡았던 미소와 함께 우현이 군더더기 없는 동작으로 마스크를 눌러쓰고 검을 점검했다. 새하얀 펜싱 슈트와 어깨의 태극 마크. 그 어떤 드레스보다도 우현을 아름답게 빛내주는 의상이다.

"앙 가르드."

주심의 신호에 우현이 긴 팔과 다리를 우아하게 움직이며 자세를 낮추었다. 순간 경기장이 거대한 침묵에 휩싸인다. 그 역시 잠시 호흡을 멈추었다.

"알레!"

시작 사인과 함께 우현의 검 끝이 날카로운 직선을 그리며 뻗어 나갔다. 공기를 가르는 움직임. 늘 그렇듯 우현의 손은 해준의 눈보다 빠르다.

녹색 센서에 불이 들어오고 우현이 마스크를 올리며 주먹을 불끈 쥐었다. 전광판에선 경기 시작 1초도 지나기 전에 득점한 우현의 경기 장면을 슬로 모션으로 보여 주고 있었다. 온몸의 근육을 사용해 유연하게, 용수철처럼 튕기는 탄력 넘치는 아따끄 동작에 관중들은 시선을 빼앗기고 탄성을 내질렀다.

"득점한 거야? 득점한 거 맞지?"

"어, 맞네! 한국 1점 올라갔어!"

"뭐야, 너무 빨라서 안 보여!"

한국인 관람객이 환호하는 소리가 그의 귓가를 스쳤다.

다시 마스크를 쓰기 전, 우현이 카메라를 똑바로 바라보며 입가를 슬쩍 늘어뜨렸다.

해준의 심장이 맹렬하게 뛰었다.

"저런 애가 펜싱에 또 나와야 될 텐데."

내일 오전에 있을 우현과의 단독 인터뷰를 위해 경기 내용을 메모하던 애리의 옆에서 부장이 감탄하며 중얼거렸다.

"계속 카메라 보는 거 같지 않아요?"

애리의 말에 부장이 고개를 끄덕였다.

"그러게. 별일이다. 생전 티 안 내더니⋯⋯. 은퇴를 하긴 할 건가."

"좀 이른 것 같은데요."

"관리만 잘하면 다음 올림픽까지도 충분히 해 먹을 만한데⋯⋯. 워낙 안팎으로 시달렸잖아. 명예 회복하고 다 털고 싶은 마음도 이해는 돼. 김해준 온 걸 보면 결혼할 것 같기도 하고."

두 사람의 재결합이 알려진 초기, 연예부 기자들 사이에서는 분기마다 서울이나 그 인근 웨딩 업체를 훑어봐야 한다는 말이 돌았지만 시간이 지나니 자연스럽게 결혼 이야기도 잠잠해졌다. 최우현이 단호하게 '아직 결혼 생각은 없다'고 선을 그었기 때문도 컸다. 김해준 쪽은 원하는 거 같은데, 의외다.

물론 김해준이 직접 경기 관람을 온 것은 이번이 처음은 아니었다. 하지만 그럴 때마다 해준은 경기가 끝나면 시상식도 보지 않고 바람처럼 사라졌고 우현은 '하늘에 계신 부모님께 메달을 바친다'는 소감 정도로 마무리하곤 했다.

"우와아아!"

최우현의 특기인 꽁뜨르 아따끄 기술과 함께 6바우트에서 마침내 역전에 성공하자 경기장엔 함성 소리가 가득 찼다. 에페나 플러레와 다르게 사브르는 짧은 시간에도 무섭게 점수가 올라가는 종목이었다. 자신에게 주어진 3분 동안 우현은 무섭게 따라붙었고 기어코 3점 차로 역전하며 경기의 흐름을 뒤바꿔 놓았다. 체력 소모가 많았는지 좀 지친 기색이었지만 감독과 상의하고 후배를 독려하는 모습은, 평소 같은 아니, 그보다 더한 의지가 느껴졌다.

그러다 카메라와 또 눈을 맞추고 싱긋, 장난스러운 미소를 지었다. 땀에 젖은 머리가 엉망이었지만 그 모습은 여자인 애리조차 감탄할 정도로 아름다웠다.

애리는 우현을 보자 자연스럽게 떠오르는 한 남자의 모습을 지우며 메모지에 '카메라, 아이 컨택, 이유?'라고 흘겨 쓰고는 자신보다 대각선으로 더 아래쪽 좌석에 앉아 있는 해준의 뒷모습을 응시했다. 애써 여유 있는 척하지만 남자의 몸에 흐르는 긴장이 그녀에게까지 느껴질 정도였다.

늘 궁금했다.

저런 사랑은 도대체 어떤 마음인 걸까.

애리는 심장 한쪽이 뻐근해지는 느낌이 들었다. 이제는 좀 의연해진 것 같은데 우현을 볼 때면 또 그 남자가 떠오른다.

"왜? 몸 안 좋아?"

부장이 물었다.

"아뇨, 저 음료수 사러 갈 건데 뭐 드시겠어요?"

"물 한 병 부탁해."

"어, 저도 물요."

곁에 앉아 있던 PD가 손을 들며 말했다. 애리는 고개를 끄덕이고 곧장 홀을 벗어났다.

밖으로 나오자 후텁지근한 공기가 그녀를 감쌌다. 에어컨 바람 때문에 차가워진 몸이 조금은 따뜻해지는 느낌이다. 먼 곳에서 들려오는 함성 소리. 장내 아나운서가 '최우현'을 외치자 관중들이 환호한다.

구석 자판기 앞에 서서 잠시 흐트러진 머릿속을 가다듬었다. 최우현 하면 자동으로 마음 한구석에 숨겨 놓은 서도윤이 튀어나왔다. 당혹스러웠다. 이렇게 미련이 많아서야 어쩌면 좋지 싶었다. 이러니까 소개팅을 해도 맨날 망하는 거겠지. 애리 씨 좋은 분인데 다가가기는 좀 어렵다면서. 이번에야말로 마음을 정리하겠다고 결심한 게 벌써 엊그제였고 애리는 지금까지 그런 다짐을 120번 정도 했다.

……그래, 그때 걔한테 너무 매달렸어. 적당히 튕기기도 했어야 하는데. 아니야, 잘한 거야. 재고 따지기엔 너무 좋았는걸. 아니, 하지만 걔 분명 나한테 마음 있었는데……. 아니야. 차라리 잘된 거야. 지우지 못한 첫사랑이 있는 남자 따위, 분명 끝은 안 좋았을지도 몰라.

그러다 퍼뜩 또 깨닫는다.

생각 안 한다 해 놓고 또 했다.

애리는 한숨을 푸욱 쉬며 자판기에서 물 세 병을 사 다시 경기장 안으로 향했다.

커다란 철문 너머로 함성 소리가 났다. 방금 전, 한국이 득점을 올린 모양이었다. 경기 내용은 직접 숙지하는 게 좋을 것 같아 애리는 서둘러 안으로 들어가기 위해 문을 열려 했다. 물병 때문에 손이 모자라 어깨로 밀려던 그때, 누군가가 철문을 잡아 주며 안으로 들어가라는 듯 손짓을 했다. 그녀는 감사 인사를 하기 위해 고개를 들었고, 잠시 호흡하는 법을 잊었다.

도윤이었다.

"오랜만이네."

내가 졌어. 너 정말 대단해. 아직도 최우현 못 지웠다니, 은퇴 경기 보겠다고 여기까지 오다니 너 정말 대단해.

애리는 할 말을 숨기며 도윤을 향해 어색하게 웃었다.

"그러게. 잘 지냈어?"

도윤 역시 웃으며 그녀의 안부를 물었다. 남자는 겉으로 보기엔 좋아 보였다. 병원 밖에선 만난 적이 없어 일상복 입은 것을 본 기억이 없었다. 항상 수술 가운 차림이었던 것 같은데 깔끔한 사복 차림이 새로웠다.

"아, 응. 난 방송 때문에 출장 온 거라……. 먼저 가 볼게……."

애리는 아쉽게 인사하고는 안으로 들어가기 위해 몸을 틀었다. 그 순간, 도윤이 그녀의 손목을 잡아 자신 쪽으로 끌었다.

"세미나 때문에 도쿄 왔다가 겸사겸사 들른 거야. 알겠지만, 오늘 은퇴 경기라."

"아……."

남자의 커다란 손에 감싸인 손목. 맥박이 미친 듯이 뛰는 게 느껴졌다.

"왜 나한테 설명해?"

"오해할까 봐."

도윤이 낮은 어조로 덧붙였다.

"내가 오해하는 거 싫어?"

애리가 되물었지만 도윤은 대답 없이 자신이 잡은 그녀의 왼쪽 손목을 살짝 틀어 네 번째 손가락을 훑어보았다. 무슨 의미일까. 그녀는 그에게 묻기 위해 입술을 달싹이다가 그냥 꾸욱 다물어 버렸다. 겁이 났다.

그때, 침묵을 깨고 애리의 휴대폰이 울렸다. PD가 전화를 한 모양이었다.

"자리 너무 오래 비워서 나 가 봐야겠어."

애리는 어색하게 말하며 잡힌 손목을 빼냈다. 남자의 온기가 아쉽게 멀어진다.

갑자기 그녀의 눈가에 눈물이 핑 돌았다. 간신히 참으며 서둘러 안으로 들어가기 위해 걸음을 옮기려는 그때.

"이애리."

다시 한 번, 도윤이 그녀를 불러 세웠다.

"응?"

애써 평온을 가장한다.

"왜?"

지금 내 표정 엄청 이상하고 어색할 거야.

"휴대폰 번호, 안 바꿨지?"

도윤이 묻자 심장이 빠르게 뛰었다. 언젠가 병원에서 처음 그와 마주쳤을 때가 떠올랐다. 간신히 용기를 쥐어짜고 말했었지.

나 휴대폰 번호 안 바꿨다고.

"아, 응."

애리는 어색하게 웃으며 답했다.

"난 오늘 스케줄 없어. 넌?"

"경기만 보면 되긴 해."

그런 거 왜 묻는 거야.

"끝나고 연락할게."

그땐 이런 여지 같은 거 하나도 안 줬으면서.

"……무슨 뜻이야?"

기대하게 되잖아.

애리는 뒷말은 목 아래로 삼켰다.

"네 번호 기억해."

도윤이 잠긴 목소리로 말했다.

"한 번도 잊은 적 없어."

애리는 심장이 터질 것 같아 입술을 깨물었다.

마지막 9바우트. 7바우트에서 또 역전을 허용하고 결국 35대 42로 한국이 뒤지고 있는 상황에 우현이 피스트에 올라왔다. 단체전은 45점을 먼저 획득하는 팀이 승리를 확정 짓는다. 즉, 우현이 3실점을 한다면 그대로 경기는 끝나 버린다.

이 경기를 끝으로 한국이 낳은 사브르 여제 최우현은 은퇴한다. 이미 협회와 대표 팀, 소속 팀에는 뜻을 밝혔고 광고주 쪽에도 양해를 구했다. 지도자 생활을 할지, 해설 쪽으로 방향을 틀지에 대해서는 아직 우현도 결정한 바 없다고 했다. 마지막으로 함께 시간을 보냈던 밤, 우현은 해준의 품에 안겨 그에게 키스하며 그냥 지금은 올림픽만 생각하고 있다고, 미안하지만 김해준 넌 그때까진 나에게 2순위라고 말했다. 상관없었다. 수많은 모습의 그녀를 사랑하지만 가장 사랑하는 것은 펜서 최우현이니까. 그리고 펜싱은 이 여자와 키스도, 섹스도 하지 못할 테니까.

우현이 잠시 심호흡을 하고는 마스크를 눌러썼다. 3분, 어쩌면 더 짧을지도 모를 그녀의 마지막 경기. 해준은 입술을 깨물며 자신의 두 손을 모아 꽉, 깍지를 꼈다.

우현이 움직일 때마다 그의 심박 역시 그녀와 같은 속도로 거세게 뛰었다. 심장이 오그라들고 손끝이 가늘게 떨렸다. 마지막이기 때문일 것이다. 현역 마지막 경기. 이제 다시는 태극 마크를 단 우현을 볼 수 없기 때문에.

이 경기장 안에서, 아니, 이 경기를 지켜보고 있는 모든 사람들 중 가장 침착한 사람을 꼽으라면 단연 최우현일 것이다. 그녀는 무서울 정도로 집요하고 차분하게 한 점씩 따라가며 격차를 좁혔다. 40대43까지 따라붙자 태극기를 들고 있던 관중들은 신음인지 환호인지 모를 소리를 냈다. 동시타가 나올 때마다 여기저기서 탄성이 터져 나왔고 해준은 입술을 꽉 깨무는 것으로 대신했다.

이탈리아의 마지막 주자는 결코 만만한 상대가 아니었다. 랭킹 5위, 개인전에서 메달권에 들지는 못했지만 우현이 8강에서 접전 끝에 2점 차로 간신히 승리한 상대였다. 서른다섯 살의 노장인 만큼 경기 운영이 노련하고 우현의 버릇을 꿰고 있어 오히려 결승에서 붙었던 독일 선수보다 까다로운 상대.

그럼에도 불구하고 최우현은, 최우현이다.

평소 같으면 공격적으로 경기를 운영했을 우현이지만 이번만큼은 신중했다. 정확하게 거리를 가늠했고 신중하게 방어했으며 기회가 보이면 주저하지 않고 찔러 들어갔다.

그리고 43대44.

승부쳐였다, 한 포인트를 빼앗기면 게임 끝, 우현이 속한 대한민국 여자 사브르 팀은 은메달에 그치고 만다. 하지만 우현이 득점한다면 44대44. 단 한 점으로 메달 색이 뒤바뀌는 운명의 순간이다.

긴장이 되는지 피스트에 오른 우현이 잠시 마스크를 위로 올리더니 해준이 앉아 있는 쪽 좌석을 힐끔 바라보았다. 착각일지도 모르겠지만, 매우 짧은 찰나였지만 눈이 마주친 것만 같다.

순간, 해준은 확신한다.

오늘, 대한민국은 펜싱 여자 사브르 단체전에서 금메달을 추가할 것이다.

심판의 신호와 함께 검이 부딪히는 날카로운 소리가 경기장을 가득 메웠다. 사브르에서는 보기 드문 근접전. 아직 한 점의 여유가 있는 이탈리아 선수는 전진하며 검을 찔러 넣었고 우현은 그 모든 공격을 전부 방어하며 쳐냈다.

그리고.

"빠라드 리뽀스트Parade Reposte(막고 찌르기)! 최우현! 경기를 원점으로 돌립니다!"

해준의 좌측에 있는 한국 방송국 해설진이 벌떡 일어나며 소리를 질렀다.

득점의 순간, 마스크를 벗은 우현이 눈가의 땀을 훔쳐 내고 입술을 꽉 깨물고는 하늘을 향해 손키스를 했다. 부모님을 생각한 것이리라.

44대44.

단 한 점 남았다.

우현은 헝클어진 머리를 다시 꽉 묶으며 자신에게 주문을 걸 듯 무언가를 중얼거렸다. 뺨에서 턱을 타고 흘러내린 그녀의 땀방울이 목 아래로 사라진다. 전광판 한가득 잡힌 그녀의 새까만 눈은 아름답고도 기묘한 빛을 띠며 형형하게 빛났다.

그 모습을 보며 해준은 생각했다.

너를 얻기 위해 그 지옥 같은 시간을 다시 견디라고 한다면 난 기꺼이 그렇게 할 것이라고.

아마추어와 경기를 할 때는 검 끝이 보이기도 하지만 국제 대회에서는 감에 의존했다. 대부분의 사브르 선수들이 그러하듯 우현 역시 짧은 순간 상대의 패턴을 파악하고 스스로의 판단과 본능에 맡기는 편이었다.

그런데 그 순간만큼은 참으로 이상하고도 신기했다.

마지막 단 한 점을 앞둔 그 순간.

상대의 사브르검 끝은 슬로 모션을 건 것처럼 매우 천천히 움직였다. 그래…….왼쪽 어깨를 노리고 있다. 우현은 스텝을 짧게 끊어 가며 어깨를 틀었고 당황한 상대의 자세가 흐트러지는 찰나를 놓치지 않고 정확하게 검 끝을 찔렀다.

그와 동시에 우현의 녹색 불에 불이 들어왔다.

"우와아아아아아!"

관중들의 환호성이 그녀의 몸을 감쌌다.

맞나. 맞겠지?

우현은 마스크를 벗고 전광판을 확인했다.

45대44.

분명 태극기 옆 스코어가 45였다.

"최우현! 우현아아아아아아!"

그때, 피스트에 뛰어 들어온 감독이 우현을 격하게 끌어안았다. 다른 선수들까지 뛰어 들어와 태극기로 우현의 어깨를 감쌌다.

우현은 멍하니 서서 해준 쪽을 바라보았다. 아, 젠장. 안 울려고 했는데 눈물이 고여 그가 또렷하게 보이지 않았다. 해준에게 오늘만큼은 끝까지 봐도 된다고 했다. 시상식까지 전부 다 보라고, 그리고 저녁은 꼭 함께 먹자고.

반드시 가장 높은 곳에 서 있겠다고.

잠깐 눈물이 고인 것 같았지만 우현은 우는 대신 환하게 미소를 지었다.

"금메달! 대한민국 여자 사브르가 단체전에서 사상 첫 금메달을 획득했습니다!"

중계진의 고함 소리가 그의 고막을 치고 들어왔다. 우현은 태극기를 높이 들어 흔들고는 한국 응원단을 향해 허리를 숙여 인사했다. 화답하듯 관중들이 태극기를 흔들자 울컥했는지 그녀는 입술을 꾹 깨물며 미간을 살짝 찌푸렸다.

끝이다.

펜서 최우현.

해준은 그녀를 바라보며 옅게 미소를 지었다.

그때 중계 카메라가 그녀에게 다가가며 매직 펜을 건넸다. 다른 스태프가 투명한 아크릴판을 가져와 카메라 렌즈에 대고는 우현에게 무어라 설명을 했다. 메시지를 쓰거나 사인을 해 달라는 요청인 듯했다. 스포츠 경기에서 종종 있었던 세레모니다.

우현이 흔쾌히 고개를 끄덕이며 펜을 받아 들고는 거침없이 무언가를 휘갈겨 쓰기 시작했다. 영어였다.

두 단어.

순간, 해준이 멈칫했다.

"어머! 어머! 저게 뭐야?"

"대박! 완전 대박!"

카메라는 맞은편에서 비추는 까닭에 글씨의 좌우가 뒤바뀌어 보였지만 경기장에 있던 관중들도, 기자도, 당사자인 해준 역시 금방 알아볼 만큼 단순한 문장, 아니, 질문이었다.

눈치 빠른 카메라맨이 우현이 쓴 메시지를 뒤집어 비춰 주었다.

Marry Me?

전광판 화면 가득 메시지가 잡히고 윙크하며 선수 대기실로 사라지는 우현과 해준의 얼빠진 얼굴이 이어졌다.

"프러포즈인가 봐! 대바아아악!"

누군가가 비명을 질렀다.

해준의 귀 끝이 붉어졌다.

그의 심장이, 관중석 바닥을 나뒹굴었다.

샤워를 하고 나온 해준은 침대에 등을 보이고 나신으로 누워 잠든 우현을 보며 미간을 살짝 찌푸렸다. 늦은 밤, 술에 취해 그의 호텔 방 문을 두드린 그녀는 헤실헤실 웃더니 그대로 잠이 들어 버렸다. 3개월 만에 이렇게 얼굴 마주 보는 건 알고 자는 건지, 아니 여기까지 찾아온 그 성의만큼은 높게 사야 하는 것인지.

확실하게 해 두고 싶은 것은, 프러포즈는 분명 그가 먼저 했다.

그것도 한 1년 전쯤에.

샤워 가운을 벗은 해준은 우현의 옆에 모로 누워 자신 쪽을 바라보게 그녀의 몸을 돌렸다. 치열한 경기이긴 했는지 팔과 가슴팍은 멍투성이에 어깨 근육은 좀 부어 있었다. 어깨를 슬쩍 건드리자 우현이 아파하며 이마를 찡그렸다. 해준은 아예 침대 옆 조명을 켜고 시트를 걷어 냈다. 날렵하고 매끈하게 빠진 몸에는 온통 울긋불긋 난리도 아니었다. 격렬한 경기 후라 근육은 전체적으로 부어 있었고 평소보다 체온도 더 오른 것 같았다. 내일이면 멍이 더 짙어질 것 같은데……. 일단 발목이 가장 심하게 부었다.

침대에서 몸을 일으킨 해준은 미니바에서 얼음을 꺼내 수건에 말아 와 그녀의 발목에 가져다 댔다.

"……차가워."

깼는지 우현이 몸을 웅크리며 중얼거렸다.

"참아. 내일 팀 닥터한테 봐 달라 그래."

"그냥 가벼운 염좌야."

우현이 대수롭지 않다는 듯 이야기했지만 해준은 그녀의 발목을 꽉 붙들고 얼음 찜질을 하고는 늘 가지고 다니는 스프레이 파스를 뿌리고 능숙하게 테이핑까지 해 주었다. 어깨에도 테이핑을 하기 위해 일으키려는데 우현이 손을 뻗어 그의 어깨에 감고는 쪽 소리가 나게 입을 맞추었다. 잇새로 스미는 숨결이 달았다.

점점 입맞춤이 농염해졌다. 해준이 깊게 키스하자 우현이 그의 목을 안고 매달리며 호응했다. 기묘한 안도감이 그의 등줄기를 타고 올라왔다. 해준은 입술에서 미끄러져 내려와 목덜미에 입을 맞추고 그녀의 가슴에 얼굴을 묻고 잠시 뜨거운 호흡을 내뱉었다. 품 안 가득 찬 익숙한 체온을 느끼며 눈을 감고 얼굴을 비볐다. 우현의 심장이 뛰는 소리가 들리는 듯했다.

"왜 대답 안 해 줘? 결혼하자니까."

우현이 해준의 뒷머리를 부드럽게 매만지며 말했다.

"프러포즈 내가 여태껏 다섯 번은 한 거 같은데."

해준이 그녀의 가슴에서 고개를 떼고는 어딘가 심통이 난 얼굴로 우현을 응시했다. 김해준은 프러포즈를 다섯 번 했고 최우현은 다 까 버렸다.

"그래서, 삐졌어?"

"응."

해준이 짧게 대답하며 다시 고개를 내려 하얗게 드러난 그녀의 가슴을 삼켰다. 입안의 부드러운 살을 깊게 흡입하며 빨자 그녀가 뜨거운 한숨을 내쉬며 헐떡였다. 우현은 자연스럽게 그의 허리에 자신의 다리를 감아 해준의 몸을 자신 쪽으로 바짝 당겼다.

"꼴에 남자의 자존심……. 훗, 자존심 상했다 이건가."

"응."

해준이 짧게 대답하며 그녀의 안으로 자신을 밀어 넣었다. 매 순간 우현과 몸을 겹칠 때면, 그녀의 가장 깊은 곳에 자신이 닿을 때면 해준은 어쩐지 울고 싶은 기분이었다. 따뜻한 안온함과 안도감에 뇌가 녹아 버릴 것만 같았다.

해준은 우현에게 몸을 묻은 채 그녀의 어깨에 이마를 기대고 신음을 삼켰다. 우현이 잔뜩 긴장한 그의 등근육을 달래듯, 부드럽게 쓸어 내리며 웃었다.

"너랑 하고 싶을 때마다 선수촌에서 배포한 콘돔 열심히 챙겼는데, 생각해 보니 괜한 짓이었네."

그녀의 중얼거림에 느리게 허리를 움직이던 해준이 낮게 키득거렸다.

"몇 개나 챙겼는데?"

"열여섯 개인가."

"겨우?"

"야. 원래는 다섯 개씩밖에 안 줘."

그러면서 우현이 손을 뻗어 침대 옆 테이블에 놓여 있는 자신의 가방을 가져와 그대로 뒤집어엎어 버렸다. 오륜기가 그려진 콘돔이 와르르 쏟아지고 가장 묵직한 무언가가 툭, 침대에 떨어진다.

손바닥 크기의 동그란 메달. 어두웠지만 메달의 색은 굳이 확인하지 않아도 금빛으로 빛이 났다. 우현이 그걸 해준에게 내밀며 어린애처럼 웃었다. 저걸 갖겠다고 자신의 프러포즈를 다섯 번이나 거절하더니 어디서 몰래 챙겨 온 과자처럼 준다.

"이거 줄게, 나랑 결혼하자. 응?"

우현이 장난기 가득한 어조로 말하자 해준은 대답 없이 그녀에게 깊게 키스했다.

입을 맞추며 멍투성이의 몸을 만지자 3일의 철야 작업과 열 시간 넘는 비행의 피로가 단번에 날아가는 것만 같았다. 긴 팔과 다리에 매끈하게 잡힌 근육, 단단하고 곧게 뻗은 허리, 그리고 부드러운 가슴. 세상에서 이 몸을 아는 유일한 남자가 자신이라니, 생각하는 순간 왠지 모르게 심장이 떨렸다.

"사랑해 우현아."

해준이 간신히 내뱉었다.

"알아. 나도 사랑해."

갑자기 그의 눈가가 뜨거워졌다.

해준은 늘 가지고 다니던 반지를 꺼내 잠이 든 우현의 손가락에 끼워 주었다. 올림픽 끝나고 또 한 번의 프러포즈를 계획

했는데 거기서 그런 짓을 할 줄은 몰랐다. 정말이지 예측 불가, 이번에도 최우현에게 제대로 당했다.

그녀를 안고 그는 생각한다. 심장마저 얼어붙어 버릴 것 같았던 그 겨울, 널 두고 한국을 떠나며 흘렸던 뜨거운 눈물을, 날 잊지는 않을까 생각하니 차올랐던 두려움을, 내가 아니어도 되니 부디 너만은 행복하길 바랐던 그 수많은 밤을.

하지만 네 곁에 다른 남자가 있을 거라는 상상에 맹렬하게 질투하고 잠 못 이루며 스스로를 망쳤던 시간을, 그 모순을 인정하며 한국으로 돌아가겠다고 결심했던 그 순간 뜨겁게 뛰던 심장 박동을.

그 뒤섞인 감정 속에서 결국 내가 찾아낸 것은 사랑이라는 것을.

세상이 지긋지긋하고 지옥 같았던 10대의 끝자락, 자신을 바라보며 장난스럽게 웃던 그녀를 처음 보았을 때부터 내 우주는 널 중심으로 움직이기 시작했다.

아마 이 마음을 전부 꺼내 보여 준다면

넌, 내 사랑에 빠져 죽고 말겠지.

〈키스 온 더 피스트〉 끝